Contemporánea

Héctor Aguilar Camín (Chetumal, 1946) es una figura clave del mundo intelectual y literario de México. Su obra incluye las novelas *Morir en el Golfo* (1985), *La guerra de Galio* (1991), *El error de la luna* (1994), *Un soplo en el río* (1998), *El resplandor de la madera* (2000), *Las mujeres de Adriano* (2002), *La tragedia de Colosio* (2004), *La conspiración de la fortuna* (2005) y *La provincia perdida* (2007). Es autor de un libro de historia clásico sobre la Revolución: *La frontera nómada. Sonora y la Revolución Mexicana* (1977) y de una reflexión continua y lúcida sobre el país, cuyo último título es *Nocturno de la democracia mexicana* (Debate, 2019). Toda su obra reciente de ficción ha sido publicada en Literatura Random House: el volumen de relatos *Historias conversadas* (2019) y las novelas *Adiós a los padres* (2015), *Toda la vida* (2017), *Plagio* (2020) y *Fantasmas en el balcón* (2021).

Héctor Aguilar Camín

Morir en el Golfo

DEBOLS!LLO

El papel utilizado para la impresión de este libro ha sido fabricado a partir de madera
procedente de bosques y plantaciones gestionadas con los más altos estándares ambientales,
garantizando una explotación de los recursos sostenible con el medio ambiente y beneficiosa para las personas.

Morir en el golfo

Primera edición en Debolsillo: agosto, 2022

D. R. © 1985, Héctor Aguilar Camín
c/o Schavelzon Graham Agencia Literaria
www.schavelzongraham.com

D. R. © 2022, derechos de edición mundiales en lengua castellana:
Penguin Random House Grupo Editorial, S. A. de C. V.
Blvd. Miguel de Cervantes Saavedra núm. 301, 1er piso,
colonia Granada, alcaldía Miguel Hidalgo, C. P. 11520,
Ciudad de México

penguinlibros.com

D. R. © fotografía del autor: Agustín Garza
Diseño de portada: Penguin Random House / Scarlet Perea

ISBN: 978-607-381-615-1
Impreso en México – *Printed in Mexico*

Para Ángeles, otra vez,
y para Catalina, por primera vez

ÍNDICE

Ficcion y realidad: una experiencia
Héctor Aguilar Camín

> *La novela no es una transcripción de la vida, que deba juzgarse por su exactitud, sino una simplificación de cierta faceta o aspecto de la vida que se sostiene o cae por su simplicidad significativa.*
> Robert Louis Stevenson

Quisiera compartir con ustedes algunas experiencias y algunas ideas en torno al tema de la realidad y la ficción en el hecho literario. Es una reflexión que intento por primera vez y que nace de una experiencia particular: las expectativas, confusiones, celebraciones y agravios que colectaron entre los lectores dos novelas de las que soy autor, *Morir en el golfo* y *La guerra de Galio*. Me disculpo de antemano por el tono personal de la experiencia, pero es la que conozco y acaso por ello pueda ahorrarles los rodeos teóricos que serían de otra manera necesarios para llegar a los puntos que me interesa dirimir.

Las novelas de las que hablo, muy distintas entre sí por el estilo, la estructura y el asunto literario, comparten un rasgo: fueron leídas por muchos como novelas documentales que reproducen o recrean parte de la realidad, novelas en clave que refieren hechos externos a sus páginas, historias secretas de personajes y acontecimientos de la vida pública, que no habían sido revelados. No puedo culpar del hecho a los lectores, porque el primero en buscar esos ingredientes como salsa y condimento de mi guiso fui yo.

Lo hice por varias razones.

Primero, porque venía huyendo de la epidemia que se apoderó de la literatura mexicana en los sesenta y que me paralizó, como a otros, durante años: la epidemia de la experimentación literaria, el juego verbal y la complicada apuesta metafísica o íntima, el enredo estilístico que a veces permitía ahorrarse la sintaxis, y la afectación temática que a menudo absolvía de la falta de argumento. Quería escribir novelas legibles, que tuvieran para los lectores el sabor de lo vivido, el aura inconfundible de la experiencia común —la suya, la mía, la del momento que vivíamos o podíamos recordar.

Segundo, porque, si me iba a poner a hablar de situaciones y personajes que la gente creía conocer o conocía, tenía que duplicar los guiños de verosimilitud para convencer a los lectores de que la verdadera versión de las cosas no era la que sabían o creían saber, sino la que yo les ofrecía en esas páginas. Tenía que simular con eficiencia que sabía de lo que hablaba más que el lector, para que el lector se dejara guiar por mi trazo.

Tercero, porque pensé que las diferencias de género —el hecho de estar ofreciendo novelas y no reportajes o historias— harían evidente por sí mismas que los condimentos y guiños realistas, no eran sino eso: juegos, recursos para dar un toque específico de sabor a la sustancia del platillo.

Es seguro que, con relación a mis propósitos originales, me equivoqué en las tres cosas. Primero, porque me pasé de toques verosímiles y guiños realistas. Segundo, porque tomé de la realidad pública elementos demasiado visibles, demasiado cargados de política, mitología o lugares comunes. Tercero, porque confié de más en el poder autoexplicativo de los géneros y en el instinto de los lectores para separar el mundo novelesco del real, la realidad de la ficción.

No me quejo de ninguna de las tres cosas, de ninguna de mis tres equivocaciones. Por el contrario, celebro la respuesta que produjeron como muestra de la imaginación y la curiosidad del público. Pero debo decir que los efectos alcanzados no eran la intención inicial de los libros, sino, como he dicho, su condimento. A pesar de las múltiples señales que aluden en ambas novelas al juego literario de simulación realista en que están sostenidas, muchos lectores y casi todos los críticos tomaron la salsa por el guiso y el olor de los condimentos por la esencia del platillo.

Así, para muchos lectores, *Morir en el golfo*, publicada en 1985, fue y sigue siendo sobre todo un retrato del México petrolero. Lázaro Pizarro, el cacique sombrío y patriarcal de la novela, ha sido visto como la encarnación apenas disfrazada de Joaquín Hernández Galicia "la Quina", quien fuera hasta fines de los ochenta dirigente indisputado y "guía moral" del Sindicato de Petroleros de la República Mexicana.

El periodista narrador, que no es nombrado en la novela sino por su apodo, el Negro, sería a su vez una trasposición del columnista Manuel Buendía, líder reconocido de su oficio en los ochenta, asesinado por la espalda en mayo de 1984, a resultas de una conspiración de la que fue encontrado culpable, seis años después, José Antonio Zorrilla, el entonces director de la Federal de Seguridad, la policía política del gobierno, hoy desaparecida. (Recuerdo ahora un detalle de la realidad que sería difícil de colar en cualquier ficción: en la noche del homicidio, Zorrilla se presentó en la agencia funeraria Gayosso de Félix Cuevas, donde velaban a Buendía, de quien Zorrilla se ostentaba como amigo. En medio de la consternación, la sorpresa y la parálisis de amigos y familiares, Zorrilla encontró un resquicio para dejar su huella y pagó el funeral.)

Por último, el contacto del Negro en la secretaría de Gobernación, el contacto que lo informa y lo protege, fue reconocido por muchos como una versión casi literal de Fernando Gutiérrez Barrios, durante años el pivote de los servicios de inteligencia e investigación política del gobierno, más tarde gobernador de Veracruz y, desde diciembre de 1988 hasta principios de 1993, secretario de Gobernación.

Por su parte, *La guerra de Galio*, publicada en 1991, fue vista como una versión apenas novelada del litigio del periódico *Excélsior* con el gobierno de Luis Echeverría, litigio que condujo a la salida de Julio Scherer García y de la plana mayor de los articulistas y reporteros del diario, en julio de 1976.

El personaje Octavio Sala, que dirige en la novela el diario llamado *La república*, fue juzgado por muchos lectores como un retrato del propio Scherer. Personas muy cercanas a Scherer mezclaron en ese punto sus impresiones. Algunos creyeron que el de Sala era un retrato extraordinario de Scherer, y otros, un retrato siniestro. Alguno más, de su círculo más próximo, me reclamó que hubiera presentado a Scherer, bajo la figura de Sala, como lo que Scherer nunca había sido: un traidor. De poco sirvió decirle que la palabra traición es la última que se me hubiera ocurrido para describir a Octavio Sala y que mi personaje era cualquier cosa menos un traidor.

Galio Bermúdez, el personaje del intelectual alcohólico a quien alude el título de la novela, fue identificado con Emilio Uranga, uno de los grandes talentos irrealizados de la historia cultural de México, hombre de inteligencia legendaria a quien el filósofo José Gaos reconoció llanamente como genio cuando lo tuvo como alumno. Carlos García Vigil, finalmente, que está planteado en la novela como una versión joven, simétrica y acaso igualmente trágica que Galio —un dispendio humano equivalente—, fue identificado conmigo mismo debido a que, en efecto, Vigil y yo compartimos algunos rasgos, como ser historiadores y periodistas, haber cambiado las cubas por el wiski y haber tenido trayectos similares: como investigadores históricos en el Instituto Nacional de Antropología e Historia y como periodistas en nuestros respectivos diarios, él en *La república* de mi novela, yo en *Unomásuno* y en *La Jornada*, de la Ciudad de México.

El juego de las equivalencias entre personajes reales e imaginarios de *La guerra de Galio* alcanzó momentos de adivinación dignos de mejor memoria. Un crítico, que dedicó decenas de cuartillas y hasta un *sketch* teatral a demostrar que *La guerra de Galio* no merecía la atención del público, hizo un intento de mostrar que no hablaba por hablar y que conocía al detalle el directorio de personas reales contenidas en la novela.

Según él, Octavio Sala, director del periódico *La república* en la novela, era efectivamente Julio Scherer en la manera de hablar, grillar y fascinar. Pero el pequeño coche verde, con chofer, que tiene Sala en la novela no podía ser el coche real de Julio Scherer, propietario feliz y un tanto anacrónico de un Rambler. El coche verde de Sala era, en realidad, según el crítico, una trasposición literaria del Mercedes Benz que alguna vez fue propiedad de Manuel Becerra Acosta, director fundador del diario *Unomásuno*, con quien tuve una estrecha amistad y de quien fui colaborador cercano.

De Becerra Acosta eran también, según el crítico, la teatralidad de Sala, su furor para preparar las noticias de ocho columnas y el brillo en los ojos, de lo que había que desprender que el diario *La república* de la novela era y no era el *Excélsior* de Scherer, porque el coche, la teatralidad, el furor noticioso, el brillo en los ojos de Octavio Sala eran en verdad trasposiciones literarias de Manuel Becerra Acosta, su Mercedes Benz y su *Unomásuno*.

Algo de semejante profundidad descubrió el crítico en torno al suplemento *Lunes* del diario *La república* de la novela. Ese suplemento imaginario, explicó, no podía asimilarse en ningún sentido al *Diorama de la Cultura*, que fue el suplemento real de *Excélsior* en la época de Scherer. ¿Por qué? Porque ni Scherer ni el *Diorama* habrían aceptado publicar en el *Excélsior* de aquella época el relato pornográfico de Apollinaire que, según la novela, había publicado *Lunes*, el suplememento de *La república*. En consecuencia, el personaje de la novela responsable del suplemento *Lunes*, llamado Pancho Corvo, no podía estar inspirado en la persona real de Ignacio Solares, que fue el director real de *Diorama de la Cultura*. Tampoco podía ser una trasposición del escritor Fernando Benítez, director del suplemento *Sábado* de *Unomásuno*, porque, siendo un personaje joven, Pancho Corvo no resplandece en la novela como Benítez resplandecía en su juventud, razón por la cual debía sospecharse que Pancho Corvo es, en realidad, una versión de Huberto Batis, actual director del suplemento *Sábado* de *Unomásuno*.

Recuerdo esta empeñosa hermenéutica para subrayar hasta qué extremos de ociosidad y trivia pudo conducir la hipótesis de que *La guerra de Galio* es una novela en clave, una novela de personas de carne y hueso a los que sólo se les ha cambiado el nombre. De los extremos a los que condujo la misma hipótesis sobre *Morir en el golfo* hablaré más adelante. Es una historia que acaso los entretenga y los haga reflexionar sobre los extraños caminos de la pareja impar que forman la ficción y la realidad.

No puedo negar, como he dicho antes, que fui el primero en colocar en mis novelas rasgos, personajes, situaciones que permiten e incluso conducen a ese tipo de lectura. Es verdad que en *Morir en el golfo* traté de ofrecer un paisaje verosímil del México petrolero, sus ciudades ostentosas, su entorno político, sus pulsiones clientelares, la coloratura tropical de sus escenarios. Puse a Lázaro Pizarro en una ciudad petrolera, Poza Rica, y lo hice sembrar huertos con el trabajo voluntario de los petroleros, como hacía efectivamente en la realidad Joaquín Hernández Galicia, la Quina; lo puse a recibir en audiencias similares a las que, según diversos reportes periodísticos, sostenía diariamente la Quina; y le puse, como a la Quina, baja estatura, piel morena curtida por el sol, bigotillo de los cincuentas y lentes bifocales.

Efectivamente, a la hora de describir al contacto del Negro en la secretaría de Gobernación, hice un trazo juguetón pero cercano a las facciones, las maneras y las pulcritudes personales de Fernando Gutiérrez Barrios, como un homenaje a la amistad que le profesaba Manuel Buendía y que el propio Manuel me había contagiado.

Por lo que hace al Negro, nunca pensé en él, ni siquiera físicamente, como una encarnación de Buendía, sino como un columnista de la siguiente generación y aún más joven, en sus tempranos cuarentas. Muchos de los rasgos personales y profesionales del Negro —su tipo de periodismo, su forma de trabajo, su obsesión veracruzana, sus relaciones con el poder— son en realidad combinaciones de otros columnistas, amigos o conocidos míos, más que de Manuel Buendía. Entiendo sin embargo que quien no conociera personalmente a Buendía, pueda identificarlo como el Negro en tanto prototipo del columnista influyente, ya que, en los años inmediatos anteriores a su muerte, Buendía fue, con mucha ventaja sobre los otros, la encarnación del columnista político, su arquetipo, el más conocido, admirado e influyente de todos.

Por lo que hace a *La guerra de Galio*, tampoco quiero esconder la mano. Tomé efectivamente del caso *Excélsior* de los años setenta la trama casi literal de uno de los tres afluentes de la novela: un conflicto de ambición, traición y lealtad que se incuba lentamente en un diario y va *in crescendo*, con tensión insoportable, hasta resolverse de modo teatral y catártico en una asamblea multitudinaria. Lo hice porque me pareció una trama dramática insuperable, perfecta, no porque me propusiera reescribir desde otro ángulo el golpe a la dirección de Scherer en *Excélsior*.

No sólo eso. Traté de poner en Octavio Sala algo de los modales y el estilo envolvente de Julio Scherer, un estilo único vinculado a una elocuencia peculiar, muy propicia, como arranque, a la construcción de un personaje de novela. (Denme un rasgo distintivo, único, y les daré un personaje completo, decía, si no lo invento, Marcel Proust.) Lo hice no como una pretensión de copia sino como un guiño realista para el mundo del periodismo y, sobre todo, como un homenaje a Scherer y a su *Excélsior*, del que fui lector devoto, moldeable e incondicional.

Hice el retrato físico de Galio pensando en Emilio Uranga, porque, sin haberlo conocido en persona, había escuchado suficiente de Uranga para volverlo en mi cabeza un personaje legendario, capaz de una vida secreta en la política tanto como en el pensamiento y en la intimidad, un personaje complejo, loco, destruído pero genial en sus ruinas, a cuya invención me entregué movido precisamente por la credibilidad del estímulo inicial. Pensar en Uranga al principio me permitió creer que un personaje como Galio Bermùdez era posible o había sido posible en México, convicción sin la cual no hubiera podido avanzar mucho en la construcción novelística de ese personaje.

También es cierto que robé de mí mismo muchos rasgos para Vigil. Lo hice con el fin de que me resultara cercano y entrañable, ya que iba a contar en él una historia melancólica y sombría, distante por su mayor parte de mis hábitos y mi temperamento. Puse en Vigil algo de mi experiencia profesional y aún de mi experiencia íntima, ya que no podía poner, sin engañarme, la mayor parte de mí.

Más todavía. En *La guerra de Galio* puse a hablar y a actuar a personajes públicos del tamaño de dos presidentes de México, a los que apenas mencioné por su nombre, pero ante cuya necesidad argumental —ya que el diario *La república* se enfrentaba nada menos que al poder presidencial en México— me resistí a utilizar nombres ficticios para que Luis Echeverría Alvarez resultara en la novela Onís Elicurría Malvares y José López Portillo, Juan Portes Gordillo. Cruzaron por *La guerra de Galio* los nombres reales y atisbos descriptivos de los historiadores Daniel Cosío Villegas y Edmundo O'Gorman, del guerrillero Lucio Cabañas y del primer secuestrado político de los setenta, Julio Hirschfeld Almada, así como juguetonas menciones de amigos como Enrique Florescano o Arturo Warman. Hubo alusiones, ésas sí en clave, al prolífico anecdotario de la izquierda de aquellos años y, sobre todo, de la picaresca periodística, colección profusa y reveladora como pocas de algunas de las pulsiones de la vida pública del país que nadie se ha encargado de sistematizar y referir en una historia *ad hoc*.

Hice todo eso, como he dicho antes, para fortalecer el color realista del relato y consolidar su verosimilitud ambiental.

En el caso de *Morir en el golfo*, porque esa verosimilitud era indispensable para la desmesurada historia de asesinatos, competencia política y, al final, humo, que iba a contar. Lo hice también para hacer la historia creíble para mí mismo, ya que yo no conocía a la Quina, ni había estado nunca en Poza Rica o en Chicontepec, donde transcurre parte de la historia; no había entrado nunca a una sede del sindicato petrolero ni había estado en Veracruz desde principios de los setenta. Necesitaba esa coloratura realista para creer yo mismo lo que estaba contando y también para probar mis recursos de narrador, mi capacidad de poner detalles convincentes a los escenarios y a las situaciones narradas que, por su mayor parte, me eran personalmente desconocidas.

Por razones semejantes partí de referencias reales en la construcción de *La guerra de Galio*: la secuencia dramática del caso *Excélsior*, los modales envolventes y la brillantez de Scherer, los rasgos físicos de Uranga, las vetas autobiográficas que hay en Vigil. Quería probarme en la construcción de una novela compleja, larga de páginas, tramas, personajes y situaciones, y necesitaba de todos los recursos argumentales y narrativos para darle una densidad suficiente que la sostuviera en las manos del lector. Entre esos recursos, no fue el menor el de los guiños realistas, la contaminación incesante de la trama novelística por los reflejos de la realidad.

No obstante, advertido por la secuela de *Morir en el golfo*, inscribí claramente en el frontis de *La guerra de Galio* la siguiente consigna: "Todos los personajes de esta novela, incluidos los reales, son imaginarios". Era más que una prevención, era una declaración de principios novelísticos.

Como muchas otras novelas, *Morir en el golfo* y *La guerra de Galio* son animales literarios anfibios, mixtos. Son composiciones imaginarias que incluyen abundantes rasgos fidedignos de lo que llamamos realidad —hechos, personas, gestos, escenas, atuendos, apariencias, historias—. Pero el resultado final pretende ser, y no podía ser sino, una realidad novelística, un mundo autónomo regido por sus propias reglas de significación.

Hay en las novelas elementos suficientes para probar que no pretendían ser otra cosa que mundos de ficción, que pedían ser evaluados con arreglo a las leyes de la ficción —las cuales son, como veremos adelante, más estrictas y menos fantasiosas que las de la realidad.

Para empezar, quisiera mencionar las decisivas deudas literarias de ambas novelas, aquello que las hace hijas menos de la realidad que de otros libros.

El origen de *Morir en el golfo* no es otro que la ambición de escribir una versión mexicana original de un relato de Truman Capote, "Ataúdes labrados a mano", la historia de un vengador que se asume instrumento de la mano divina y diseña el homicidio de todos y cada uno de los miembros de un jurado que le quitó el dominio de un manantial que brotaba en su propiedad. Deslumbrado por ese relato, tuve el impulso de escribir un libro con un personaje que hiciera eso, asumirse demiurgo de un mundo, al modo mexicano. El personaje de Capote, llamado Quinn, es un yo solipsista, absolutamente privado y psicopático. Es un extremo del yo estadunidense. Lázaro Pizarro es un nosotros, un extremo del yo corporativo y autoritario mexicano.

Tanto el narrador de *La guerra de Galio* como su mecanismo narrativo —consistente en que alguien termina la novela que otro empezó, y acaba confundiéndose con él—son préstamos directos de *La pérdida del reino*, del escritor argentino José Bianco. La función de Galio como narrador y comentador de los acontecimientos de la novela, es una adaptación de Axcaná González, que cumple ese papel en *La sombra del caudillo*, de Martín Luis Guzmán, y de Ixca Cienfuegos, que lo cumple en *La región más transparente*, de Carlos Fuentes.

La noción central de Vigil como un talento dispendiado es tributaria directa del destino de Luciano de Rubempré, el personaje que Balzac creó en *Las ilusiones perdidas*, y cuya muerte, en *Escenas de la vida parisiense*, fue la experiencia más triste que Oscar Wilde confesó haber tenido en su vida. Soy deudor de la trama dramática y el *crescendo* teatral con que Vicente Leñero, al fin un dramaturgo, narró el caso *Excélsior* en *Los periodistas*. Y dos ideas centrales que sostienen el libro, el largo plazo de los hechos civilizatorios y la invisibilidad de los sótanos que han apartado de nuestros ojos la violencia, provienen de la obra de Norbert Elias, el gran historiador postfreudiano de las maneras de mesa como expresión de un proceso civilizatorio, represor de las pulsiones bárbaras del hombre.

Lo decisivo, sin embargo, es esto: cualquiera que sea la similitud externa de los personajes y ambientes de la novela con modelos extraídos de la realidad, debo decir que prácticamente todas las escenas y los diálogos de *Morir en el golfo* y *La guerra de Galio*, no han existido nunca, salvo en esas novelas. No son escenas extraídas de lo que investigué o me dijeron, sino de lo que inventé capítulo tras capítulo. Son, en ese sentido, frutos directos de la ficción, no trasposiciones de la realidad.

Los momentos de menos invención que hay en ambas novelas, los pasajes de mayor trasposición literal de hechos reales, no son los referidos a las figuras públicas que el público cree conocer e identificar. Los momentos de mayor literalidad que hay en ambas novelas se refieren a experiencias de mi vida privada, y por definición no son identificables por nadie que no las haya vivido conmigo.

Se presenta así la paradoja mayor que como autor de estas novelas he vivido con los lectores: las escenas y personajes reales de mi vida privada, traspuestos a las novelas, pasan cómodamente como ficciones, mientras que escenas y diálogos inventados de personajes que el público cree identificar, pasan como retratos fidedignos de una realidad en clave. Así, lo que hay de más real en el libro pasa ante los lectores como ficción y lo que hay más de ficción aparece como realidad.

La prueba elemental de lo anterior es que si pusiéramos a los personajes de la novela los nombres de los personajes públicos que muchos lectores creen identificar en ellos, las novelas resultarían página por página lo que efectivamente son: una gigantesca colección de mentiras, de ficciones.

La ficción literaria es un instrumento de conocimiento, pero no de los hechos que están en los periódicos, en los libros de historia o en la vida diaria, los hechos a los que nos referimos habitualmente cuando hablamos de la realidad. El conocimiento que otorga la imaginación corresponde a un orden distinto, *intrahistórico*, diríamos o *intrarreal*.

La novela es la historia privada de las naciones, decía Balzac y lo decía perfectamente. Los personajes literarios y las novelas pueden llegar a tener más realidad que el mundo histórico en el que nacen, pero no son la historia o la representación fiel de ese mundo, sino su encarnación subjetiva, deformada, ficticia. Quizá por eso mismo pueden revelar el universo que llamo *intrahistórico* o *intrarreal* —la realidad corregida, aumentada, esencializada por la imaginación— que ningún otro instrumento permite conocer.

No quiero entrar, no podría, en una disquisición sobre órdenes e instrumentos del conocimiento. Lo que quiero señalar es que, a poco de pensar en ella, la fisura que hay entre ficción y realidad, entre conocimiento literario y conocimiento histórico, periodístico, práctico o cotidiano, se ensancha como un abismo.

La diferencia esencial entre los personajes literarios y los que nos entrega a bocanadas lo que llamamos la realidad es más profunda de lo que puede parecer a primera vista. Precisamente dos grandes creadores de ficciones han apuntado hacia esa diferencia, subrayando la frontera irreconciliable que divide ambos órdenes de conocimiento. Citaré primero la melancólica reflexión de Charles Dickens al inicio de *Historia de dos ciudades*. Dice así:

> Es un hecho asombroso y digno de reflexión que todo ser humano esté constituído de tal forma que siempre haya de ser un profundo secreto y un misterio para sus semejantes. Cuantas veces entro de noche en una gran ciudad, pienso muy seriamente en que todas y cada una de aquellas casas apiladas en la sombra encierran su propio secreto; que cada habitación de cada una de ellas encierra su propio secreto; que cada corazón singular que late en los cientos de miles de pechos que las habitan es, en algunos de sus ensueños y pensamientos, un secreto impenetrable para el corazón más próximo.

En 1927, casi setenta años después de publicada esta intuición central, otro novelista inglés, E. M. Forster, volvió sobre el tema para "poner de relieve la diferencia fundamental que existe entre la gente de la vida cotidiana y la de los libros".

> En la vida diaria —escribió Forster en *Aspectos de la novela*— nunca nos entendemos, no existe ni la completa clarividencia ni la sinceridad total. Nos conocemos por aproximación, por signos externos y estos funcionan bastante bien como base de la sociedad, e incluso para la intimidad. Pero la gente de una novela, si el novelista lo desea, puede ser comprendida del todo por el lector. Su vida interna puede revelarse tanto como su vida externa. Y por eso es por lo que a menudo parece más definida que los personajes de la historia o incluso que nuestros propios amigos; se nos ha dicho de

ellos todo lo que puede decirse; incluso si son imperfectos o irreales, no esconden ningún secreto, mientras nuestros amigos sí lo hacen. Pero esto tiene que ser así, puesto que el secreto mutuo es una de las condiciones de la vida en este planeta.

Los verdaderos límites de nuestro conocimiento son precisamente los que pretende resolver el novelista: los enigmas inaccesibles del ser humano, la impenetrabilidad aun de aquellos con quienes hemos vivido toda la vida. Ése es el verdadero límite de nuestro conocimiento: la valla infranqueable de la naturaleza del hombre, de cada hombre, que nos espera indescifrado, apenas un centímetro más allá de nosotros que ya es al otro lado de nosotros, un más allá al que sólo tenemos acceso restringido y titubeante.

El novelista, entonces, puede tomar como punto de arranque, inspiración o modelo que estimula su imaginación a un puñado de personajes reales, públicos o privados, identificables para muchos o sólo conocidos por él. Lo que no puede pretender es que los ha conocido y descifrado, y que los entrega sin velos ni enigmas a la inspección de los lectores. Suponer que un novelista puede hacer tal cosa es una convicción desmesurada y una ingenuidad mayor en torno a los verdaderos misterios de la "historia privada de las naciones".

Un novelista que se proponga literalmente trasponer la realidad real en sus libros y pretenda ofrecernos, bajo otros nombres, la historia de personajes reales, no tiene sino dos caminos. El primero, mantenerse en la superficialidad de los hechos documentables, una parcela más bien pobre y menor de la vida privada. El segundo, darnos gato por liebre: inventar subrepticiamente ahí donde la opacidad de los hechos no alcanza a insinuar lo esencial de quien los vive, es decir, abandonar la historia real que quería contarnos —en caso de que la historia real sea reconstruible— y abandonarse, sin confesarlo, en los brazos de la historia ficticia que le dará vida, profundidad, verosimilitud, a los andamios más bien pobres y enigmáticos de su historia real.

En el mundo de la novela podemos conocer al detalle lo imaginario. En el mundo real, lo verdadero de los demás es siempre una película opaca de enigmas impenetrables, salvo en su más externa y mudable superficie. Acaso la fascinación continua de la novela es que crea la ilusión de que podemos entender lo inentendible: el comportamiento humano.

La tarea del creador de ficciones es generar la ilusión de que ha penetrado los enigmas, la variedad, los caprichos, las grandezas y miserias del corazón del hombre, para mostrarlo, como una baraja abierta y emocionante, a la mirada ansiosa del lector. Convencernos de ello es la quintaesencia de su arte; hacer esa ficción más duradera y cierta que la realidad es el secreto y la condición de su posteridad. Es así como Ulises llega a tener más realidad y significado que la historia antigua de Grecia; Otelo, más celos que toda la Inglaterra isabelina; Don Quijote, más vida que el imperio español, y Demetrio Macías, más humanidad palpable que el millón de mexicanos muertos, desaparecidos o emigrados durante la década violenta de la Revolución mexicana.

La frecuencia con que la propia realidad genera argumentos y personajes que desafían la más exacerbada imaginación literaria, parece demostrar, sin embargo, cada día, en cada expediente judicial, en cada edición de los diarios del mundo, que la imaginación del novelista tiene menos vuelo que la imaginación desbordada de lo real. En realidad, prueba que las invenciones que acepta la novela tienen reglas más exigentes que la locuacidad sin riendas del mundo, y que la mayor parte de las desmesuras que puede imaginar la realidad resultarían inverosímiles en una novela.

Qué novelista podría hacernos verosímiles las cosas imposibles que la historia nos ha entregado a raudales: la aparición de la vida sobre la tierra o el momento en que el primer hombre se puso de pie en las llanuras calientes de Africa, la invención del monoteísmo, las vidas de los césares, la conquista de México, los destinos desorbitados de Robespierre o Napoleón, de Hitler o Stalin.

Más modesta, pero no menos significativamente: qué novelista podría inventar y hacernos verosímil la historia del marido universal mexicano, el polígamo Ismael Quiroz, esposo legal de diez mujeres que ignoraban cada una la existencia de las otras, jefe simultáneo de diez hogares sólidos, padre de 43 hijos amados, descubierto y preso porque los primogénitos adolescentes de dos distintas casas coincidieron y se reconocieron, por los apellidos y el físico, en el mismo colegio privado.

Contra lo que suele pensarse, lo que llamamos realidad no tiene reglas, ni necesita persuadirnos de su verosimilitud para existir. Le basta con desafiar e imponerse todos los días a nuestra credulidad. La ficción es en cambio una señora llena de normas y restricciones, enemiga del verismo vulgar tanto como de la fantasía incontinente, y su paradoja mayor acaso sea que sólo sabe acceder a la verdad por el camino de las mentiras.

PRIMERA PARTE

Capítulo 1
EL ARCHIVO DE ROJANO

¿Qué agregar de Rojano? La historia sentimental es larga, vale más ahorrársela. Incluye dos años de hermandad estudiantil en Xalapa, cuatro de rivalidad universitaria en México, y una obsesión común, Anabela Guillaumín, a la que Rojano ganó, dejó y luego hizo su esposa (yo simplemente la perdí). Rojano siguió de largo a la política, con un puesto menor en el gobierno de Veracruz, nuestra tierra natal. Yo seguí hacia mi iniciación como reportero de página roja, el vicio de la vida de redacción y lo que vino con ella. Eran los años sesenta, veníamos de la represión ferrocarrilera, íbamos a la matanza de Tlatelolco. Era el fin del milagro mexicano, el principio de nuestra vida adulta.

El 14 de agosto de 1968, luego de años de no verla, me encontré nuevamente a Anabela en el famoso restaurante Arroyo del sur de la ciudad, cerca de la Villa Olímpica, donde ella trabajaba como edecán aquel año de Olimpiadas. Tenía el talle largo e irresistible de siempre, los mismos ojos radiantes de color verde sucio que se había radicado en Veracruz durante el siglo pasado con la intervención francesa y el apellido Guillaumín. No fue a trabajar esa tarde. Tomamos café y me habló de Rojano: manejaba porros ("servicios sociales") en la Universidad Veracruzana y le telefoneaba borracho en la madrugada para insultarla por supuestos agravios. Cenamos en el Pepe's de Insurgentes, agujas norteñas con frijoles charros. Se burló de su trabajo en la Villa como edecán de la paz, recordó la muerte de su padre un año antes —la madre, quince años antes— y me habló de Rojano: los celos, las amenazas, el golpe con que casi le desprendió el labio una noche, la golpiza que encargó para Mújica, un compañero de la facultad con quien Anabela había salido tres alegres veces. Tomamos vodka y bailamos hasta las tres de la mañana en La Roca, un bar que estaba enfrente del Pepe's, se rio de mi sed, de mis ansias de reportero y me habló de Rojano: el aborto al que la obligó, las exigencias y el abandono. Ebrios y confesados, en la madrugada la perdí de nuevo, esta vez en la puerta del hotel Beverly, de donde la sustrajo, para variar, el recuerdo de Rojano.

Dos años después se casaron, precisamente el mes en que Luis Echeverría subió al poder (diciembre de 1970) y el Partido Revolucionario Institucional reconoció en Francisco Rojano Gutiérrez al líder indiscutido de la Confederación Nacional de Organizaciones Populares de Veracruz.

Pasé de la fuente policiaca a la de ciudad y luego cubrí el aeropuerto unos meses. Hacía mis pininos en la fuente agraria cuando me topé con Rojano en la oficialía mayor del entonces Departamento de Asuntos Agrarios y Colonización. Llevábamos cuatro años de no vernos, desde la Navidad del año 67 que terminamos a golpes en el bar Monteblanco de las calles de Monterrey, en la colonia Roma. Un novedoso bigote le caía como una herradura de los labios al mentón. Su traje era blanco, cruzado, y la camisa anaranjada, con una corbata chillante de las que llamaban sicodélicas. Tramitaba la autentificación de un título de propiedad y hablaba sin parar al oído de un empleado, sacudiéndole en la cara unos papeles que llevaba en la mano: "¡Tienes que entenderme, hermano!".

Había sido nadador, conservaba las espaldas anchas y el torso plano. Al pasarle el brazo al empleado por el hombro parecía absorberlo en su inmenso tórax, como si lo engullera.

Traté de esquivarlo, pero me cazó con la mirada por encima de la cabeza de su abrazado:

—¿Eres tú, mi hermano? —dijo, sin soltar a su presa. Reconocí el brillo en los ojos, el encanto indefinible de su patanería. Sonrió y me mostró los papeles:

—Voy terminando aquí, no te me muevas.

Recogí lo que buscaba y salí sin esperar, por la puerta de otra oficina. Corriendo, me alcanzó cerca del estacionamiento. Se colgó de mi brazo, sofocado.

—¿Por qué huyes, hermano? No te vengo a cobrar— tomó aire y aflojó la corbata:

—No te abracé arriba porque estaba trabajando, mi hermano —se mojó los labios, volvió a ceñirse el nudo de la corbata—: Estaba cosechando mi licenciado del día, hermano. El mundo está tan lleno de pendejos que, si no cosechas por lo menos uno diario, es que alguien te está cosechando a ti. ¿Dónde comes?

Comimos en El hórreo, frente a la Alameda, un restaurante español con una animada barra adjunta. Rojano ordenó wiskis de malta y pulpos con vinos riojanos. Habló sin parar sobre política veracruzana, una desbordada sucesión de amigos, enemigos, corruptos y pendejos. Había planeado una carrera hacia el gobierno del estado y el gabinete federal según una detallada escalera. Sería alcalde municipal, luego secretario de gobierno, luego senador, luego gobernador, luego secretario de Estado. Veinticuatro años de vida política ininterrumpida.

Pedimos coñac y café después del postre. Me ofreció, de su saco, un larguísimo puro. Decía en la fajilla: "Cosecha especial para el Lic. Francisco Rojano Gutiérrez". Rojano no había pasado del tercer año de la facultad (yo reventé en el cuarto), así que pregunté:

—¿Desde cuándo licenciado?

—Desde que nos recibimos juntos —contestó, riendo—. No me digas que no te acuerdas. Hicimos aquella tesis sobre la política de masas del Estado mexicano. A ti te dio después por la prensa y a mí por el servicio del Estado. Y ahora andamos aquí, cada quien a su modo sirviendo a la República. Vamos a brindar por eso. Que nos traigan igual.

Nos trajeron igual toda la tarde, coñac y café, hasta las nueve en que nos cambiamos al Impala en la avenida Juárez y luego, de madrugada, al Capri, arriba del Impala, para oír cantar a Gloria Lasso. Amanecí en lo que supe luego que eran las Silver Suites de Villalongín, junto a una mujer que no conocía ni recordaba. Montado sobre otra, en la cama de al lado, roncaba Rojano. Tenía un calcetín puesto y el otro no, una doble pulsera de platino en la muñeca.

Cambié de periódico, tuve acceso a la fuente política y a una columna diaria de información, "Vida Pública", que hizo su propio camino. Empecé a llevar un archivo de asuntos oscuros, soltados a medias en desayunos y comidas, jefaturas de prensa del gobierno y columnas colegas. En 1973, obtuve una mención por la columna en el certamen anual del Club de Periodistas de México y, al año siguiente, el premio nacional del mismo club.

Dejé de ver a Rojano, pero no lo perdí de vista. Fue removido de la CNOP veracruzana a mediados de 1971 y regresó a su plaza de la Universidad Veracruzana, en Xalapa. Buscó sin éxito una diputación local por el distrito de Tuxpan. El 4 de febrero de 1972, borracho, protagonizó una balacera en el parque Juárez de Xalapa con saldo de un herido grave que le fue imputado (no murió), y del que quedó libre luego de un confuso careo. Desapareció de la política local, compró un rancho en Chicontepec y se hizo nombrar inspector del entonces Banco de Crédito Rural. En 1973, reapareció como aspirante a una diputación federal en las columnas de los diarios locales, y hasta en uno de la ciudad de México. Fracasó, pero hizo ruido y se constituyó en acreedor político de su partido para lo que verdaderamente buscaba, la presidencia municipal de Chicontepec. Fracasó. En 1974, con el cambio de gobierno estatal, volvió a Xalapa, ahora como secretario particular del secretario general de gobierno, un compañero de la facultad.

En 1975, me tocó cubrir la campaña presidencial que cada seis años bañaba al país con su ostentación tumultuosa. Consistió, como todas las anteriores desde los años treinta, en un profuso recorrido por la República, pueblo por pueblo, ciudad por ciudad, a remolque de una caravana de políticos locales, hijos predilectos, dirigentes y caciques, funcionarios y oradores. La gira empezó en Querétaro, fue al Pacífico, celebró el Año Nuevo en el Sur con una magna comida bajo la cortina de la presa de Chicoasén en Chiapas (comensales y comestibles traídos uno a uno por helicóptero). A mediados de marzo de 1976, entró por el campo petrolero de Agua Dulce a los linderos de mi propio estado, Veracruz.

Apenas instalaron la sala de prensa de la comitiva en el hotel Emporio del puerto, se apareció Rojano, buscándome. Me costó reconocerlo. No había pulsera de platino en sus muñecas, ni bigote en herradura en su cara, ni ostentación sicodélica en su ropa, sino una plácida redondez del rostro, y una estudiada perfección en los pliegues de la guayabera, las guías del pantalón, el lustre café de los mocasines.

—¿Todavía eres tú, mi hermano? —dijo, apoyando los codos sobre mi máquina de escribir, interrumpiendo mi tecleo.

Lo dijo cálidamente, sin asomo de burla. Algo tocó en mí. De la memoria independiente de los años vino la época en que caminábamos juntos, ida y vuelta, las empinadas calles de Xalapa, yendo de su casa a la mía y de regreso, barajando nuestros sueños, nuestra ambición de lograr, hacer, triunfar; ir a la ciudad de México y volver con un título a engatusar a los paisanos, iniciar la nueva era de la historia política veracruzana, desbaratar los cacicazgos, parar a los ganaderos, embellecer Poza Rica, pavimentar Veracruz, descontaminar Minatitlán, querer a Rojano como si de ese cariño pudiera nacer la fuerza necesaria para transformar el mundo del que entonces salíamos y al que inevitablemente terminaríamos regresando.

—Todavía —le dije.

Jaló una silla y se sentó a mi lado, poniéndome una mano sobre el muslo.

—Hay un asunto del que debo hablarte —dijo.

—Más de dos líneas causa honorarios —contesté.

Los columnistas vendían por línea las menciones de políticos en sus columnas.

—Sin sarcasmos, mi hermano. Es un asunto serio: político y periodístico. Perfecto para un profesional como tú.

Se había ido la locuacidad de su atuendo y sus maneras, pero no el brillo de los ojos.

—¿De nuevo quieres ser diputado?

—No es personal, hermano. Sólo te pido una hora en privado. ¿Qué más te da?

—A mí nada. Pero más de dos líneas causa honorarios.

Se rio mansa, contenidamente:

—Si así ha de ser, que así sea. ¿A qué horas vengo por ti?

A las diez de la noche subí a su gran coche negro y a su órbita helada de aire acondicionado.

—Te quiere saludar Anabela —dijo—. ¿No te importa si tratamos nuestro asunto en la casa?

—Me importa, pero da igual.

—Lo pasado, pasado, hermano.

—¿Cómo está Anabela?

—Bien. Tenemos un hijo de cinco años y una niña de meses. Vivimos tranquilamente, la aburrida vida de provincia. Yo vivo en Xalapa y vengo todos los fines de semana, a veces más, depende. Anabela no aguanta Xalapa, le trae malos recuerdos. Tiene razón. Los desmadres que hice, no tienes idea. Ahora pago mi precio, he dejado de tomar.

—¿A quién te andas cogiendo?

—A nadie, mi hermano. Vivo, como te digo, una vida simple de provincia.

—¿No te coges ni siquiera a tu mujer?

—No me chingues, Negro.

—Te queda mal el disfraz doméstico.

—No es disfraz, hermano.

—La faceta, entonces. Te queda mal.

—Si tú lo dices así ha de ser. Pero lo otro era la muerte, hermano. Esto es por lo menos el limbo. Mil veces mejor, te lo juro.

Lo había invadido en efecto una especie de parsimonia, una lentitud angélica transferida hasta el modo de manejar como viejito. Me daba a la vez risa y desconfianza.

Dimos la vuelta muy despacio en el estadio de futbol y entramos a un fraccionamiento reciente, todavía con muchos lotes baldíos entre las casas construidas. La de Rojano ocupaba dos lotes. Tenía techo de dos aguas según la arquitectura que dominaba entonces las casas de los ricos emergentes de provincia. La barda era una hilera de barrotes negros, rematados en conos blancos. La casa reunía paredes imitación de mármol con ventanales corredizos, vidrios oscuros y molduras de aluminio. Adentro había sillones con tapicería bordada, un yeso de La Venus de Milo, una vitrina con pajes de porcelana.

Rojano le gritó a Anabela que bajara y quitó de los sillones el plástico protector. Fue hacia una esquina de la sala, donde un mueble simulaba la barra de un bar. Empezó a revisar botellas y volvió a gritarle a Anabela que bajara. No hacía falta. Anabela llevaba ya unos segundos de pie en el rellano de la escalera, mirándome sin hablar, agitada y contenida, sin otro recurso que mojarse los labios y ponerse los puños del vestido por encima del reloj.

Ocho años después, dos hijos de más: Anabela de Rojano. Bajo las gasas de su elegancia porteña estaba todavía intacta la perfección de sus huesos, la simetría de hombros y piernas, aunque asomaran las primeras carnes de lo que habría de ser en unos años la estatua viva de una venus rechoncha, aflojada, marital.

—¿Eres tú todavía? —dijo también al verme, como había dicho Rojano. Resentí que lo imitara. Y que siguieran intactos mis celos adolescentes. Bajó del rellano y me besó la mejilla.

—¿Vas a querer wiski? —gritó Rojano desde la barra.

—Ofrécele también de comer —sugirió Anabela, sugiriendo otra cosa con su voz ronca y su mirada risueña. Y a mí:

—Nada que pueda competir con los restaurantes que acostumbras, pero aquí te tenemos tus picaditas.

—Traje caviar —gritó Rojano desde la barra.

—Pues ya ves —dijo Anabela con sorna—: Trajo caviar. Y hay tamales de Oaxaca que guisó una comadre de Ro.

Nunca había llamado a Rojano por su nombre, siempre por su apellido, y en los momentos de ternura: Ro.

—También jamón serrano —siguió Ro desde la barra—. Y marrón glasé para cortar la sal.

Acercó una bandeja con vasos, la botella de wiski y una hielera. Dispuso una coca cola para Anabela y para él un agua mineral sin hielo, que sirvió ostentosamente poniendo el vaso a la altura de sus ojos. En realidad, a la altura de los míos.

Durante la siguiente hora tomé tres wiskis, diez galletas con caviar, una conversación sobre escuelas y ventajas de la vida en provincia. Como a las once, aprovechando el llanto de uno de los niños arriba, quise despedirme, calculando que aún estarían en Mocambo los colegas en el festejo que el ayuntamiento había preparado para la prensa.

—No te vayas —pidió Anabela corriendo a la escalera rumbo al llanto—. Espera por lo menos a que baje.

—Así es, hermano, espérate a que baje —secundó Rojano, como si lo hubieran ensayado. Cuando Anabela se fue por la escalera recordó:

—Y todavía tengo ese asunto que mostrarte.

Lo dijo mirándome con la intensidad de otros tiempos, antes de desaparecer, nerviosamente, por una puerta en el fondo de la casa. Confirmé la sospecha de que toda su nueva corrección, su escenografía de equilibrio, era sólo la fachada, la apariencia adecuada a un propósito que por lo pronto no conocería.

Regresé a la hielera por el cuarto wiski y esperé.

Rojano volvió del fondo de la casa con un paquete bajo el brazo. No quiso que lo viéramos en la sala sino en un pequeño cuarto, mezcla de bodega y despacho, al que se entraba por la cochera. Había ahí un escritorio, dos archiveros empolvados, un librero sin libros y varias cajas de mango. Sobre el escritorio había una foto amplificada de Anabela corriendo hacia la cámara, la frente despejada, el pelo al viento, bien marcados los muslos bajo la falda negra, con un bosque borroso al fondo.

Apartó la foto y puso sobre el escritorio el paquete que había ido a buscar, un abultado sobre color manila que decía afuera *remisiones*.

"Llevo dos años tras este asunto", dijo.

Desenredó el hilo rojo que unía los sellos del sobre con la pestaña y sacó del sobre una alforja de cuero. Más exactamente: una carpeta cuadrada, de cuero, con un centro duro y cuatro faldas cerraban una tras otra sobre los documentos de la carpeta. Las faldas tenían grabados en relieve: un potrero, un tubo fabril, un pozo petrolero, una cabeza olmeca. Y un lema escrito en grandes letras: "Romper para crear", rubricado por otro, más pequeño: "El que sabe sumar sabe dividir".

Rojano desplegó las faldas de cuero de la carpeta y quedaron a la vista tres expedientes envueltos en papel de china de distinto color. Con extrema delicadeza de movimientos (había empezado a sudar) abrió el primer envoltorio. Era un juego de fotos de cadáveres semidesnudos, frescas aún las hemorragias de cráneos y cuerpos, sobre las planchas de piedra de una morgue pueblerina. Eran ocho fotos de ocho cuerpos, entre ellos el de un niño de diez años, los dientes saltados por la rigidez mortuoria, los pequeños párpados a medio cerrar. Con letras de molde blancas e inseguras, se leía al pie de las fotos: "Municipio de Papantla, Ver., a los 14 días de junio de 1974". Había bajo las fotos una copia fotostática del acta levantada por el ministerio público, un legajo de veinte fojas, y el plano de una propiedad rural. Rojano extendió las fotos, una por una, cuatro arriba y cuatro abajo, restallándolas por el borde, como si fueran barajas.

—Ahí las tienes —dijo, sin levantar la vista de las hileras. Su actitud denunciaba el gasto de muchas horas en el escrutinio de ese macabro solitario.

—¿Qué te parecen?

—¿Qué quieres que me parezcan?

—¿Les encuentras algo raro?

—Que las colecciones con tanto cuidado.

—Voy en serio, hermano. ¿Te dice algo la fecha?

—No.

—Son las fiestas de Corpus en Papantla.

—¿Son los muertos de las fiestas?

—Parte. Todos estos murieron en el mismo incidente.

Esperó a que preguntara por el incidente. Pregunté:

—¿Qué incidente?

—En el mercado de Papantla —explicó—. Según el acta policiaca un grupo de hombres armados entró al mercado a las once del día gritando injurias contra un Antonio Malerva. Es este.

En la hilera de arriba Rojano mostró la foto de un hombre de abdomen prominente, desnudo, con dos orificios en los costados. Tenía un gran bigote y un copete erizado que empezaba a escasear.

—Lo encontraron comiendo en el puesto de almuerzos —siguió Rojano—. Según los testigos se armó una balacera que tuvo como saldo los muertos que aquí ves. Pero hay un problema.

Hizo una pausa para que preguntara por el problema, y pregunté:

—¿Cuál problema?

—Que Antonio Malerva no iba armado —dijo Rojano y volvió a callar, seguro del efecto de su revelación.

Acepté el efecto de su revelación y pregunté, con la curiosidad debida:

—¿Quién disparó entonces?

—No se sabe. El hecho es que no cayó ninguno de los agresores. Murieron la dueña del puesto y su hija.

Mostró la hilera inferior derecha de las fotos: una mujer cincuentona de rasgos indígenas con un tiro en el cuello, y una muchacha de labios abultados, con dos impactos en el pecho naciente de púber.

Siguió Rojano:

—También cayeron los demás clientes que almorzaban junto a Malerva: Próspero Tlámatl, un indio papanteco que ayudaba en esos días a la iglesia para lo que se ofreciera en las fiestas. Lo identificó el señor cura.

Señaló la hilera inferior izquierda: dos tiros en el cuello, la camisa de hilo empapada de sangre, la tez cetrina adornada por una piochita dispareja, erizada y blancuzca.

—Y este último, anónimo, al que nadie identificó —dijo Rojano.

Mostró la efigie de un campesino curtido y descarnado, sin dientes, cuyos ojos encendidos y semiabiertos recordaban la última foto del Che Guevara.

—¿Por qué el último? —dije—. Te faltan tres fotos.

De derecha a izquierda, junto a la efigie de Malerva, faltaban, en efecto, las fotos de un hombre, una mujer y el niño que había visto primero.

—A esas precisamente quiero llegar —dijo Rojano.

Las puso en el centro del escritorio:

—¿Qué les notas? —preguntó.

Para empezar, eran las más sangrientas. El rostro de la mujer sólo tenía sin mancha la punta de la nariz. Era un rostro de facciones clásicas, la nariz enérgica y fina bajaba desde la frente redonda hasta dos aletillas amplias, como dibujadas; los ojos estaban armónicamente incrustados en dos órbitas profundas, los pómulos altos eran apenas visibles en su ascenso al final de las sienes desde una de las cuales parecía manar, todavía, el líquido que había encerado esas líneas inertes.

—Son la misma familia —dijo Rojano. Señaló a los adultos:

—Raúl Garabito, agricultor, y su mujer. El menor es el hijo de ambos. Ahora, fíjate bien: los Garabito tienen impactos de bala en el cuerpo, igual que los otros. La mujer y el niño en el pecho, el hombre en el abdomen y en los costados —apuntó con su lapicero los impactos en las fotos—. Pero observa sus cabezas.

Hubo la pausa debida.

—¿Ves lo que tienen las cabezas?

Asentí mecánicamente.

—Me refiero al lugar de donde sale la sangre —precisó Rojano, con vaga impaciencia.

—De los impactos —dije.

—De los impactos en la sien —avanzó Rojano—. Ese es exactamente el problema.

Sorbí lo que quedaba en el vaso y volví a preguntar:

—¿Cuál es *precisamente* el problema?

—Que mataron a todos, pero *remataron* sólo a los tres que andaban buscando —dijo contundentemente Rojano.

—¿No buscaban a Malerva? —pregunté.

—Eso gritaron. Pero remataron a los Garabito, no a Malerva.

—¿Dices por los impactos en la sien? —pregunté.

—Digo por los tiros de gracia —remató Rojano.

Hay cierta locuacidad en los hechos de sangre. Como reportero de policía lo había constatado muchas veces: atropellados que habían perdido los calcetines sin perder los zapatos, disparos que habían atravesado limpiamente un pulmón sin provocar más que una leve hemorragia, suicidas que se habían disparado en la sien con el único resultado de amanecer al día siguiente en su casa con una nueva raya en el peinado. Los impactos en la cabeza de los Garabito no tenían por qué sustraerse a esa lógica chocarrera de las balas.

—Eso pasa en las balaceras —dije, empecé a decir.

—¿Cuál balacera? —devolvió rápidamente Rojano.

—Dijiste que se armó una balacera en la que murió esta gente.

—Eso dijeron los testigos —precisó Rojano—. Lo que yo dije es que Malerva iba desarmado. Y ahora te añado que Garabito *también* iba desarmado. La pregunta entonces es *¿quién* de las víctimas disparó? ¿El niño Garabito? ¿Su mamá? ¿La mujer del puesto? ¿Su hija? ¿Próspero Tlámatl? ¿El desconocido? Tlámatl y el desconocido no tenían entre los dos veinte pesos en los bolsillos. ¿Te los imaginas con una pistola al cinto?

No debía imaginármelos sino seguir el razonamiento de Rojano, así que pregunté:

—¿Qué es lo que ocurrió entonces, según tú?

—Lo mismo que sucedió al mes siguiente en Altotonga —dijo Rojano, echando mano del segundo expediente.

Quitó el papel de china (morado) y desplegó el contenido sobre el escritorio. Era una colección de recortes de periódico dando cuenta del modo como un ebrio había disparado sobre una multitud en Altotonga durante las fiestas de la patrona del pueblo, el 22 de julio de 1973. Había herido a cinco y matado a dos antes de darse a la fuga, explicó Rojano, cuya excitación iba en aumento. Había disparado por lo menos doce veces porque había hecho doce blancos, dijo Rojano:

—Una puntería insólita en un ebrio.

—Había corrido casi cuatro calles sin que lo alcanzaran dos policías a caballo, que supuestamente lo persiguieron:

—Una rapidez por lo menos sorprendente en un ebrio —dijo Rojano—. Y nunca lo agarraron de ahí en más —concluyó.

Sacó de su pantalón un paliacate para secarse el sudor de labios y mejillas.

—¿Pero qué pasó? —pregunté.

—Todo, lee.

Me dio el informe de la autopsia de los cadáveres cuidadosamente subrayado en rojo. En el extraño lenguaje forense, se describía ahí la muerte por disparos calibre .38 de Manuel Llaca (veintinueve años, impactos en la zona inguinal derecha, caja torácica y hombro izquierdo) y Mercedes González viuda de Martín (sesenta y cuatro años, impactos en abdomen, brazo izquierdo, glúteo derecho y sien izquierda —esto último venía envuelto en un doble círculo rojo—). Luego se detallaban las lesiones de los otros cinco heridos.

—Cuenta los tiros —dijo Rojano—. Son doce tiros, contados uno por uno.

Pregunté por los tiros.

—Revelan el mismo esquema de Papantla —dijo Rojano, secándose las manos con el paliacate—. Una balacera donde mueren varios, pero se ajusticia sólo a uno.

—¿La señora del balazo en la cabeza?

—La viuda con el tiro de gracia, sí.

—¿De dónde sacas que es lo mismo?

—Repasa las circunstancias —empezó a decir Rojano. Su compostura doméstica cedía paso a su vehemencia de siempre—: Un ebrio dispara con un revólver .38 doce disparos con los que mata a dos personas y hiere a cinco, pero no se ha inventado el revólver .38 con cargador de doce tiros. El que más, tiene ocho. Entonces o el ebrio cambió su cargador en medio de la balacera o alguien más disparó aparte del ebrio.

—Podía traer dos pistolas —dije yo.

—No traía dos pistolas. Traía una, eso es el testimonio de todo mundo. Pero aunque hubiera traído dos pistolas: ¿cómo le dio el tiro de gracia a la viuda Martín? Nunca estuvo tan cerca de ella.

—Le llamas tiros de gracia a los balazos en la cabeza. De algo se tiene que morir la gente que muere a balazos.

—¡No, no, date cuenta! —dijo Rojano poniéndose de pie—. La viuda Martín estaba caída ya cuando recibió ese tiro. Le dispararon de frente, en el abdomen primero y luego en el brazo izquierdo. El impacto en el brazo izquierdo fue el que la volteó, por eso recibió el siguiente disparo en la nalga. Pero el de la sien sólo pudieron dárselo a sangre fría, cuando ya estaba en el suelo. Aprovecharon la confusión para rematarla.

Admiré la precisión descriptiva de su versión, que denunciaba también muchas horas de recomposición mental de los hechos, a partir de la opaca colección de datos del forense.

—También le pudo tocar en la balacera —insistí.

—¿Cuál balacera, cuál? —dijo Rojano empezando a dar vueltas por el despacho, pasándose por el cuello el paliacate—. Estás frente a una ejecución, carajo, ¿no te das cuenta?

—Me doy cuenta, pero ya me acabé el wiski. ¿Está cerrado este bar?

—Claro que no. Te traigo lo que quieras.

Salió del cuarto y me acerqué a los expedientes. Los planos topográficos describían las propiedades de Raúl Garabito y Severiano Martín, la primera de 300 hectáreas en el municipio de Chicontepec, la segunda de casi 500, apaisada a lo largo de un río Calabozo, con doble pertenencia a los municipios de Chicontepec, en Veracruz, y Huejutla, en Hidalgo, ya en la fértil estribación de la Huasteca.

Abrí el tercer expediente. Volvía a incluir fotos de morgues provincianas, Huejutla esta vez, con cinco muertos cosechados durante las fiestas del pueblo (noviembre de 1974), unos meses después de Papantla y Altotonga. El recorte adjunto de El Dictamen informaba que una cuadrilla de *gatilleros* (guardias blancas de los caciques de la región) había consumado metralleta en mano el homicidio de unos hermanos Arrieta, "cabecillas de organizaciones comunistas seudocampesinas de la Huasteca", según decía el redactor con neutralidad característica. Los gatilleros habían "cumplido su meta", seguía la nota, "irrumpiendo en un pequeño palenque y disparando a mansalva sobre la inocente multitud ahí reunida, con saldo de cinco muertos y cuatro heridos, todos ellos ajenos al conflicto, salvo los propios Arrieta, conocidos agitadores comunistas del campo hidalguense".

Una lista mecanografiada de los muertos resumía la versión, muy distinta, de Rojano. Había señalado con una cruz no los nombres de los Arrieta, sino los de un Severiano Ruiz y un Matías Puriel. Busqué esos nombres en el informe del forense. Sobre las líneas rojas con que Rojano había señalado distintos párrafos, leí en ambos casos la misma sentencia: "También puede constatarse impacto de proyectil en zona parietal izquierda, penetrante, con desgarramiento severo de masa encefálica y quemaduras externas superficiales indicativas de haber sido disparado el proyectil a distancia no mayor de treinta centímetros".

Empezaba la exploración del plano topográfico cuando volvió Rojano cargado de hielos y tehuacanes. Puso todo sobre las cajas de naranja y mango que tenía estibadas junto al escritorio.

—Es el mismo esquema —dijo, señalando con la cabeza el tercer expediente, mientras abría dos botellas de soda—. Los Arrieta murieron a balazos, pero los rematados fueron otros.

Había entrado ya en su relato, de modo que fui a servirme y pregunté por los rematados.

—Eran medios hermanos —dijo Rojano, empezando a beber una de las botellas de agua. Añadió sorpresivamente:

—Los dos eran hijos de don Severiano Martín, el de la viuda que ejecutaron en Altotonga.

—¿Todos de la misma familia?

—Hijos los dos de don Severiano Martín, un viejito gara-ñón que se anduvo tirando a todas las mujeres de la zona y tuvo todos los hijos de temporal del mundo. No le dio el ape-llido a ninguno, pero a estos dos que remataron en Huejutla les dio unas tierras.

—¿En Chicontepec?

—Exactamente. ¿Ya viste los planos?

Asentí.

Siguió Rojano:

—El viejo Martín tenía en ese sitio cerca de mil qui-nientas hectáreas de la mejor tierra de la Huasteca. Murió intestado, como todos esos viejos cacicones. Pero Severia-no Ruiz y Matías Puriel tenían ahí entre los dos unas 350 hectáreas. Ejecutaron a la viuda que tenía 500 y ejecutaron a los medios hermanos: ochocientas cincuenta hectáreas en total.

—¿Y quién se quedó con las tierras?

—Ese es el chiste, nadie se quedó. Las tierras quedaron libres —dijo Rojano, volviendo a excitarse con su propia expli-cación—. Resulta que no hay herederos ni parientes que recla-men legítimamente la propiedad sobre esas tierras. Se pueden adquirir fácilmente, con dinero y los debidos apoyos políticos.

—¿Qué es lo que quieres decir, en resumen?

—Quiero decir que se ha ejecutado a sangre fría a dos familias enteras, fabricando coartadas que desvíen la atención y que han costado en total nueve muertos y nueve heridos adicionales.

—Es una locura. ¿Cómo construiste esa información?

—¿Cómo la *construí*? —gritó Rojano, saltando de su silla—. No me chingues, hermano. No la construí. Pregúnta-me cómo la supe, no cómo la construí. En las cosas que has visto aquí no hay un solo dato amañado, una sola inconsis-tencia, una sola invención.

—¿Cómo la supiste, entonces?

—Anabela era ahijada y sobrina de la viuda Martín, cuyo nombre de soltera fue Mercedes González Guillaumín —dijo Rojano, sacando otra vez el paliacate—. Y además están las carpetas, las alforjas de cuero en que vienen los expedientes.

Tomé la que estaba en el escritorio, Rojano siguió:

—Cada uno de los ejecutados recibió una carpeta de esas, meses antes de recibir el tiro de gracia. La que tienes en las manos le llegó a la viuda Martín tres semanas antes de las balas de Altotonga. Aquí tengo las otras.

Escarbó tras los cajones de naranjas y sacó otros dos cueros polvorientos, con su talabartería mexicanoide. Pasé las yemas por encima de la que tenía en las manos. Era un cuero de extraordinaria calidad, grueso pero terso y dúctil al tacto, como tela. *El que sabe sumar sabe dividir.*

—Llegaron los cueros con ofertas de compra de los terrenos adentro —dijo Rojano—. Yo los recuperé luego de las casas. La mujer de Garabito cerró el suyo de dos lados para hacerse una bolsa de mano. La traía en el mercado de Papantla el día que la ejecutaron. Aquí está.

Era una horrenda bolsa, le habían añadido un tirante con grapas doradas para poder usarla al hombro.

Siguió Rojano:

—El de la viuda Martín lo trajo una sirvienta suya, una como nana de Anabela. Hay mucha relación porque son familias de origen francés. Entre ellos no pronuncian Martín, sino *Martán* y no Guillaumín sino *Guillomé*. La nana dijo que los mismos cueros les habían llegado a los hijastros. Según ella, que traían mal de ojo.

—Pero dices que traían ofertas de compra.

—En realidad cada una traía un ultimátum. La oferta que traían esos cueros era la última de una larga serie.

—¿Cómo sabes eso?

—De la mejor fuente —dijo Rojano, restregando el paliacate entre sus manos—: Me lo dijo el propio comprador.

El wiski había hecho su efecto y no hubo reacción de mi parte. Pero me pareció que la historia, con todo su andamiaje, era quintaesencialmente Rojano: desorbitada, laberíntica y con un propósito no revelado en la sombra. Agradecí su regreso, dejé de sospechar, me sentí por primera vez a mis anchas en toda la noche.

—¿Quieres decir que conoces al comprador? —pregunté—. ¿Al benefactor de estos expropietarios?

—Más que eso, mi hermano.

—¿Algún compañero de la escuela? —seguí—. ¿Un amigo de la infancia?

—No, mi hermano, no. Desde hace dos años tomamos café cada que viene al puerto. Ahí es donde empieza la historia para ti.

—¿Te refieres al responsable de estas masacres?

—Al autor intelectual, sí. Cada vez que viene conversamos largo.

—¿Planean el futuro de la niñez veracruzana?

—No me chingues, hermano. ¿Cómo puedes bromear con eso?

—El que se sienta a la mesa eres tú. Y el que le colecta los muertos.

—Para sondearlo, mi hermano, para conocerlo.

—¿Para qué otra cosa podría ser?

—Aguántame un minuto sin sarcasmos, Negro, la cosa no termina aquí. El problema es que casi inevitablemente será mi aliado político.

Fui a servirme el sexto wiski de la serie, cuyo efecto bienhechor iba en claro y multiplicado aumento:

—Felicidades por tu aliado —dije al volver.

—No depende de mí —dijo Rojano—. Su voz pesa en las municipales del norte del estado.

—¿Y las elecciones del norte del estado qué tienen que ver contigo? —pregunté—. Tú eres sureño, sotaventino en el peor de los casos. ¿Qué vas a hacer a las municipales del norte como candidato? Digo, aparte de planear el futuro de la niñez veracruzana.

—Así lo quiere el gobernador.

—¿Lo quieres tú?

—Lo que yo quiero no importa. Yo soy un político, voy a donde haga falta. Pero si quieres saber lo que yo quiero, te lo digo: sí, quiero ir a Chicontepec como presidente municipal.

—Para mejor planear el futuro de la niñez veracruzana.

—No me chingues —dijo Rojano.

—No te chingo, déjame adivinar: quieres ir a Chicontepec a dar la lucha por *dentro*.

—Pinche Negro, me estás chingando.

—A dar la lucha por dentro contra tu aliado. Digo, para mejor planear el futuro de la niñez veracruzana.

—Para mejor romperle la madre, Negro.

—Claro, ¿para qué otra cosa?

—No me chingues, hermano, me estás chingando. Te estoy hablando con el corazón, te estoy enseñando las tripas y me estás chingando.

Se sentó en la silla del escritorio y metió las manos en el pelo como si aflojara con ese masaje un gran cansancio. Enervado, como sonámbulo, tomó un trago del jaibol que yo había puesto en la mesa, luego tomó otro y un tercero, hasta engullir el jaibol con todo y hielo.

—Para estar abstemio, te encanta el wiski —le dije.

—Hay algo más —contestó, regresando de donde estaba—: Anabela es propietaria de la misma región.

Fui a los cajones de naranjas a reponer lo que Rojano había tomado, pero ya no había hielo ni soda. Serví el wiski solo y tomé.

La misma rabia absurda volvió, con la misma sensación antigua de que los enredos de Rojano con Anabela la comprometían y la arrastraban, arriesgándola injustamente:

—Me acabas de mostrar una colección de fotos de mujeres y niños ajusticiados por nada —le dije—. Y ahora me dices que Anabela podría estar en el caso. ¿De qué se trata? ¿A dónde quieres que llegue con esta vacilada?

—Anabela es propietaria de la misma zona donde los Martín y los Garabito —dijo Rojano—. Podría ser parte del mismo diseño.

—¿Ha recibido la oferta?

—No.

—¿Entonces?

—Como te digo, sus terrenos colindan con los de la viuda Martín. No son nada, veinticinco hectáreas y enmontadas en su mayor parte. Pero colindan. Y atrás, ya no sobre el río, sino sobre la estribación de la Huasteca, está El Canelo.

—¿Qué es El Canelo?

—Mi rancho.

—Luego, hay un rancho.

—Sabes perfectamente que me compré un rancho hace unos años. Son cien hectáreas, rumbo a la sierra.

—Y veinticinco de Anabela, ya son ciento veinticinco.

—Ciento veinticinco.

—De pésima tierra, supongo. Un verdadero emporio de tepetate.

—La tierra es excelente —dijo Rojano—. Pero no te traje aquí para hablar de eso, ni para que te burles de nosotros. Anabela heredó de su familia, que es familia vieja de la región. Yo compré al lado, como pude, como se compran esas cosas en México, para mis hijos, como seguro de protección contra el desempleo político. ¿Qué tiene de malo?

Serví un dedo más de wiski y lo bebí, observando a Rojano por encima del vaso. Tenía el pelo revuelto como si acabara de despertar, la guayabera empapada de sudor, los ojos inyectados, fijos en las manos que frotaba obsesivamente por los pulgares.

Tuve nuevamente la certeza de estar acudiendo a una representación, el espectáculo de la voluntad política de Rojano puesta en el inicio de un laberíntico camino que en algún recodo había empezado a incluirme. Serví un último dedo de wiski y me sentí parte de un mal sueño, en ese raro despacho de muebles de oficina y cajas de mango estibadas junto a los archiveros metálicos. Bebí y pregunté, ahora sin sarcasmo, con solidaridad atribuible a la rapidez de las últimas dosis:

—¿Qué quieres que haga?

—Qué estés al tanto —dijo ansiosamente Rojano—. Que me ayudes en la investigación de ese asunto. Que lo sueltes en la prensa nacional cuando sea conveniente y podamos ganar. Por lo pronto, que lo tengas en la mano. No estamos hablando de cualquier pendejo. Estamos hablando de una fuerza que hay que parar ahora, porque después será demasiado tarde.

—¿Cómo se llama tu amigo? —pregunté.

—No es mi amigo, es mi enemigo.

—Tu enemigo y aliado, el benefactor, ¿cómo se llama?

—Lázaro Pizarro.

—¿De dónde sale?

—Del sindicato de petroleros de la zona norte del estado.

—¿Poza Rica?

—Poza Rica.

—¿Me puedes mandar una copia de esos expedientes? Mañana a mediodía regresamos a México.

—Los tienes mañana en tu cuarto a las diez.

Alcancé a tomar otro dedito en el tránsito a la calle. Eran casi las doce y Anabela no estaba en la sala. No insistí en verla, dormiría con sus hijos encima, exhausta en su maternidad de sonajas y pañales, en los linderos de las sombras que Rojano manoseaba en el archivo.

Fui al hotel Emporio, me di un baño y salí para Mocambo. El Ayuntamiento festejaba esa noche a la prensa nacional en un fichadero llamado Terraza Tropicana. Ahí estaban todavía, empezando de hecho la jornada. Había variedad, rumba, bar abierto y muchachas. Una corista joven tomaba mint juleps en la barra, tenía una hermosa y noble nariz, como la de la mujer de Garabito, cuyo perfil liso y sangrante seguía flotando en mi cabeza.

A las doce del día siguiente, de acuerdo a lo planeado, regresó la caravana de prensa a la ciudad de México, pero no aparecieron por mi cuarto Rojano ni sus expedientes. La caravana de prensa: el largo festejo de información y dinero con que la nación inventaba cada seis años a su presidente en la campaña presidencial. Siete u ocho meses para amplificar voz y voluntad, rostro y gestos del candidato, su inocencia en el desastre precedente, su patriotismo en el arreglo que vendrá, su paso triunfal por cada pueblo, registrado en cada periódico, en cada emisora radial, en cada pantalla televisiva, hasta formar con la suma la gran efigie mayor, nuevamente mitológica, del presidente de México.

Abordábamos el avión cuando corrió la noticia del asesinato de Galvarino Barria Pérez, líder agrario del norte de Veracruz, acribillado por gatilleros en una emboscada cerca de Martínez de la Torre. Recordé los expedientes de Rojano, el sangriento estilo de la cosa agraria en el Golfo.

Y olvidé.

Capítulo 2
EL REGRESO DE ANABELA

El primer domingo de julio de 1976 fue elegido presidente el candidato que nosotros habíamos ayudado a construir, esta vez sin opositor, porque los demás partidos legales se abstuvieron de entrar a la contienda. Vivimos luego el fin de sexenio más grave desde el anterior. Hubo en esos meses la primera conspiración golpista (patronal) de la era moderna y su primera denuncia pública, la primera devaluación del peso en veintidós años y el primer aplauso cerrado en la Cámara de Diputados por ese motivo; rumores exitosos, desestabilización a la chilena, certidumbre pública de que el 20 de noviembre de 1976, día del sexagésimo sexto aniversario de la Revolución mexicana, habría un golpe de Estado que pondría fin a tan prolongada era. Llegó ese día, previsto para fin de época, pero no quiso el azar que el ejército ocupara el Zócalo ni que los civiles salieran de palacio. Quiso en cambio, sin aviso, que reapareciera en mi vida Anabela de Rojano.

Yo vivía entonces en el departamento de Artes, junto a los viejos baños legendarios, en un cómodo y frío rectángulo de techos altos y tuberías averiadas. El departamento era gigantesco, tenía tres cuartos de los que yo sólo ocupaba uno porque había instalado el despacho en la sala, junto a un desayunador donde cabía con holgura una mesa redonda para ocho comensales. El despacho incluía un escritorio, libreros y archiveros, más dos sillones de cuero negro y dos equipales.

Doña Lila, una veracruzana cincuentona, nacida en Tuxpan, junto al río, hacía la limpieza y la comida. Admitía cordialmente a mis invitadas nocturnas y levantaba por las mañanas los estragos de la noche. Su único lujo laboral era desaparecer sin aviso dos o tres días en seguimiento de aventuras otoñales que luego ella misma contaba con claridad irrecusable.

Aquel 20 de noviembre de 1976 doña Lila guisaba unos tamales para la noche y unos duraznos en almíbar. En el despacho yo dictaba un agregado a la columna del día siguiente, justo sobre los rumores del golpe y su reconocido promotor de entonces, el industrial regiomontano Andrés Marcelo Sada, a quien la prensa y los medios políticos bautizaron, juguetonamente, como el Marqués de Sada. Estaba de espaldas dictando cuando sonó el timbre. Tardé unos minutos en terminar. Cuando colgué y di la vuelta, Anabela ya estaba sentada frente a mí, en uno de los sillones, fumando un cigarrillo de filtro blanco. Dijo con su sabrosa voz cascada: "¿Viste el golpe por televisión?".

Meneaba la pierna cruzada y sonreía entre el humo del cigarrillo, en cuyo filtro blanco había dejado un rastro turbio de lápiz labial. Todo en ella era como el exceso de esa mancha: la capa de maquillaje, el corte de pelo rejuvenecedor, el atuendo de cuero, las uñas largas, la separación de las pestañas, la sombra azul sobre los párpados. Yo estaba despeinado, sucio, pegajoso, la barba de un día, la punta trasera de la camisa salida del pantalón.

—Dije si viste el golpe por televisión —rubricó.

Alcancé a preguntar:

—¿Tú qué haces aquí?

—Te digo que vine a ver el golpe —se sonrió Anabela, acentuando el movimiento de la pierna—. Como no hubo golpe, vine a verte a ti. Dime una cosa: ¿por qué anuncian las cosas y luego defraudan al público, eh?

—¿Cómo supiste mi casa? —dije.

—Por la agenda de Rojano, mi bien. Tiene la dirección de todo el mundo. Incluido un jefe de ayudantes de Nixon que vive en Illinois y usa calzones contra balas, ¿me crees? ¿Cómo estás? Parece que acabaras de comerte un cocodrilo.

—Acabo.

—Pues empieza a eructarlo. ¿No vas a ofrecerme nada de tomar? Son las seis de la tarde. Ya que no hubo golpe, aunque sea un vodka en las rocas.

Estaba la tarde un poco gris, algo fría, desarreglada como yo mismo. Puse un disco, el disco barroco de Los Beatles, y fui a la cocina por hielo.

—Si va a haber fiesta, mejor me voy —dijo doña Lila, que vigilaba los tamales y los duraznos.

—Deme unos hielos, doña Lila.

Sacó unos hielos del refrigerador y los puso en una hielera:

—¿Va a querer también refrescos o lo toman solo? Solo va más rápido al cerebro.

—También refrescos, doña Lila.

Los sacó de la caja donde los tenía, al lado del refrigerador, y les limpió el polvo con un trapo húmedo. No tenían polvo, pero quería hablar:

—Buen cuero que le llegó. Esa es mujer de político lo menos, si no es que de torero.

—También quiero que me vaya a comprar unos cigarros, doña Lila.

—Está lleno el buró con sus cigarros, pero igual se los compro. ¿Cuánto quiere que me tarde? Puede ser poco, mucho o regular.

Le di trescientos pesos, suficientes entonces para una sesión de tarde y noche en el Prado Floresta, el lugar de baile que le gustaba. Se guardó el dinero en el robusto pecho:

—Eso es lo que me gusta de aquí —dijo—. La cosa política.

Luego se quitó el delantal, apagó las hornillas y se fue.

Regresé al despacho. Anabela había prendido su segundo cigarrillo. Le dio un sediento trago a su vodka. Serví para mí un wiski con soda, en un vaso alto repleto de hielos.

—¿Aquí trabajas? —preguntó Anabela.

—En el periódico. Aquí tengo el archivo.

Dio el segundo trago.

—¿Te va bien en el periódico?

—Con la columna, sí.

—¿Pero vives solo?

—Sí.

—¿Y por qué vives solo?

Sorbió de nuevo. Hice lo mismo con mi largo wiski, el primero después de la sesión de tecleo de dos horas para la columna.

—Por la libertad de movimientos —dije.

—¿Necesitas libertad de movimientos? —jugó Anabela.

—Absoluta libertad de movimientos.

—¿Para traer a quien quieras aquí?

—A quien se pueda.

—¿Y dejar a quien quieras, cuando quieras?

—Que me deje quien quiera cuando quiera. Sin excepción, a los tres días.

—Noches serán. Cada tres noches.

—Cada tres días. Nada más dos noches.

—¿Es todo lo que das?

—Forzando mucho la máquina.

—¿Por eso vives solo?

—Y porque te casaste con Rojano.

Soltó una carcajada, con el sonido retumbante de su risa volvió a mí un eco pleno de la loca que había sido en los sesenta, la estela de admiraciones que la seguía por los corredores de la universidad celebrando su cuerpo en movimiento.

—¿Pero te hubieras casado conmigo? —dijo Anabela.

—Hubiera dado un huevo por casarme contigo.

—No te creo.

—Lo sabes perfectamente, aunque de eso ya llovió.

—No tiene más de diez años —precisó Anabela—. ¿Cuántos tienes tú?

—Dos menos que Rojano. Dos más que tú.

—Si son dos más que yo, apenas tienes veintinueve —dijo Anabela.

—Así es, más el sexenio del último gobierno.

Volvió a reírse con su risa fresca, sonora, retumbante.

—Ya sabes que no me interesa la política —dijo—. No me ha sacado una sola cana. Si tienes dos años más que yo, tienes veintinueve. Y no hay sexenio que valga.

—Veintinueve, entonces. ¿Otro vodka?

—Dámelo doble, para que no des vueltas. Y si tienes un disco de Álvaro Carrillo Méndez, doble también.

Puse el disco y dupliqué la dosis. Empezó Álvaro Carrillo de fondo:

Como se lleva un lunar,
todos podemos una mancha llevar.

Anabela se quitó la chaqueta de cuero. El suéter que traía debajo realzaba sus hombros anchos y sus pequeños senos perfectos.

Había unas lonjitas donde cruzaba el brasier abajo y otras, también mínimas, sobre su abdomen, antes liso, como de bailarina.

—Voy a brindar por tus veintisiete años —le dije al entregarle el vodka—. Que se queden como están otro sexenio.

Anabela se rio nuevamente con la risa de otra época, y volvió a inundarme su recuerdo de entonces, las líneas ligeras y vibrantes de su cuerpo cruzando como una aparición en la cafetería de la escuela, la prolongación delgada y exuberante de las piernas, la redondez de los brazos, el cuello coronado por la democrática naturalidad de la cara sin pintar y el peinado de muchacho.

Bebió de su vodka doble, antes de volver a la carga:

—¿Y tú eres periodista corrupto o simplemente tienes precio?

—Yo soy periodista veracruzano.

—¿Pero le atoras o le sacas a la lana?

—Me rijo estrictamente por la ley Arteaga.

—¿Y cuál es la ley Arteaga?

—"Lana que no te corrompa, agárrala."

—¿Y cómo sabes si no te corrompe?

—No sabes.

—¿Entonces la agarras o no?

—Sólo si no te corrompe.

—¿Y este genio Arteaga, quién es?

—Es un reportero de *Excélsior*. Es el autor del aforismo universal que dice: "No hay crudo que no sea humilde, ni pendejo sin portafolio".

Hice una pausa y pregunté:

—¿Y tú?

—¿Yo qué?

—¿Le atoras o le sacas?

—¿A qué?

—¿Eres esposa fiel o esposa a secas?

—Yo siempre he sido esposa húmeda.

—¿Noche tras noche?

—Hijo tras hijo. Aunque no sé por qué lo preguntas como si tuvieras interés. A mí me late que en los años sin vernos acabó gustándote la otra orilla. Quiero decir: los políticos y eso. Yo creo que todos los periodistas que se ocupan de política se acaban volviendo medio maricones, medio puñales. Todos los políticos son puñales, eso está claro. Se la pasan cortejándose, abrazándose, seduciéndose. Y luego se agarran unos odios africanos, como de amantes ofendidos.

—Yo no soy político.

—Pues da igual. Explícame por qué vives solo en este departamento de señor sin señora. Se me hace que van a llegar aquí tus novios y me van a apuñalear hasta sacarme sangre. Dime la verdad: ¿eres soltero fiel o te gusta la coca cola en rebanadas?

Serví la tercera ronda y puse a Pérez Prado.

—¿Y por qué no me invitas a cenar a algún sitio? —dijo Anabela—. Ni modo que me tengas aquí secuestrada hasta que se entere la policía, oye.

—Podría invitarte, te invito unos caldos con unos sopes.

—Yo sopes no comía ni cuando andaba sin zapatos, Negro. Y no me salgas ahora con que tu rólex salió de tus ahorros en los caldos de la Tía Chucha.

—Ya no existen los caldos de la Tía Chucha.

—Acabas de confesarme que salió de los sobres que te dio Arteaga. Llévame al Champs Elysées.

—No venden sopes ahí.

—Pides la carta de vinos y escoges un blanco seco, francés, para pescado. El pescado va con vino blanco, ¿no? Viene el mesero, le truenas los dedos, le pides cosecha 1928 y para mí un vodka en las rocas, porque esas marranillas francesonas para mí que son bebidas de puñales, ¿no?

Como a las siete de la noche, salimos a la extraña combinación que dan los días feriados en la ciudad de México, las calles vacías de coches, rebosantes de gente, largas y jóvenes familias con niños que escalan las espaldas y los brazos de sus padres, los cuerpos paridores de las mujeres, jóvenes ancianas metidas en la jaula de la procreación, la quema prematura de sus cuerpos frescos, nuevos y estragados.

Fuimos al Champs Elysées, un restaurante con terraza sobre Paseo de la Reforma que se había ido volviendo territorio de políticos y transacciones, la representación entre ostentosa y refinada de la cocina francesa en México. Anabela quiso una mesa de adentro y la carta de vinos importados.

—Escoge uno blanco para pescado, como quedamos —dijo extendiéndome la carta cuando se la trajeron—. Y escoge también el pescado. El que sea, pero que esté bien muerto.

Pedí truchas a la mantequilla y una botella de Chablis, que voló como agua.

—Está bueno este juguito de uva —dijo Anabela cuando resbalaron las últimas gotas en su copa—. Dile al puñalito que nos atiende —se refería al mesero— que puede traer la otra botella.

Nos la fuimos tomando rápido también, antes de que trajeran las truchas. Hablamos del periódico y de política y Anabela de sus conocidas políticas en el puerto. La mujer del secretario de gobierno se había mandado traer de Alemania un coche Mercedes Benz con asientos de terciopelo morado obispo, la secretaria de la gobernadora coleccionaba centenarios para mandarles grabar su nombre, la cuñada del gobernador había alcanzado a tener doscientos cuatro insectos yucatecos vivos, llamados maqueches, con incrustaciones de esmeraldas sobre el carapacho; en una fiesta mexicana para agasajar a la mujer del presidente de la República, el líder de la diputación estatal, no queriendo faltar por ningún motivo en el espectáculo, accedió a fungir como árbol (El árbol del Tule) en un cuadro de bailables oaxaqueños. Era sabido que al alcalde homosexual del puerto le gustaban los pandilleros del barrio bravo de La Huaca y los tenía listos para darles calor. Y que el consumidor número uno de muchachos y muchachas del puerto era una anciana protegida del gobernador que hacía también las veces de presidenta de la Cruz Roja local y se había autodesignado madrina vitalicia de los tiburones rojos, el equipo de futbol profesional que llevaba un récord inigualado de catorce partidos seguidos sin ganar en su propia cancha.

—Si te has fijado bien en todos esos futbolistas —decía Anabela en la última franja de la segunda de Chablis— ya ninguno tiene uñas de tantas patadas y pisotones que se han dado. Tienen rayones y cicatrices por todos lados. En las piernas, digo. Pero si te has fijado bien, son una bola de puñales. ¿Cómo te explicas si no los abrazos y los tórridos fajes que se dan con el pretexto de que meten un golecillo? Se hacen montón y lloran festejando. Yo creo que en realidad se revuelcan juntos de puro puñales que son.

Decía *song* y *montong*, las eses desaparecían de sus labios con una suavidad porteña que el Chablis humedecía.

—Ahora, dime si me vas a dejar que me pierda aquí con todos estos puñalitos que nos sirven o vamos a ir a bailar. Porque lo que me hace falta a mí es una rumbeada que me desacomode las trompas de Falopio. Y a ti te cae bien al riñón.

Llamó al mesero con aparatosas señas y cuando llegó a la mesa le dijo:

—Ese vino que nos trajo yo creo que era del país porque da unas ganas enormes de ir al baño. Aquí el señor está muy enojado.

—Es Chablis francés, señora.

—¿Entonces por qué da tantas ganas de ir al baño? Para mí que es nacional. ¿Dónde está el baño?

Fuimos a bailar, como quería. A las once de la noche, en un clímax de trombones y tumbadoras que llegaba hasta la calle, entramos al club Náder, un centro deportivo en el corazón viejo de la ciudad cuyo salón de baile se atestaba cada fin de semana con las mejores tocadas de rumba. Era un barracón de dos pisos, con una pista central donde cabían hasta quinientas parejas. Venían conjuntos de medio mundo, bandas de salsa neoyorquina, Jorrín y sus músicos de La Habana, y los grupos mexicanos que sembraban en esos años un renacimiento de la música tropical.

Retumbaba el Náder:

Qué pena me da tu caso
qué pena me da.
Qué pena me da lo tuyo
lo tuyo es mental.

El conjunto La Libertad sonaba desde una inmensa jaula en el fondo del salón. La gente se agitaba en la pista, sudorosa y confundida en su propio tumulto. Por los pasillos circulaban los meseros y bebían y discutían exaltadamente grupos de muchachos a medio libar. El lugar estaba ocupado a tope por La Libertad, el sudor, el desmadre y el olvido, en ese pacífico día conmemorativo de la sexagenaria Revolución mexicana.

Por cien pesos el mesero nos consiguió una mesa en el rincón. Pedimos tragos y bailamos, o bailó Anabela, con precisión y ritmo que le había olvidado. La recordé bailando con Rojano de competencia en Villa del Mar, durante un carnaval al que fueron Lobo y Melón. En medio de las otras parejas, los vi desplazarse uno alrededor del otro, moviendo los pies y las caderas con rapidez extraordinaria para caer sin falta en el acorde exacto, a veces bailando a contratiempo, otras encontrando con sus movimientos sones internos de la música que no eran audibles ni podían ser registrados de otro modo. No habían ganado, pero se habían reconocido ahí, sudorosos y acoplados por primera vez ante mí, siempre ciego a los avances de Rojano en Anabela.

—Diez años va a hacer que no salgo a bailar ni a la sala de mi casa —dijo Anabela frente a su vodka—. Diez años muerta, tirada ahí, dejando que la música se vaya del cuerpo. Porque la música está en el cuerpo como los músculos. Si no la usas desaparece. No es como las mujeres y las casas, que se adquieren para siempre.

Tomó un trago y puso los codos en la mesa para acercarse a mirarme:

—Puede ser que me salgas puñal como los políticos y los futbolistas. Pero te voy a decir una cosa. ¿Te la digo?

—Dímela.

—¡No, no, no! No me vengas con democracias y esos puñales. Dime que te estás muriendo porque te la diga.

—Me estoy muriendo porque me la digas.

—¿Estás loco porque te la diga? ¿O sólo quieres darme por mi lado?

—Estoy loco porque me la digas.

—Entonces te la digo.

Levantó la copa y se me quedó viendo otra vez. Estaba bastante ebria, bastante joven:

—Me estás gustando —dijo.

—Tú me estás gustando a mí también.

—¡No, no, no! No me vengas con reciprocidades y eso. Yo te digo "Me estás gustando" y tú tienes que ponerte como loco, como si la luna te estuviera saliendo de debajo del cráneo. No me tienes que contestar nada, tienes que ponerte loco nada más y eso es todo, para que funcione. ¿Me entiendes? Porque lo que está sucediendo aquí es que *me-estás-gustando*. Y eso hay que celebrarlo como si fuera el año Uno de la Revolución mexicana, que estuvo toda hecha por puros puñales. Que lo diga si no el Apóstol de la Revolución mexicana, don Pancho Madero, que lo traicionaron todos, la bola de lesbianos.

Anabela bailó y habló hasta que cerraron la cortina, y luego exigió ir a otro sitio. Tomamos rumbo al sur. A la una de la mañana de ese año sexagésimo sexto de la Revolución mexicana, la avenida Insurgentes estaba llena de coches y había putas a llenar en los cruceros. La marquesina de La Roca seguía viva con sus míticas luces borrosas: "Squiubidú y su rumba. Trío Fellove. Cene y baile 10-3 p.m." Era inevitable caer aquí, donde había traído a Anabela en los primeros años de la facultad, donde la había visto por primera vez pegársele a Rojano en una balada propicia, donde había tratado de reencontrarla la noche de 1968 que ella dedicó a hablar de Rojano. Aquí la traía de nuevo, fiel al lugar de nuestro desencuentro.

Se aferró a mi brazo al entrar por la puerta llena de cuidadores y golpeadores: "No me sueltes".

Adentro cantaba el vocalista de Squiubidú, oportuna y desastrosamente:

> *Aunque tú me has dejado en el abandono*
> *aunque tú has muerto todas mis ilusiones*
> *en vez de maldecirte con justo encono*
> *en mis sueños te colmo,*
> *en mis sueños te colmo, de bendiciones.*

Pasamos a la pista de baile y nos quedamos abrazados algún tiempo después de que terminó la tocada, hasta que empezaron con otra que no recuerdo y luego "No me preguntes más".

—Ahora te voy a decir una cosa —dijo Anabela en la mesa al iniciar su siguiente vodka—. ¿Vas a querer que te la diga?

—Absolutamente.

—No digas palabrotas. Si vas a querer que te la diga, lo único que tienes que hacer es enloquecer. ¿Vas a querer que te la diga?

—Como loco.

—Está dividido en partes lo que te voy a decir. ¿No te importa si te lo digo por partes?

—Si no me lo dices por partes, no me interesa.

—Entonces fíjate bien, porque a lo mejor lo que te voy a decir amerita que se te haga chico el Himalaya para cogerte a un yeti. Digo, tendrás que empedarlo primero como a mí con estos vodkas que me estás surtiendo. La verdad no me imagino a los yetis bailando rumba.

—¿Te imaginas a un yeti bailando rumba?

—No.

—¿Te imaginas a un yeti pedo?

—Pedísimo, en las alturas del Himalaya.

—No te imaginas nada, me estás trampeando, me estás distrayendo de las cosas que quiero decirte.

—Te estoy distrayendo.

—¿Lo ves? Vas a resultarme maricón como los futbolistas y los políticos y los yetis del Himalaya. Pero lo que voy a decirte, ¿te importa si te lo digo en partes?

—Si no me lo dices en partes no me interesa.

—Entonces te voy a decir estas cosas prohibidas para maricones y puñales y eso. Primero: no le tronaste los dedos como se merecía al puñalillo del Champs Elysées. Un columnista político como tú le truena los dedos a los puñalillos que sirven en los restaurantes. ¿Quedó claro este punto?

—Clarísimo.

—Segundo punto: no tienes nada en los pies, te pesan como si fueras el último de los mohicanos, al cual mataron, como sabes, porque no pudo correr. Tercer punto: estás coludido con tu amigo Rojano en lo de Chicontepec, ¿no es cierto? Digo, me quieren ver la cara de idiota, ¿no es cierto? Tú le gestionas acá los papeles y luego ustedes van a mitades con mis veinticinco caballerías de tierra y yo como las palmeras de Agustín Lara, borracha de sol, ¿no es verdad?

Estaba borracha, en efecto. Miraba ya a través del rímel grueso y desarreglado de sus pestañas con una expresión vidriosa, cuarentona, desengañada, que me excitó como lo hacían antes las claridades de su cuerpo, la imposibilidad de mal aliento que había en sus facciones adolescentes intocadas. Aquí estaba el otro lado, la versión ojerosa y pintada, juguetona aún, de una dama capaz de mezclarse con lo que fuera sin dejar mucho de sí misma en las sacudidas que el viaje exigiera, invulnerable y dura, como no la había visto antes, como siempre sospeché que podía ser bajo la capa de su libertad y la realidad de su sometimiento.

—¿De qué estás hablando? —pregunté.

—No te hagas el que la virgen te habla. ¿Estás o no coludido con Rojano? Me quieren chingar, ¿no es cierto? Me lo puedes decir, porque al cabo tengo muy buen vino. Mañana no me acuerdo de nada. No me tengas miedo. ¿No ves que estoy coludida contigo desde la prepa? ¿Pues qué clase de columnista me vas a salir? Y ya dile a ese cabrón que se calle porque me están haciendo un efecto las copas que yo creo que hasta te coludiste aquí con el güey que canta para que me dieran yumbina. Les das yumbina a las viejas y caen así nomás, ¿no es cierto? *Eres mi bien lo que me tiene extasiado* y caen las viejas como moscas, una tras otra, con la yumbina. Así es. ¿Por qué no nos vamos de este sitio, oye?

Puso la mano sobre la copa semivacía y miró al derredor apoyándose en un codo sobre la mesa. Resbaló el codo y lo puso de nuevo, resbaló de nuevo y sonrió. Con un gran esfuerzo dijo, finalmente:

—¿Por qué no nos vamos ya de este pinche sitio, oye?

Aquel día sexagésimo sexto de la Revolución mexicana entramos bailoteando al departamento de Artes la rumba de moda en nuestra juventud, *pelotero la bola, bátiri batiribá,* hasta el sillón de donde habíamos arrancado esa tarde. Le quité las botas para darle masaje en los pies. Me jaló del pelo indicando que me echara sobre ella. Nos besamos, muy despacio primero, sobreactuadamente después. Empecé a tocar sus muslos y sus pechos. Se fue abandonando a esas caricias. Cuando volví a tratar de besarla en la boca, descubrí que se había dormido. Tenía la pintura corrida, los labios entreabiertos, resecos, la falda subida sobre las piernas y un arete desprendido en la oreja. Había puesto la muñeca junto a su barbilla como si se apoyara en ella. Respiraba acompasadamente, rígida y plácida a la vez, como una niña. Durante un rato la vi dormir en ese sillón, un largo rato. Luego traje una cobija y se la puse encima, cuidando de no tapar la muñeca en que se apoyaba. Me serví otro jaibol y volví a verla, el arete desprendido, la muñeca, la respiración de niña. Caminé una media hora por el departamento, saturado de iluminaciones y hallazgos, cabos atados para la columna, informantes posibles. Volví a tapar a Anabela: roncaba.

Me despertaron doña Lila y la luz del día siguiente como a las diez de la mañana. Estaba tirado sobre la cama, sin camisa, muerto de frío, con una punzada seca en la garganta.

—Se fue temprano —dijo doña Lila empezando a recoger las sábanas.

—¿Dónde está?

—Como vampiro le digo que salió con el alba.

—¿A dónde?

—A un congal de lujo, digo yo. Porque esa era mujer de torero menos, no de periodista.

—¿Dejó un recado?

—Ni recado, ni propina. ¿Qué va a desayunar? Hay tamales de los de anoche, plátanos fritos, tostadas, jugo de lima con mucho hielo. Y ya está listo su baño, hirviendo como para pelar pollos.

Pasé completo por el tratamiento de doña Lila y por los periódicos del día. Revisé mi libreta, donde había apuntado el día anterior un párrafo de garabatos que no entendía, con tres frases legibles: "En pleito con Ro por Chicontepec/Me está clavando/Hasta es posible que él la mandó".

A la una llegó el mensajero con un paquete flejado que enviaba la señora Rojano por el servicio de taxis del hotel Reforma. Telefoneé de inmediato al hotel, pero me dijeron que su huésped, la señora Anabela de Rojano, había salido a Veracruz en el avión de la una.

Doña Lila cortó el fleje del paquete con un alicate y me entregó una caja de puros. La etiqueta sin arrancar decía sobre un flanco: "Cosecha especial para el Lic. Francisco Rojano". Adentro venía una alforja idéntica a las que Rojano me había mostrado meses antes en su casa del puerto: "Romper para crear. El que sabe sumar sabe dividir". Y las grecas aztecoides. Venían también en el paquete los tres expedientes prometidos por Rojano y un anexo envuelto en papel de china. Rasgué el anexo y vi la foto: el cuerpecito carbonizado y los dientes pelones de un niño consumido y encogido por la lumbre. Al reverso, con la letra dibujada de Rojano: "José Antonio Garabito, 10 años, muerto en incendio, Poza Rica, 14 de enero de 1976. Tenía marca de la casa". La tenía: un orificio apenas perceptible, pero clarísimo, sobre la sien derecha. Había otras fotos de la casa quemada, el acta del forense y un recado final de Rojano: "Este es el último miembro de la Familia Garabito. Los otros murieron en el mercado de Papantla por pistoleros que buscaban a Antonio Malerva". Me sentí manejado a la distancia, desde el puerto.

Volví a dormirme después de la comida. Soñé que caminaba con Anabela por los potreros de la Laguna del Ostión, en las lengüetas de tierra firme, extraordinariamente verdes, que dejan los brazos pantanosos de las entradas de la laguna. Los cebúes de alto registro con sus jorobas como bolas de cañón en el morrillo se escondían y rascaban entre los plátanos. De pronto un grupo de vaqueros irrumpía a caballo sobre las algaidas de un médano. Nos perseguían unos metros y lazaban a Anabela. Yo corría tras ella para zafarla, pero me hundía en una poza hasta el pecho. Uno de los vaqueros venía entonces hasta mí y me ofrecía la cincha de una silla de montar para que me agarrara y dejara de sumirme. Me aferraba con las dos manos a la cincha y el vaquero me jalaba hasta él, sacaba una pistola, la metía en mi boca y empezaba a moverla hacia un lado y otro, de modo que mis dientes quedaran marcados en el cañón. Mientras movía la pistola mascullaba entre dientes: "El que sabe sumar sabe dividir". Desperté enredado en las cobijas y las sábanas, mordiendo el cinturón que acostumbraba dejar colgado sobre la cabecera de la cama. Dos días más tarde, lo soñé otra vez.

El fin de la siguiente semana encontré a Rojano en un teléfono del Palacio de Gobierno de Xalapa:

—Muchos pájaros en el alambre —dijo, para advertirme de que su línea estaba intervenida—: ¿En qué puedo servirte?

—Quiero que me dejes de tripular a la distancia.

—Watsamara, nouspic inglish, ¿de qué me hablas? —dijo Rojano. Una de sus especialidades cómicas era hablar en inglés sin saber una palabra.

—Hablo de que me dejes de fastidiar con lo de Pizarro. Y lo que tengas que mandar de eso, ¿por qué con Anabela?

—Watsamara, ¿quién es Pizarro?, nouspic inglish —insistió Rojano. Agregó, sin darme tiempo—: Por cierto, mi hermano, no sé cómo agradecerte. Me contó Anabela todo lo de México. Todo.

Para decir esto usó un tono ambiguo, al que siguió una pausa que me pareció larguísima. Siguió:

—Quiero agradecer tus atenciones con Anabela, hermano. Ya viste cómo la tengo encerrada aquí viendo niños, en la cosa doméstica. Gracias por haberla llevado a la ópera. Y le encantó el Museo de Arte Moderno.

Hice mi propia pausa.

—Le gustaron mucho los cuadros —dije—. Pero no te hablaba para eso, sino para lo que ya te dije.

—De acuerdo, mi hermano, no se diga más.

—Voy a investigar lo del reparto agrario en Chicontepec —informé.

—Perfecto —dijo Rojano.

—Si la cosa no es como tú dijiste, te la voy a cobrar en la columna. ¿Estás de acuerdo?

—Procesado y concedido, mi hermano. Si mentí, escribe que mentí. Pero no sabes, cuando investigues, lo que vas a encontrar.

Eran las nueve de la mañana, mi departamento conservaba las huellas de una reunión alcohólica de la noche anterior, había colillas en los ceniceros, vasos sobre la mesa, las cortinas sin abrir, el olor concentrado a tabaco y el rastro remoto de mi noche con Anabela días atrás, avivado ahora por la versión que le había dado a Rojano de nuestra noche posrevolucionaria.

Era inminente el cambio de gobierno. Privaba un clima obsesivo de *gabinetología*, es decir: la adivinación de expertos y apostadores sobre quién iría a qué puesto del gabinete en el gobierno que asumiría funciones unos días después, el primero de diciembre. En medio de aquella lotería imaginaria, el asunto de Pizarro pareció de pronto una buena pista periodística, suficiente para echar mano de mi contacto en la secretaría de Gobernación y evitar desde el inicio caminos erróneos.

Había adquirido ese contacto, como tantas otras cosas, a través de René Arteaga, el reportero de *Excélsior*. Había conocido a René Arteaga en 1969, calientes todavía las heridas de Tlatelolco y más caliente yo en mis inicios como reportero de policía. Tenía veintiséis años y Arteaga cuarenta; bebía sus cubas *caoberas* en la cantina La Mundial ("caoberas, porque deben tener el color de la caoba, que curiosamente es el mismo del ron añejo"), y hasta allá fui a importunarlo pidiéndole que me dejara invitarle una. Aceptó que me sentara a su lado en la barra.

—¿Entonces eres hueso? —dijo, antes de tomarse de un sorbo la mitad de su primera caobera. En los periódicos de entonces llamaban *hueso* a los aprendices que llevaban y traían material de la máquina de los reporteros a la mesa de redacción, y de la mesa de redacción al taller.

—No, señor —respondí con orgullo reflejo—. Soy reportero de policía.

—Entonces eres retazo con hueso —dijo Arteaga—. Porque llevas sangre.

Tomó la segunda mitad de su cuba de otro trago:

—Así empezamos todos —dijo—: En la morgue. Y es el mejor camino. Luego no te asusta nada. Pero te digo una regla: la morgue es un entrenamiento, una etapa. Máximo tres años ahí. El que tenga muchos años en la fuente de policía viendo sangre y muertos a ése descártalo, si quieres hacerte reportero. Húyele. Ese ya está lisiado, ya le gustó el sótano. El buen reportero tiene que adormecer y dominar los nervios y la sensibilidad, no matarlos.

Arregló con un chorrito de coca cola su siguiente caobera.

—Ahora, es una fuente bárbara. Fuente de grandes reporteros. La preferida del público. Pero hay una cosa en la que siempre debes pensar.

—Sí, señor —le dije.

—No soy tu señor —me riñó—: Soy tu compañero. Aunque tengo más años que tú y se me hayan olvidado cosas del oficio que tú apenas vas a aprender.

Otros dos sorbos redujeron una cuarta parte de su caobera.

—¿Sabes la definición jesuita de educación? —preguntó.

—No, señor.

—El señor te la dice entonces: educación es lo que queda una vez que has olvidado todo. ¿Estás de acuerdo?

Lo apunté.

—No apuntes —dijo Arteaga—. Está en cualquier colección de citas citables de *Selecciones*. Lo que tienes que apuntar, pero en tu cabeza, es esto que voy a decirte de la policía. Primero: todas las policías son iguales. Segundo: no hay sociedad humana, ni la ha habido en la historia, ni la habrá, que no necesite tener policía. Tercero: la historia de las revoluciones está llena de cuerpos policiacos que sobreviven a ellas y son los sótanos del nuevo régimen. Cuarto: si quieres conocer los fundamentos de una sociedad, lo que menos cambia en ella, debes ser reportero de la fuente policiaca. ¿Estás de acuerdo?

—Sí, señor.

—Ya te dije que no soy tu señor. Me llamo René, no me sigas señoreando.

Le sirvieron otro par de caoberas. Las pedía por parejas. Le traían: dos altísimos vasos con hielo hasta el tope y ron añejo hasta dos dedos antes del fin del vaso.

—Estoy dejando de tomar —me dijo esa vez—. Voy a agarrar tal borrachera que durante los próximos treinta días al que me mencione la palabra alcohol le miento la madre. ¿Entendiste lo de la policía?

—Sí, señor.

—Pues imagínate lo que será la policía política, de la que todavía no sabes nada. ¿Qué vas a tomar?

Pedí una caobera, pero no pude tomar ni la mitad.

Pasaron quizá unos ocho meses. Un día, luego de escribir, pasé al bar del restaurante Ambassadeurs a ver quién estaba, y me puse en la barra con Miguel Reyes Razo, que empezaba a ser el reportero que fue. Conversamos y tomamos. Como a la media hora, se acercó el ceremonioso mesero del lugar, tan viejo que recordaba los tiempos en que el general Obregón iba a tomarse sus monjitas al casino Sonora-Sinaloa, al principio de los años veinte.

—Me piden, señor —dijo dirigiéndose a mí—, que si es tan amable de venir al reservado con el señor René Arteaga, que le invita a usted un coñac.

En uno de los privados del Ambassadeurs estaba Arteaga con un grupo de reporteros y un hombre, sentado a su izquierda, con el copete entrecano perfectamente peinado y un bigotillo impecable sobre dos labios tan delgados que apenas existían. Era el director federal de seguridad de la secretaría de Gobernación, el jefe de la policía política mexicana.

—Son paisanos —dijo Arteaga al presentarnos—. Y, aunque les pese, lo serán para siempre.

Corrieron los tragos de la sobremesa durante casi una hora. Ya como a las siete, el invitado se paró para irse.

—Búsqueme, paisano —me dijo amablemente al despedirse—. Estoy para servirle.

—Lo buscas de veras —dijo Arteaga, que estaba entre nosotros—. Algún día vas a demostrarle a este cabrón que en política no hay amigo pequeño.

—Gracias, René —dijo mi paisano riéndose—. Siempre se aprenderán cosas de ustedes.

Por instigación de Arteaga, la semana siguiente busqué al personaje que me había presentado y me recibió unos minutos en su despacho de la calle de Bucareli. Me preguntó si no necesitaba nada, si ganaba suficiente, si podía hacer algo por mí. Le pedí únicamente lo que me había sugerido el propio Arteaga antes de la entrevista: que me contestara el teléfono cuando le hablara. Nada más.

Fue así como empezó una relación distante pero cordial, punteada con comidas y telefonazos, que se multiplicaron considerablemente cuando en 1974 inicié mi columna "Vida Pública". A partir de ese momento tuve en el contacto de Bucareli un informante insuperable, siempre incompleto y sesgado, siempre al servicio de los intereses, no siempre claros, de la política oficial o la razón de Estado de esa semana, en una asidua relación profesional dentro de la extraña zona de utilización mutua que conocen bien los periodistas y los políticos.

"Los periódicos son el sismógrafo del Estado —decía mi paisano–. Y los columnistas, los sismólogos." Supe por él, ahora puedo decirlo, pormenores de asuntos que en su momento fueron exclusivas periodísticas y logros políticos de "Vida Pública": la columna sobre la CIA y sus agentes mexicanos de febrero de 1975, la presencia y actividades en México de la organización fascista chilena Patria y Libertad, de julio del mismo año; la conspiración golpista patronal de Chipinque, que luego denunció en un discurso el entonces secretario de la Presidencia. Durante toda la campaña presidencial de 1975 y 1976, recibí de mi paisano de Bucareli información a ras de suelo sobre grupos, intereses y maniobras de la política local, estado por estado, casi ciudad por ciudad de las que tocó la campaña, a través de observadores, subordinados, amigos y agentes que él iba poniendo en mi camino con un rigor sólo superado por su discreción peliculesca. De lo que su red de informantes ponía a mi alcance, yo tomaba lo que me servía y lo que podía verificar en otras fuentes. Casi sin excepción, la de mi contacto era información de primera, muy rara vez errónea o abultada, aunque invariablemente favorable a los intereses políticos del gobierno. Compensaba yo ese sesgo buscando mi propia información y siguiendo mis propias pistas, pero siempre con el cable abierto al contacto de Bucareli. Nunca reclamaba la omisión de sus datos en la columna, ni resentía la inclusión de información o versiones contrarias a las que le interesaban. Ganaba simplemente estando ahí, con su juego abierto, limpio, de una consistencia irrefutable. Al fin del mes hacía yo el recuento de nuestro juego a la distancia, como quien revisa una partida de ajedrez por correo. Invariablemente me había impuesto su línea en cerca de la mitad de las columnas, así estuvieran en todos los casos balanceadas con otras cuestiones y matizadas por la elemental prudencia que exigía saber de qué cuero habían venido qué correas.

Cuento todo esto para explicar por qué, en los días finales de noviembre de 1976, en medio de la especulación política producida por el cambio presidencial, mi informante de campaña pareció el único capaz de ofrecerme una aproximación segura al caso de Pizarro que Rojano había puesto entre nosotros. Oyó sin interrupción mi recuento del caso Pizarro, haciendo girar un lápiz frente a su cara. Cuando terminé, apretó un timbre bajo su mesa. Me preguntó:

—¿Cómo dice usted que se llama el hombre, paisano?

—Lázaro Pizarro.

—Me refiero a su informante.

Dudé un momento en dar el nombre, pero recordé que ya lo había dicho.

—Francisco Rojano Gutiérrez —contesté.

—Rojano. Me suena.

Guardó un largo silencio:

—¿Estuvo en el banco rural?

—Sí.

—¿Tuvo un escándalo por ahí, no? Corrupción. O una balacera en algún sitio. Recuerdo vagamente.

—Las dos cosas —dije.

Abrumaba la memoria que había tras esos ojitos de galán de cine de los cuarenta, indefensos y candorosos, como en eterna busca de una comprensión femenina. Volvió a tocar el timbre, ahora con leve impaciencia. Entró tropezándose un hombre enorme, de gran panza bajo el saco café y la corbata amarilla.

—Trae lo que encuentres de esto —dijo mi paisano extendiendo una tarjeta donde había apuntado—. Para ayer.

—Sí, mi jefe.

—De Pizarro no tengo nada —dijo—. Quiero decir, nada del asunto a que se refiere usted. Como conocerlo, se le conoce. Lázaro Pizarro Tejeda, le dicen "Lacho". Es líder petrolero de la zona de Potrero del Llano, la generación de los dirigentes intermedios del sindicato. Ha sido presidente municipal en la región, muy populista, seguidor de lo que llaman "maoísmo petrolero". Y toda la otra escuela que puede imaginarse.

Contra su habitual fluidez de palabra, esta vez hablaba despacio midiendo cada vocablo.

—Es un hombre querido en su gremio —siguió—. Con mucha clientela y atractivo. Iniciador ahí en la región de los huertos sindicales. Quiere decir que siembra legumbre y fruta que luego vende a mitad de precio en las tiendas del sindicato. Mucho más barato que en el mercado normal. Se dice descendiente de aquel gobernador izquierdista de los años veinte, Adalberto Tejeda. Es todo un personaje Pizarro, paisano. Debiera conocerlo.

—Las fotos que tengo hablan de otra cosa, son impresionantes.

—La sangre siempre es impresionante.

—¿Y los tiros de gracia?

—No haga películas, paisano. En todo caso, disparos en la cabeza.

El subordinado regresó con dos juegos de tarjetas que puso sobre el escritorio, bajo la mirada de su jefe. El jefe empezó a mirarlas una por una, concentradamente, las de Rojano primero.

—Aquí aparece usted —dijo, extendiéndome una tarjeta.

Consignaba mi encuentro con Rojano en Veracruz durante la campaña, el día que empezó a mostrarme los milagros de Pizarro.

—No entiendo bien a su amigo —dijo mi contacto al final de su repaso—. Tiene aspiraciones políticas en la región de Pizarro y lo ataca. O ha empezado a atacarlo. También tiene tierras, en la región de Chicontepec, de donde son los caídos.

—Cien hectáreas entre él y su mujer.

—Algo más, paisano —me dijo.

—¿Cuánto más?

—Dóblele y súmele.

—¿Cuatrocientas hectáreas?

—Por ahí. ¿No tendrá también su amigo ambiciones expansionistas?

Empezó a ver el otro juego de tarjetas, las de Lázaro Pizarro. Una por una también, y detalladamente, hasta quedar sumergido en ellas, el ceño fruncido, los ojos incendiados en la inspección minuciosa. Miró luego a la ventana, distraído, como si hubiera olvidado mi presencia.

—¿Qué más se le ofrece? —dijo al volver.

—Lo que haya de Pizarro.

—No hay nada de Pizarro.

—¿No hay nada en las tarjetas?

—Rutina. Ni un solo muerto de los que habla usted. ¿Qué más?

—¿Algún indicio?

—Nada.

Se puso de pie para indicar que daba por concluida la entrevista:

—Lo que puedo hacer es ver la forma de que conozca usted a Lacho. ¿Le interesa?

—Me interesa.

—Hay forma de hacerlo —dijo, encaminándome hacia la puerta—. Yo le aviso.

Al cruzar por el escritorio de su ayudante en el pasillo, escuché el timbre insistente, casi histérico ahora, que venía del escritorio de mi paisano.

Capítulo 3
EL MUNDO DE PIZARRO

Cambió el presidente, apareció con inusitada fuerza el programa de estabilización económica con topes salariales, supimos por primera vez públicamente que las finanzas mexicanas se ceñían a lo dispuesto por el Fondo Monetario Internacional, y jugamos al ajedrez de cada sexenio que consiste en irse tomando el pulso mutuamente, prensa y gobierno, quiero decir.

A finales de febrero de 1977 recibí de manos de un propio un sobre confidencial anunciando la posibilidad de una entrevista con Lázaro Pizarro para la primera semana de marzo. Escribí en el reverso de la tarjeta: "Con la única condición de que pueda escribir lo que vea y oiga". Al día siguiente volvió el propio con la afirmativa y una nueva tarjeta: "En Poza Rica, el 6 de marzo. Hotel Robert Prince. Acudirá interesado".

Escribí un informe pormenorizado del asunto (gestiones, informantes, contactos, condiciones de la entrevista) y entregué el original sellado al director del periódico junto con los expedientes de Rojano. Le hice llegar también una copia al paisano de Bucareli. Luego, organicé mi viaje. Doña Lila se había ido de vacaciones un mes a Tuxpan, su tierra, distante pocos kilómetros de Poza Rica. La llamé por teléfono para pedirle que me apartara cuarto en algún hotel y el día primero de marzo tomé el avión de las siete de la mañana a Tampico, alquilé ahí en el aeropuerto un coche y dos horas después corría por la carretera junto a la radiante espalda del río Tuxpan, levemente rizada en su paso hacia el mar. En la margen derecha estaban los astilleros y en la otra las construcciones de la epónima Tuxpan de Rodríguez Cano, a menos de una hora de mi destino efectivo, Poza Rica.

Me estaba esperando ya doña Lila en el lobby del Hotel del Parque justamente frente al parque, comiéndose una guayaba.

—¿Vino solo a este calor?

Por la ventana del cuarto podía verse la barra del río y a lo lejos, extenso, sucio y brillante a la vez, el Golfo color acero.

—Un favor, doña Lila.

—Usted dirá.

—Averígüeme dónde despacha Lázaro Pizarro en Poza Rica.

—¿Y usted qué tiene que ver con Lacho Pizarro? —dijo doña Lila, dejando por un momento de roer su guayaba—. ¿Sabe quién es ese hombre?

—¿Usted lo conoce?

—De oídas o de vividas, todo mundo aquí conoce a Lacho Pizarro.

—¿Se puede averiguar dónde despacha?

—No hace falta averiguar. Despacha en la Quinta Bermúdez de Poza. Cualquiera lo lleva en Poza Rica a la Quinta Bermúdez. ¿Pero a qué va usted a ver a Lacho, si me permite preguntar?

—Voy a hacerle una entrevista.

Muy temprano también, al día siguiente, 2 de marzo, cuatro antes de la cita acordada, salí de Tuxpan rumbo a la Quinta Bermúdez. Como había dicho doña Lila, todo mundo en Poza Rica sabía dónde estaba la Quinta Bermúdez. Era el casco de un antiguo molino porfiriano, con sus altas mansardas perfectamente pintadas de color canela. Un filo blanco en la parte superior guiaba la vista a lo largo de la construcción. Ya no era molino, sino una inmensa bodega de perecederos, cítricos y legumbres, granos, frutas, pacas de alfalfa. La mitad del casco era para andenes donde se descargaba mercancía. Eran las siete de la mañana cuando llegué, el movimiento había menguado, pero los andenes estaban todavía recibiendo camiones entre los restos machacados, verdes y húmedos, de la descarga reciente. En el terreno posterior a los andenes y las bodegas estaba la casa del molino, con su portón de madera dispareja ceñida por gruesas chapas y bisagras de hierro forjado. Un cuerpo de guardianes armados vigilaba el portón, con *walkie-talkies* en las manos.

Mostré la tarjeta del paisano de Bucareli, convenida como contraseña en el trato original, y me hicieron pasar al jardín, donde otro grupo de guardianes vigilaba. Era algo más que un jardín, un desbordamiento de gigantescos laureles de la India cuyas pulidas raíces entraban y salían de la tierra como los tentáculos de un pulpo. Sus frondas suspendían la hiriente luz del sol veracruzano.

Había hileras de bambúes y adelfas que se derramaban rojísimamente sobre los muros. También un sistema de senderos con un puente de cemento envarillado. En uno de los ángulos del jardín, un pequeño kiosco con enrejado de madera y las madreselvas más rosadas que hayan podido enredarse en algún sitio. Uno de los guardianes fue a consultar; esperé junto a los otros, hipnotizado por las madreselvas.

Al cabo de unos quince minutos me hicieron pasar a otro pequeño patio, un huerto interior en cuyos flancos se alineaban las habitaciones de la casa. Por los corredores de esos cuartos, siempre en color canela con filos blancos, pasamos a un patio más pequeño aún, que en tiempos de la hacienda debió ser la caballeriza. Ahí había un puñado de gente esperando. En una de las paredes, junto a dos lavaderos, crecía otra enorme adelfa, tan abundante y roja que no era fácil descubrir bajo su arco la pequeña puerta por donde me hizo pasar el vigilante. Entré a un amplio cuarto en penumbras, que abría por el fondo a una cocina y a otro patio radiante. Había ahí un pequeño juego de sala y un comedor con dos vitrinas. Sobre la derecha, el comedor y la sala comunicaban con dos habitaciones sin puerta, separadas sólo por un par de cortinas que el viento movía, dejando ver una cama vieja con cabecera de latón y tambor de resortes, y un estudio con mecedoras de mimbre y un escritorio largo donde dos hombres conversaban.

Lo distintivo y en cierto modo lo inquietante del sitio era la ausencia de todo adorno. La mesa del comedor era la expresión mayor de esa austeridad de pared encalada; todas las sillas, salvo la de una cabecera, habían sido retiradas y estaban adosadas a las paredes. Frente a la silla de la cabecera, había un plato y en el plato un solitario vaso de jocoque o yogur. Alrededor del plato, una cuchara, un salero, una azucarera. Y un vaso más delgado con agua y una flor de la madreselva del kiosco.

De la puerta del estudio vi caminando velozmente, deslizándose como si flotara, a un hombre en camiseta y guaraches, el pelo todavía húmedo del baño reciente. Tendría unos cincuenta años curtidos por el sol, de pequeña estatura, muy moreno, enjuto y erguido. Me vio al pasar como quien mira un mueble y siguió hacia la única silla de la mesa.

—Siéntese —dijo, sin mirarme, luego de ocupar la cabecera.

Era Lázaro Pizarro. Atrás de él salieron tres hombres, uno de los cuales me acercó una silla; otro me indujo a sentarme tocándome el brazo y el tercero se paró atrás del asiento del hombre en camiseta. Me senté donde me indicaban y lo observé. Tenía la frente estrecha y las sienes blancas, los ojos juntos y como concentrados tras el pequeño tajo de los párpados, separados a su vez por el efecto de los lentes bifocales.

—No ha desayunado —preguntó afirmando, siempre sin mirarme, concentrado en su vaso de jocoque o yogur.

—No.

—Denle de desayunar.

Uno de los hombres fue a la cocina. Pizarro atrajo la azucarera hacia su lugar y la destapó cuidadosamente, como si realizara un trabajo de precisión. Vi su mano derecha meneando la cuchara, le faltaban la mitad del dedo meñique y un metatarso del índice.

Era una mano extraordinariamente fuerte, un extraño instrumento de callos y uñas endurecidas, curvas, las palmas de un blanco palúdico, el revés cruzado de nervios y arrugas y tendones curtidos. Una impresión semejante daban su cuello y sus brazos, sus clavículas y su rostro, en particular la frente. Era la huella acumulada del esfuerzo y la intemperie, el saldo de un cuerpo marcado y como dignificado por el trabajo duro, mutilado por él. Y puso la primera cucharada de azúcar en su vaso y la mezcló.

—¿Yogur o jocoque? —pregunté.

Oí mi voz resonar huecamente en la concentración de Pizarro.

—Natas —respondió. Tenía una voz delgada, pero resonante, nítida—. Natas de establo. Quiere probar —preguntó afirmando otra vez, con ese tono imperativo y a la vez cordial que parecía su estilo.

—Denle natas —ordenó, siempre sin mirarme.

Empezaron a sonar aceites hirviendo y a oler hornillas prendidas en la cocina, donde ya trajinaban dos mujeres y un muchacho descalzo.

—Debía usted llegar más tarde, la semana entrante —dijo Pizarro escarbando sus natas.

—Así es —dije—. Pero vine de vacaciones a Tuxpan y pensé que estando tan cerca podía adelantar la visita.

—Una vez fui a celebrar a un paisano —dijo Pizarro, sin detener su trabajo en las natas, ni levantar la vista de su plato—. Celebraba Jueves de Corpus, un Manuel Talamás, muy querido amigo. Y con ánimo de adelantar no le llevé su serenata como habíamos quedado, luego de las doce de la noche del día 10 de junio de 1971, sino en verdad diez y media. Vivía en las afueras de aquí. No había luz ni andadores, y estaba llovido. Nos sintió llegar, diga usted diez y veinte, con regular escándalo. Mucha gente venía a celebrarlo de serenata. Pero no lo sintió él así, sino de pleito, porque nos esperaba más tarde y algunos problemas había tenido ese día en la vecindad. Lo andaban buscando o eso creía. Fue cosa de oírnos y confundirnos. Empezó a tirar con la carabina por la ventana para defenderse de la turba que según él venía a lincharlo.

—La mujer que me ayuda en la casa es tuxpeña —dije—. Vino a visitar a su familia hace unos días y me seguí para acá por ver si adelantaba nuestra entrevista.

El ayudante de Pizarro trajo de la cocina un plato de natas y las puso en mi costado:

—Sírvase, señor.

Atrás de él, el muchacho descalzo puso también una escudilla con mitades de bolillo tostado. Y una azucarera para mí. No la que estaba en la mesa frente a Pizarro, de la que se había servido, sino otra. Igual a la que Pizarro tenía enfrente, pero otra. Le hice el honor a las natas y me serví abundantemente.

—Jugo y fruta —ordenó frugalmente Pizarro como si desaprobara mi ración de natas—. El clima de Poza Rica es ideal para trabajar —dijo empezando a comer las suyas, tan minuciosamente preparadas—. Con los mecheros y el calor natural, el mal humor es tan generalizado que todo el mundo resulta buen trabajador.

—Trae más desgaste el calor —dije.

—No se preocupe por el desgaste. Nadie trabaja para conservarse. Se trabaja por necesidad, la necesidad produce humillación y la humillación produce rabia. Entre más rabiosa la gente, más energía tiene y mejor trabaja. El calor ayuda a propagar la rabia. ¿Cuándo llegó a Tuxpan?

—Ayer.

—Se cansó rápido de Tuxpan.

Trajeron una enorme fuente de fruta sin pelar, con mangos, granadas, melones, plátanos, chicozapotes, guanábana, y un plato con cuadros de papaya, rodajas de sandía, limones cortados. También una jarrita de jugo de naranja. Acomodaron todo en mi flanco izquierdo, lejos del lugar donde mi brazo derecho empezaba a bordear el espacio de la azucarera, el plato, la flor y la conversación de Pizarro.

—Llegó a un hotel en Tuxpan —preguntó Pizarro en su peculiar manera afirmativa.

—Al Robert Prince, sí.

—Ese está en Poza Rica —dijo Pizarro.

—El Hotel del Parque, perdón.

—Está sobre el río —comentó Pizarro, como si checara conmigo y pidiera una respuesta.

—Frente al astillero.

Tomé unos cuadros de papaya. Antes de que terminara, regresó el muchacho de la cocina con un plato de picadas veracruzanas, rezumantes de manteca y salsa y queso y un tazón de frijoles atolados.

—¿Usted es veracruzano? —preguntó Pizarro.

—De la región de Córdoba.

—Pero no bodeguero.

—No exactamente de Córdoba.

—¿De dónde entonces?

—Cerca de Huatusco.

—Cerca de Huatusco tendrá un nombre.

—Nací en Coscomatepec.

—Entonces es veracruzano por todos los poros. El verdadero Veracruz está en los pueblos chicos. Yo soy de Chicontepec.

Hizo a un lado su vaso de natas y uno de los hombres lo levantó de inmediato. Recogió también la servilleta con que Pizarro se había limpiado apenas la boca y la azucarera de donde se había servido. Le trajeron luego un jugo de zanahoria con un nuevo plato de base y una nueva servilleta. Atrás de ese servicio vino el mío: otro platón, pero ahora de huevos revueltos, ahogados en una salsa roja veteada de epazote. El muchacho que los traía acomodó las escudillas de fruta en mi flanco izquierdo y puso ahí el platón de los huevos, junto con un lec de tortillas recién torteadas, envueltas en un trapo blanco. Una de las mujeres de la cocina vino también y puso junto al lec una nueva escudilla con chiles rellenos, muy pequeños, perfectamente capeados. Antes de que pudiera yo reaccionar a la abundancia de la mesa, el muchacho trajo una jarra de atole humeante y una más, de café, que olía a toda la infancia.

—Quiénes son sus familiares de Tuxpan —dijo Pizarro, luego de dar el primer sorbo a su jugo, siempre afirmando sin preguntar, sin mirarme.

—Una familia Ceballos —respondí—, la familia de doña Lila.

—Sus familiares o sus sirvientes —dijo Pizarro luego de un segundo sorbo.

—Familiares de una mujer que trabaja conmigo en México.

—Familia vieja de Tuxpan. Hay un viejo teniente coronel Ceballos que anduvo con Peláez en las Huastecas —dijo Pizarro mirando la flor de la madreselva en su delgado recipiente—. Será pariente de estos Ceballos.

—No lo sé.

—Debe serlo. No hay muchos Ceballos de dónde cortar en la zona. Usted vive en México.

—Desde hace quince años.

Trajeron un nuevo lec con tortillas calientes, apenas había mordisqueado una de la remesa anterior, que se llevaron.

—Quince años son muchos años —dijo Pizarro, y preguntó otra vez con su peculiar interrogación afirmativa—: No le gusta el desayuno o perdió el apetito.

Dio otro sorbo de jugo y se limpió los labios con la servilleta. Uno de los hombres recogió rápidamente vaso, plato y servilleta. Entendí que había terminado de desayunar y sólo quedaba frente a él lo que había cuando llegó, la corola de la madreselva en su florero solitario.

—Debe usted ser un buen periodista —dijo Pizarro. Me miró entonces detenidamente y de frente por primera vez, sus ojillos negros y juntos, extraordinariamente vivos y a la vez helados bajo la doble distorsión de los lentes bifocales—. Y le vamos a dar entrada en nuestro pequeño mundo. Lo vamos a hacer, a pesar de que se ha presentado usted aquí de repente, con el ánimo de sorprendernos. Pero yo no tengo nada que ocultarle si es usted un hombre de buena fe. Sólo le pido que intente comprender, no sorprendernos. Si trata usted de comprender, comprenderá. Si no, soportaremos su incomprensión, pero no volverá a sorprendernos. Tómese sus huevos ahogados mientras yo me pongo una camisa. A las ocho empieza a entrar la gente.

Se paró y se fue. Me quedé solo en la mesa y caí entonces en la cuenta de que estaba totalmente rodeado de bandejas de frutas, huevos ahogados, atoles, frijoles, picadas, tortillas y jarras de diversos líquidos. Justamente lo contrario de lo que pasaba con el lugar de Pizarro, cuyo terreno intocable y frugal estaba ahora totalmente vacío, porque al marcharse se había llevado también la corola de la madreselva.

Tomé parte de los huevos ahogados y un poco de atole antes de que el ayudante de Pizarro viniera a decirme que pasara. Entré a la habitación de los sillones de mimbre y el escritorio. El escritorio era inmenso, hasta faraónico, aunque sólo consistía de un tablón grueso y ancho, muy bien pulido y sin barnizar, puesto sobre dos soportes del mismo grosor, sin cajones ni papeles, ni otro adorno que un letrero de cristal opaco con fondo rojo y una leyenda grabada en cristal de color aluminio que decía: "En lugar de criticar, trabaja".

Pizarro leía los periódicos sentado atrás del escritorio cuando entré. Se había puesto una chazarilla blanca. A su lado, con una carpeta de checador de carga de la que colgaba una pluma atómica, un hombre al que no había visto hasta entonces iba retirando los periódicos que Pizarro terminaba y acomodándolos en una mesita adosada a la pared.

—Esto viene del gobernador, hay que hablar con su compadre —dijo Pizarro, señalando una nota previamente marcada con rojo. Los periódicos venían todos señalados en rojo o azul—. Al del *Diario de Xalapa,* recíbelo tú. Deja pasar un tiempo nada más. Que no sienta que reaccionamos. Pase —me dijo a mí y luego a su asistente de los periódicos—. Aquí un periodista de Coscomatepec radicado en el D. F. Le presentó a Genaro Roibal, mi compañero y mi secretario.

El hombre llamado Roibal extendió la mano sin decir palabra. Tendría unos cuarenta años, blanco, impecablemente afeitado, el pelo muy corto, un centímetro antes de la rapada militar. Todo en su cuerpo, también pequeño como el de Pizarro, pero visiblemente más construido, exudaba artes marciales.

—Va a estar con nosotros —le explicó Pizarro—, cómo estás tú, cómo están los muchachos. Que lo vea todo, que lo oiga todo. Para que comprenda, si quiere comprender.

—Como tú digas, Lacho —dijo Roibal retirando el último periódico del escritorio. Luego, con un ademán cortísimo y exacto, me ordenó sentarme en el sillón de mimbre junto al escritorio, en el flanco derecho de Lacho Pizarro. Un hombre armado se paró a mi lado y otros dos en la puerta que daba al comedor. No había ventanas, sólo la luz intensa de dos tiras de neón en el centro del techo. Atrás de Pizarro, en medio de la pared blanca, había un retrato de Lázaro Cárdenas muy joven y lánguido, muy retocado, con la banda presidencial al pecho y los ojos perdidos en una contemplación melancólica y dulce, como si acabara de venirse. Junto había otro retrato también grande pero considerablemente menor, de José López Portillo, entonces presidente de la República. A los lados, arriba y abajo de ese par de devociones, en retratos mucho más pequeños, la sucesión de efigies presidenciales de

Ávila Camacho a Echeverría. El retrato de Miguel Alemán estaba humorísticamente cubierto por un trapo morado que le cortaba la cara en la nariz y daba la exacta impresión de un asaltabancos de películas del oeste.

—Qué tenemos —dijo Pizarro.

—Está el Negro Acosta, que vino muy temprano —respondió Roibal.

—¿Dinero?

—No —dijo Roibal—. Lo de siempre.

—Hazlo pasar —dijo Pizarro. De la bolsa de la chazarilla sacó una liga que empezó a jugar entre sus manos haciendo figuras. Entró el Negro Acosta, un inmenso jarocho negroide, de pestañas rizadas y barba sin rasurar de algunos días. Tenía los ojos inyectados, se enjugaba el sudor y quizá las lágrimas con un pañuelo que aparecía y desaparecía entre sus manos.

Se paró frente al escritorio (las enormes espaldas, el enorme abdomen, las enormes nalgas) temblando como un niño, con el pañuelo que pasaba por un lado y otro de su cara, hasta que le subió un ahogo y se derrumbó sollozando en la silla frente a Pizarro.

—Qué te pasa, Negro —dijo Pizarro.

—Ya sabes, Lacho, ya sabes —dijo el Negro Acosta, metiéndose el pañuelo por los ojos, terriblemente avergonzado y descontrolado a la vez.

—Quiero que me lo cuentes tú —dijo Pizarro—. Exactamente, qué te pasa.

—Antonia, mi mujer, Lacho, se cortó las venas antier. Se las cortó enfrente de los niños. Está en el hospital.

—Dónde están los niños.

—Con sus abuelos.

—Dices los papás de Antonia.

—Los de Antonia, Lacho.

—Y por qué se cortó las venas tu mujer.

Una oleada de llanto hizo rebotar al Negro Acosta en su asiento.

—Ya lo sabes, Lacho. Ya lo sabes.

—Ya lo sé, pero quiero que me lo cuentes tú —dijo Pizarro pasando la palma de su mano izquierda sobre la superficie del escritorio—. Y deja de llorar, porque ni siquiera estás llorando tú. Está llorando la falta de alcohol, tu cruda. Y yo no quiero hablar con tu cruda, sino contigo. Así que háblame tú, cuéntame todo.

Se enderezó en su asiento el Negro Acosta, extendió el pañuelo y lo pasó por última vez sobre su rostro:

—Sí, Lacho. Te lo voy a contar como tú quieres.

Contó luego la historia vulgar de una borrachera. Había tomado dos días sin parar con amigos y había ido a la casa por más dinero, el destinado al baile de quince años de su hija. Para obtenerlo, había golpeado a su mujer, Antonia, y se había ido otra vez. Pero había regresado un día después con un amigo a tomar en la casa. La mujer no estaba, pero la hija sí y había obligado a la hija a sentarse con ellos a beber y se la había regalado al amigo. La muchacha había salido corriendo de la casa. El susto había hecho llorar a los dos varones pequeños y el Negro Acosta los había golpeado. Pensando que habían violado a su hija porque la muchacha lloraba sin parar, la mujer había entrado con un cuchillo de cocina a la casa donde los otros seguían tomando. Había tratado de darle al Negro con el cuchillo, pero el Negro la había empujado y al caer la mujer había empezado a cortarse las venas. Salieron corriendo los varones gritando que su mamá se moría y vinieron los vecinos, que se llevaron a la mujer al hospital y a los niños a casa de los abuelos. Eso había sido anteayer. Ayer, el Negro Acosta había suspendido la borrachera y hoy venía a ver a Pizarro. Era la cuarta vez en el último año que pasaba algo así.

—Si hubiera justicia en este mundo —dijo Pizarro muy despacio, con su vocecita nítida y delgada—, a ti te habrían castrado antes de que tuvieras una hija, Negro. Pero no hay justicia en este mundo y en cambio aquí estás tú enfrente, arrepentido, pidiendo humildemente, haciéndonos recordar que eres nuestro hermano.

—Quiero que me ayudes —dijo el Negro Acosta— a que regrese Antonia. A que regresen mis hijos. Yo qué voy a hacer sin Antonia y mis hijos, Lacho —agregó, volviendo a ser devorado por los sollozos, con un sufrimiento tan intenso que era imposible resistirse a su influjo.

—Le voy a pedir a tu mujer que vuelva —dijo Pizarro luego de estirar varias veces la liga, formando otros tantos dibujos entre sus dedos—. Voy a hablar con ella y con tus hijos.

—Sí, Lacho.

—Y van a volver.

—Gracias, Lacho —el Negro se puso de pie y fue hasta Pizarro para tomarlo de la mano. Roibal lo detuvo con un solo movimiento, marcando un golpe de dedos en el esternón.

—Les voy a decir que pueden volver, porque tú nunca más vas a tomar otra copa —siguió Pizarro, ajeno al movimiento de Roibal, siempre mirando la liga entre sus manos.

—No vuelvo a tomar en mi vida, Lacho. Te lo prometo. Te lo juro por mis hijos.

—Así es, Negro. Pero esta vez va a ser cierto que no volverás a tomar —dijo Pizarro—. ¿Y sabes por qué, Negro? Porque la última mentira que le dije por tu culpa a tu mujer fue la de la borrachera pasada.

—Sí, Lacho.

—Esta vez le voy a decir la verdad. No vas a tomar otra copa jamás en tu vida, porque nosotros nos vamos a encargar de que así sea. Porque a ti nadie te va a servir otra copa en Poza Rica y si alguien te la sirve, en alguna parte, ahí junto va a haber otro que impida que te la tomes. Y por cada copa que sepamos que pediste e impedimos que te tomaras, te vas a llevar una madriza igual, por lo menos, a las que le has puesto a tu mujer Antonia en cada una de tus últimas cuatro borracheras. Y si te acabas de tomar la copa porque no pudimos impedírtelo, una sola copa que alcances a tomarte, será la última que te tomes, porque nosotros nos vamos a encargar de que así sea.

Estaba el Negro Acosta todavía de pie, mirando asombrado y exhausto al hombrecillo de la chazarilla, que decía todo esto sin una sola alteración de la voz, concentrado en las figuras que tejía con la liga entre sus dedos, sentenciándolo sin más a la sobriedad o la tumba.

—Lacho —dijo balbuceando el Negro—. Tú eres como mi hermano, ¿no?

—Y tú como nuestro hermano, Negro —dijo Pizarro—. Vamos a curar a nuestro hermano que está enfermo. Terriblemente enfermo. Lo vamos a sacar del infierno donde vive, donde ha metido a su mujer y a sus hijos. Y donde nos ha metido a nosotros también, que sufrimos por él, por su mujer y por sus hijos. Te vamos a curar.

—Sí, Lacho.

—No te preocupes por ti, porque ya estás en nuestras manos —dijo Pizarro—. Sólo piensa cada vez que quieras tomar una cerveza en lo que te hemos dicho aquí, donde te queremos. Y no pienses más, actúa como debes actuar y quédate seguro. Nosotros te sacaremos del infierno donde estás ahora.

Como hipnotizado asintió el Negro. Siguió Pizarro:

—Vete a tu casa y espera. Hoy mismo paso al hospital a ver a tu mujer. Y en casa de tus suegros a ver a los muchachos.

—Sí, Lacho.

—Báñate y rasúrate y ponte ropa limpia. Ve que alguien limpie también tu casa, que haya flores en el comedor. Y ya por la tarde llegan los tuyos. A más tardar mañana.

—Sí, Lacho.

—Vete pues.

Salió tambaleándose, como derruido, el Negro Acosta. Pizarro volteó hacia Roibal, que avanzó de inmediato hacia él.

—Vas y le cuentas a Antonia lo que hablamos con el Negro. Le dices que regrese, que se lo pido yo por última vez. Pero que no regrese hoy, sino mañana. Le pagas el hospital y vigilan al Negro toda la tarde. Va a ponerse nervioso esperando y va a necesitar una copa. Si hace el intento, le dan. Le dan bien, que no pueda levantarse mañana. Ni pasado. Y de ahí para el real, corres la voz: ni una copa para el Negro Acosta en Poza Rica. Y si sale de Poza Rica, quiero saberlo. Y a dónde va.

—Sí, Lacho.

—Y por cada mes que no tome, le mandas treinta mil pesos de mi parte, mil por cada día de seca.

Apuntó Roibal en la carpeta.

—¿Quién sigue?

—Está tu compadre Echeguren con su hijo el mayor esperando hace una hora —dijo Roibal.

—Que pasen.

—Quiere pasar tu compadre solo, primero, para explicarte.

—Que pase solo.

Entró el compadre Echeguren oliendo a lavanda por todos lados, una gran esclava en la muñeca derecha, un reloj de oro en la otra, los dedos con anillos enormes, desbordantes los pelos en el pecho y los antebrazos, las orejas, las narices. Le extendió efusivamente la mano a Pizarro que correspondió sin levantarse.

—En qué puedo servirte, compadre —dijo Pizarro.

—Mi pendejo muchacho, hermano —dijo Echeguren sin sentarse, manoteando primero en el centro de la habitación y caminando luego de un lado a otro mientras hablaba, visiblemente incómodo por mi presencia—. Salió pitoloco y descontrolado, Lacho. Y lleva dos o tres meses con la locura de que quiere casarse con su novia por las tres leyes.

—Qué hay de malo en eso —dijo Pizarro.

—Que tiene dieciséis años el pendejo —respondió vigorosamente Echeguren—. Y la novia quince. Son unos mocosos que ni el pelo púbico tienen completo todavía.

—En algún momento hay que empezar.

—Ya lo sé, compadre. Pero no se comen ilusiones —dijo Echeguren inspeccionándome con detenimiento—. Es un muchacho de primera, tú lo conoces. Pero no ha terminado siquiera la prepa y quiere salirse de estudiar para meterse a trabajar y casarse. Le digo: tírate a la nenita acá en secreto para que la sientas y te sienta, y ahí se van calmaditos, crecen, yo te digo cómo haces para no embarazarla, que los papás no se enteren. Empecé a decirle eso un día y se me tiró encima a los chingadazos. Pitoloco y desesperado salió, pero muy formalito y muy culero el pendejo, tú me entiendes.

Volvió a mirarme Echeguren, molesto con mi presencia y sus palabras.

—¿Y qué quieres que haga yo? —dijo Pizarro.

—Quiero que lo convenzas de que tengo razón.

—¿Y tienes razón? —dijo Pizarro.

—Ponle que no la tengo —dijo Echeguren volviendo a mirarme—. Supón que tiene razón este pendejo. Bueno, el favor que vengo a pedirte, como amigo, es que lo convenzas de que está equivocado. Yo ya traté todo. Lo único que conseguí es emperrarlo en su pendejada. Al grado de que, según él, estamos aquí porque tú eres el único que puede conseguirle un trabajo. Vinimos según esto a pedirte que le consiguieras un trabajo. Dime si no estoy jodido.

—¿Y qué quieres que le diga a tu muchacho? No soy consejero matrimonial. No soy confidente.

—Tú eres Lacho Pizarro —dijo Echeguren manoteando—. Dile lo que carajos se te ocurra y sale bien. Y si no, pues que se lo lleve entonces la chingada. Pero eres mi último recurso.

Pizarro sonrió:

—Dile a tu muchacho que pase. Voy a hablar con él, pero tú te quedas afuera.

—Me quedo donde digas, pero explícale a este pendejo —dijo el compadre que volvió a mirarme, y salió vertiginosamente. El muchacho Echeguren que entró era un adolescente bien desarrollado, traía una camisa roja pegada al torso amplio, liso y tenso, sin un asomo de grasa, tenía los ojos azules y la timidez juvenil que traba cosas tan sencillas como caminar, saludar o decir buenos días.

—Siéntate —dijo Pizarro mientras él se ponía de pie y empezaba a caminar por el cuarto, entrando y saliendo del campo visual del muchacho.

—Te quiero felicitar —dijo desde las espaldas de Echeguren—. Según lo que dice tu papá, eres una gente que sabe lo que quiere.

—Gracias, señor.

—No me des las gracias, te lo digo en serio. Hay cabrones que se pasan la vida haciendo pendejadas y nunca llegan a saber lo que quieren. Gente de ochenta años, de setenta años, de cuarenta, que han pasado por la vida como sargazo en las olas, yendo para donde los llevan. Tú apenas tienes dieciséis años y por lo que me cuenta tu padre, ya pintaste tu raya, ya sabes lo que quieres.

El elogio hizo enrojecer al muchacho. Pizarro siguió:

—El mundo está lleno de pusilánimes que nunca se confiesan lo que quieren, porque alcanzarlo tendría un riesgo, y no quieren correr riesgos.

El muchacho Echeguren hundió el mentón en su pecho, la mirada en el piso.

—Sobre todo —siguió Pizarro sin cambiar el tono de voz, caminando plácidamente por la habitación, como por un amplio jardín— has convencido a tu padre de que te quieres casar y para casarte quieres trabajar y para trabajar necesitas dejar los estudios. ¿Cómo se llama tu novia?

—Raquel —contestó el muchacho Echeguren con la voz cascada, la garganta seca.

—Raquel —reforzó de inmediato Roibal.

—¿De quién es hija? —dijo Pizarro.

—Raquel Mandujano —dijo el muchacho Echeguren, luego de aclararse la voz.

—¿Hija de Chito Mandujano?

—Sí —dijo el muchacho.

—Tienes buen gusto —dijo Pizarro—. Y la muchacha también.

—Gracias —dijo el muchacho, otra vez con la voz cascada.

—El caso es que tu padre me ha convencido a mí de que se hagan las cosas como tú quieres. Y así se van a hacer. Vas a tener trabajo y te vas a casar luego con Raquel Mandujano. ¿Qué sabes hacer?

—Nada —dijo el muchacho Echeguren—. Quiero entrar a Pemex desde abajo. Quiero ser cuije, lo que sea. Empezar.

—Eso pensaba —dijo Pizarro—. Así tendría que ser y así va a ser. Pero hay una cosa que debo decirte antes. ¿Puedo decírtela?

—Sí, señor —dijo el muchacho.

Pizarro dejó de deambular, vino hasta el escritorio y se paró exactamente frente a la silla del muchacho:

—Si vas a trabajar en Pemex y vas a empezar desde abajo hay una cosa que debes saber —dijo mirándolo fijamente—: No hace falta que te pase para que lo sepas. Muchos lo han comprobado antes que tú, es una verdad tan exacta como que la Tierra es redonda. Lo es, aunque nuestra experiencia nos diga que es plana, como la nalga de Juana.

Nerviosa y descontroladamente, el muchacho se rio. Pizarro midió primero y compartió después esa risa.

—Y para las nalgas planas, las vergas estiradas —siguió, jalando otra vez la risa nerviosa del muchacho—. Lo has de tener como berbiquí donde tanta gracia te hace —extendió Pizarro, sintiendo que había tocado un punto blando—. ¿Sabes cómo lo tienen las japonesas? —el muchacho Echeguren volvió a reír rebotando—. ¿Sabes o no sabes?

El muchacho negó con la cabeza, siempre sin levantarla del piso.

—Pues lo tienen atravesado —dijo Pizarro, con traza cómica, haciendo en el aire un tajo horizontal.

Por primera vez el muchacho Echeguren alzó la cabeza hacia Pizarro, radiante en su hermosa sonrisa de dientes blancos y parejos.

—¿Cómo lo tienen, Roibal? —dijo Pizarro alzando la voz, pero sin voltear hacia Roibal, mirando sólo al muchacho.

—Atravesado —dijo Roibal.

—Y si te les quedas viendo de frente a esas cosas transversales, ¿sabes qué pasa? —preguntó Pizarro.

—No —dijo Echeguren rascándose una tetilla.

—Guiñan —dijo Pizarro, simulando el guiño con sus dedos.

El muchacho Echeguren se acomodó en la silla riendo franca, abierta, desganadamente. Pizarro fue hasta él y le puso una mano en el hombro, como si lo felicitara y a la vez lo preparara para una noticia solemne.

—Eres un muchacho sano —dijo palmeándolo—. La sangre fresca que nos barrerá algún día, la mejor barredora del mundo. Pero iba a decirte otra cosa sobre el trabajo, ¿quieres escucharla?

—Sí, señor —dijo el muchacho Echeguren.

—Se trata sólo de esto —dijo Pizarro, la palma sobre el hombro del muchacho, de pie frente a él—. Mira: ahí donde está el trabajo está el infierno. Ahí está la mugre, está el sudor, están las heridas. Ahí es donde la gente se acaba, donde quema sus energías, pierde manos y piernas. Se dejan los años entre la suciedad, los accidentes, las malas pagas. Dicen que, en la Segunda Guerra Mundial, un líder les ofreció a los ingleses sangre, sudor y lágrimas. Igual es ahí en los lugares donde está el trabajo. Sólo que esta otra guerra no tiene frases célebres, es una guerra de todos los días, los trabajadores contra sus trabajos, contra las máquinas, contra los engranes y los tornos y la grasa. La guerra diaria. Todavía jodido y cansado del día anterior, te levantas al día siguiente sin ganas de nada, mal comido, aburrido. Y a darle al trabajo desde la mañana, a veces por la noche. A darle. Y ahí estás dándole hecho un pendejo, bañado en sudor, soñando con una cerveza fría, con una camisa limpia, con una japonesa que lo tenga atravesado. Y de repente, ¡chas! —quitó Pizarro la mano que tenía sobre el hombro del muchacho y la puso ante sus ojos con los dos dedos mochos—. ¡Chas, te agarró el torno! ¡Chas, te perforaste la pierna! ¡Chas, te fuiste por el aire de arriba de la plataforma para romperte la madre en el escombro de maquinaria que habían tirado oxidándose ahí!

Volvió a caminar por la pieza, por la espalda y el perfil del muchacho, rodeándolo, ocupándolo con su voz nítida, actuando también lo mejor posible para mí:

—De pronto, en la noche, el día que descansas, saltas sobre tu vieja gritando, y te despiertas llorando porque no suena la pinche chicharra para la hora de salida. Quieres que suene, que suene, que suene. Pero no estás en la fábrica sino en tu casa, gozando de tu día de descanso. Estás acostado junto a tu vieja, descansando. Porque lo que pasa es que ni ahí descansas. Vuelves a dormirte y al rato, otra vez. Se te acerca la japonesita con su cosita atravesada y le metes la mano en la rendija y de pronto la rendija es el torno que te agarra la mano y esta vez no estás soñando sino en la fábrica y ya perdiste dos dedos. Esa es la guerra del trabajo que está dondequiera. Y como a todas las guerras, a esa sólo se va por necesidad. Los más inteligentes, ¿sabes quiénes son?

—No —dijo el muchacho Echeguren, otra vez sumido en la silla mirando al piso.

—Los desertores —dijo Pizarro—. Los que no van, los que salen corriendo en cuanto pueden, los que se niegan a entrar al infierno. Bueno, esto es lo que quiero que comprendas, si lo quieres comprender. Y también esto: del sudor, de la sangre, de las lágrimas que hay en esa guerra están hechas todas las cosas del mundo, las cosas que ves en la calle, las que te comes, las que te vistes, las que compras en las tiendas y las pantaletas especiales que usan las japonesas. Y eso, el trabajo, es lo único verdaderamente chingón y respetable que hay sobre esta Tierra. Lo único.

Volvió a ponerse frente al muchacho y a mirarlo con su fría concentración inigualable:

—Tú quieres llegar a ese mundo como voluntario, está bien. Te va a tocar tu joda completa, no te apures. Tu sangre, tu mugre, tus malos sueños. Y vas a pedir chichi como todos, vas a gritar que te saquen de ahí. Y como todos vas a tener a tu mujer en la casa llena de hijos, con la panza hinchada, gorda y floja del coño a los dieciocho años. Yo tuve una novia que hice mi esposa. Se murió en el parto, ¿sabías eso?

—No, señor —dijo el muchacho Echeguren.

—El niño también murió. ¿Sabes por qué?

—No, señor.

—Porque no tuve dinero para llevarla a México, que se hubiera salvado. Porque no era más que un pinche tornero transitorio sin derecho a hospital, ni dinero para pagar la cuota. Vas a tener tu parte de eso, todos tienen su parte alguna vez. Les toca su parte, porque no les queda otra. Nadie eligió esa chinga, les tocó y no pudieron zafarse. Yo no elegí que se muriera mi mujer de pobre, se murió de pobre porque eso éramos. Pero si yo hubiera tenido posibilidades, la mando no a México, a Nueva York, a que se curara. Tú te quieres meter de voluntario al infierno y meter a tu mujer. Eso no es cariño, acá le llamamos a eso de otro modo. Pero eso es lo que quieres, y eso será.

Empezó a dar vueltas de nuevo frotándose las manos, como si la andanada lo hubiera vaciado. Se apretó las sienes echándose para atrás el pelo grueso y se dio un masaje con los dedos en los ojos, como quien aplaca una conjuntivitis o una larga desvelada. Tuve la impresión de estar frente a un insomne, un hombre que dormía pocas horas y mal; cobró sentido de pronto su constante alusión a los sueños y las pesadillas del infierno que describió para el muchacho Echeguren.

—No pienso morirme de hambre —dijo el muchacho luego de un largo silencio—. ¿Cómo salió usted de ese infierno?

—A chingadazos, mijo —dijo Pizarro con un toque melancólico y paternal—. Pisando a otros, vengando a mi esposa, como si todos y cada uno de los que yo iba chingando la hubieran matado. Bueno, me vengué, pero todavía no la tengo. No la recuperé con eso, porque la cosa más cara del mundo es la que dejaste ir y ya no tienes.

—Pues a chingadazos yo también, señor —dijo el muchacho Echeguren, irguiéndose en su interior frente a Pizarro.

Sorprendió, agradó, desbordó a Pizarro la respuesta y lo hizo hacer una pausa.

—Puede que tengas los güevos —dijo Pizarro—. El hambre ayuda, como a los toreros, pero no es todo. A lo mejor tú tienes los güevos para eso.

—Quiero probarme en esas —dijo el muchacho.

—Pues te vas a probar —dijo Pizarro. Volvió a su silla tras el escritorio y el jugueteo de la liga entre los dedos—. Me das dos semanas para decirte dónde y qué —agregó, en un tono que terminaba la entrevista.

Luego de darle la mano, salió el muchacho Echeguren y Roibal se cuadró junto a Pizarro, esperando sus instrucciones.

—Vamos a probarle los posibles a este becerro —dijo Pizarro con una vaga simpatía.

—Sí, Lacho.

—Que lo busque Imelda y lo desleche, primero —siguió Pizarro—. Y que se sepa en casa de Chito Mandujano. Hablas con él, le cuentas que vino mi compadre, le explicas lo de Imelda y le pides que comprenda, si quiere comprender.

—Sí, Lacho.

—Luego que haya roto con la hija de Chito, lo mides en alguna comisión. A lo mejor tiene espuelas para gallo. ¿Quién sigue?

Seguía el hermano de una comadre, que quería una ayuda para entrar como trabajador transitorio en los campos que estaban abriendo en esos días cerca de Villahermosa, de donde era su mujer.

—Una carta para la sección de Villahermosa —dijo Pizarro a Roibal—. Que le den una entrada como transitorio. La firmo en la noche y la recogen mañana. ¿Quién sigue?

Una mujer traía tamales, como cada semana, porque Pizarro había intervenido para que su hijo consiguiera una beca en el Politécnico y se fuera a estudiar a la ciudad de México.

—Supe que estuvo la semana pasada y no me vino a ver —se quejó Pizarro—. Dile que no me importa él, sino sus notas. Y que quiero verlas cuando las tenga. El que sigue.

Dos campesinos de un ejido de El Álamo entraron para ver si Pizarro los ayudaba con un trámite hasta entonces imposible en las oficinas del gobierno de Xalapa:

—Mándalos con Idiáquez, que les tramite su asunto por cuenta de la sección. Y que te informe de inmediato. ¿Quién sigue?

Entró una mujer de la zona roja a la que el Ayuntamiento no dejaba trabajar, por capricho de un regidor que la quería para su consumo exclusivo. Venía a pedirle a Pizarro que apartara la traba.

—Llámale por teléfono al señor regidor y le dices que la señorita trabaja desde hoy por cuenta nuestra. Y que el trabajo es un derecho que nadie puede abolir. ¿Quién sigue?

Un líder juvenil del PRI buscaba apoyo para adquirir diez máquinas de coser y diez de escribir que pretendía rifar entre sus huestes. Las adquirió. Una mujer con tres hijos abandonada por un petrolero pedía a Pizarro que le garantizaran el pago de la pensión alimenticia que el sindicato escamoteaba con argucias legales. Se extendió un memorándum en su favor al sindicato. Un grupo de trabajadores en huelga solicitaba ayuda de Pizarro porque habían agotado su fondo de resistencia y el dueño empezaba a dividirlos repartiendo dinero. Obtuvieron trescientos mil pesos. Como a las diez de la mañana, el calor era intolerable en el despacho.

—¿Cuántos faltan? —preguntó Pizarro, en actitud de levantar la tienda.

—Diez o doce.

Pizarro fue hacia la puerta y me indicó con una señal que lo siguiera. Los hombres que guardaban la entrada echaron a caminar adelante de nosotros. En el resplandor hirviente del huerto, bajo la sombra irregular de la enorme adelfa y de una hilera de plátanos que había al fondo, esperaba la antesala de Lázaro Pizarro: dos indias de Zongolica que le fueron a besar la mano como al señor cura, una viuda colgada del brazo de su hijo adolescente, un grupo de transitorios de Pemex, dos representantes de la Cruz Roja local, un policía municipal, un círculo de campesinos con los sombreros al pecho y los pelos erizados por el calor, pegados a la frente. Pizarro los saludó uno por uno y explicó que podían dejar su asunto escrito con Roibal o venir mañana.

—Ustedes en las oficinas del sindicato —dijo a los transitorios.

Y a la viuda:

—Usted va a tener su pensión completa, no se preocupe.

Suavemente a las indígenas de Zongolica:

—La mano no se le besa a nadie.

Minutos después estábamos en el patio mayor y emprendían la carrera delante de nosotros otros cuatro, seis, ocho hombres, la escolta de los automóviles en que viajaba Pizarro. Su coche esperaba a la entrada de la casa mayor. Subimos Pizarro y yo atrás y Roibal adelante.

—Verbena a Mostrador —dijo el chofer por su teléfono interno—. L-1 en cero. Calcula quince casquillos a Mostrador. Todos los del camino, en cuatro.

Arrancó adelante una vagoneta con hombres armados y dos galaxies atrás.

—Me dejas en el sindicato y regresas a atender a esta gente —dijo Pizarro a Roibal—. Voy a llevar a nuestro periodista a La Mesopotamia y regresamos a comer en la tarde. Eso es todo. Al regresar, comemos con Cielito y nuestro periodista, si quiere comer con nosotros. Otra cosa. Averigua si lo del periódico viene del gobernador o de su pendejo secretario de gobierno.

En la secretaría de gobierno de Xalapa trabajaba Rojano. Registré el mensaje sin parpadear.

Capítulo 4
ALREDEDOR DE LA PIRÁMIDE

La escolta ocupó la calle del edificio del sindicato antes de que Pizarro bajara, Roibal nos abrió la puerta trasera del auto y caminé junto a Pizarro hacia la entrada. Pasábamos y se cerraban sobre nosotros los custodios. Como quien pone rieles al paso de un vehículo, la escolta de Pizarro iba poniendo parejas de guardianes en cada puerta que debía ser cruzada, la valla instantánea producía a su vez un efecto imán en las oficinas, jalaba saludos y adhesiones, secretarias paradas de puntitas, gestos humildes, apretones entusiastas, hasta la puerta de vidrio grueso, como de baño público, y las paredes de madera gris rata por donde se entraba a las oficinas de Pizarro. En el vidrio podía leerse con letras descascaradas la inevitable leyenda: "El que sabe sumar sabe dividir".

El despacho de Pizarro estaba en el cuarto piso, al centro de un gran cuadrado aislado por un ancho pasillo de las demás oficinas, todas con vidrios transparentes, de modo que era perfectamente visible su interior. El despacho de Pizarro, en cambio, tenía paredes de cemento hasta el techo, con extractores de aire y proveedores de clima artificial. Un sistema de sillas como de estación de autovías ordenaba la audiencia de Pizarro, frente a la puerta de la oficina. Varios ayudantes hacían guardia en ella y apuntaban en tarjetas las razones de cada solicitante. Como en su casa, también en su oficina del sindicato el escritorio de Pizarro era sólo una mesa rústica, sin cajones ni papeles. A su espalda se extendía una nueva colección de fotos: Pizarro salpicado de confeti en un auditorio, Pizarro rodeado de petroleros abrazando al líder petrolero máximo, Joaquín Hernández Galicia, La Quina, Pizarro arriba de un tractor alzando una enorme papaya por encima de su cabeza, Pizarro saludando al presidente Echeverría al pie de un templete, Pizarro levantando el brazo del candidato presidencial López Portillo como quien reconoce al campeón sobre un ring, Pizarro escoltando al ya esmirriado y envejecido presidente Adolfo Ruiz Cortines, Pizarro en medio de un grupo con el expresidente Cárdenas. Y la amplificación de un retrato de Cárdenas joven, con uniforme de gala (guantes, quepí y espadín) mirando hacia el infinito con la misma expresión lánguida que parecía gustarle tanto a Pizarro. En los blancos y claros de esa foto podían verse los rasgos manuscritos de una deficiente caligrafía escolar. Decía:

> *Para Lázaro Pizarro, última*
> *camada de la Revolución mexicana*
> *L. Cárdenas*
> *noviembre, 1958*

En el despacho, un secretario atendía el teléfono rojo, que repiqueteaba sin cesar. Pizarro me hizo sentarme nuevamente junto a él y asistí a una segunda sesión de su corte de los milagros. Entraron sucesivamente un trabajador herido que requería cirugía especial para no perder la movilidad del pulgar derecho, una pareja que iba a casarse y pedía prestada la rondalla sindical para que tocara en la fiesta, una viuda que demandaba un lote de tierra en el nuevo fraccionamiento sindical que abrían en las afueras de Poza Rica.

La mayor parte de los solicitantes pedían dinero. Roibal iba extendiendo sobre el escritorio unos papelitos amarillos donde Pizarro garabateaba otorgando préstamos y adelantos a los trabajadores. Pizarro revisaba y controlaba personalmente esos vales, cuenta por cuenta. Los marcaba con una, dos o tres equis, antes de poner su rúbrica al calce. Una equis: *Díganle que tenga cuidado, ya se le prestó una vez.* Dos equis: *El interesado no ha pagado ninguna cuota y es la última vez que se le presta.* Tres equis: *Que lo llamen a comparecer porque ha gastado mucho y anda mal.*

A eso de las doce y media entró un dirigente magisterial pidiendo el apoyo de Pizarro para lanzarse como candidato a la presidencia municipal de Altamira, en Tamaulipas, unos doscientos kilómetros al norte de Poza Rica.

—Eso está muy lejos —dijo Lacho—. No son mis terrenos.

Lo eran, en efecto, del líder máximo, Joaquín Hernández Galicia, La Quina.

—Tengo mucha gente en el municipio —insistió el dirigente magisterial, un tal Raúl Miranda.

—Te digo que está muy lejos y no son mis terrenos. Tú conoces el dicho: "En el cielo Dios, pero en Tamaulipas La Quina". Y está además convenido que la de Altamira es una posición de sector y pertenece al sector obrero del PRI. A ti te apoya el sector popular. Así que, aunque fueran mis terrenos, no podría darte mi apoyo sin ser desleal al sector obrero, que es mi sector.

—Está todo preparado, Lacho —siguió Miranda—. La gente me sigue, no puedo perder. Y tú vales más que La Quina, todo el mundo lo dice en Tamaulipas y aquí.

—No digas pendejadas, hermano. Todo se vale menos decir pendejadas en voz alta —dijo Pizarro poniéndose de pie—. Lo que yo te digo es esto: tú sabes si te lanzas y pierdes, pero acuérdate de que la gente no sigue al perdidoso. En otras palabras: ponte a hacer política y déjate de chingaderas personales. Mantén la disciplina del partido. Gana posiciones para tu gente. Ya se los he dicho varias veces: no sólo se gana ganando. Y muchos menos intrigando contra Joaquín. La lealtad es lo primero en la vida. ¿No te enseñaron eso?

—Pero todo mundo está conmigo, Lacho.

—Ya te dije lo que sé. Ahora tú aprendes si te conviene. Si no te conviene, te sigues de largo y allá nos vemos al final del camino, a ver quién tenía razón. Por lo pronto, se levanta esta tienda por sobra de quórum.

Dijo eso, se puso de pie y arrancó a caminar hacia la puerta. Roibal me jaló del brazo para meterme otra vez al pequeño núcleo donde iba Pizarro, custodiado por sus guardianes, rumbo a la sucesión de vallas efímeras y *walkie-talkies*, pasillo por pasillo, hasta el elevador y la calle.

Subimos ya no al coche de Pizarro, sino a una amplia vagoneta con asientos de terciopelo color vino dispuestos en torno a una mesa. Roibal puso ahí para Pizarro un informe con tapas azules. Dijo el chofer en su extraña clave:

—L-1 en cero. En dos casquillos salida destino G-25.

L-1 era la clave para Pizarro, cero el vehículo donde estábamos, G-25 el lugar a donde íbamos, en este caso las granjas sindicales. Casquillo era minuto.

—Infórmale a R-1 permanezca en Verbena —siguió el chofer—hasta que L-1 acuda en 05. Y todo mundo en 4. Cambio.

R-1 era Roibal, Verbena la casa de Pizarro, 05 las cinco de la tarde y 4 "alerta general". Era un largo código absurdo y lo cambiaban cada tres o cuatro meses. En aquellos días, 61 quería decir "esperar", quedarse en 53, "darse por enterado"; 57 equivalía a afirmativo, 75 a negativo; 58 quería decir "personas ajenas escuchando", andar en 34, tener una comisión. Colibrí 007 quería decir "peligro: alertas para disparar".

—A La Mesopotamia —dijo Pizarro, cuando acabamos de instalarnos.

Subió adelante otro custodio y extrajo de la parte baja una metralleta y una pistola cuya funda dejó sobre el asiento. Arrancó adelante un maverick negro con otros tres guardianes y atrás de nosotros un galaxie, con otros dos.

Nos fuimos por las calles de Poza Rica buscando la carretera a Tuxpan, rumbo al norte, en esas calles como ablandadas por la resolana del mediodía, su aglomeración de pipas y tráileres, revolvedoras estacionadas en las esquinas, autobuses de pasajeros atorados al doblar en las calles angostas, los penachos negros del diésel mal refinado. A lo lejos, por entre los edificios chaparros y contrahechos en su espantosa mezcla de dinero y mal gusto, el límpido cielo azul, claramente interrumpido aquí y allá por el humo como dibujado de los mecheros de gas encendidos que rodeaban la ciudad, haciendo borrosas y trémulas distintas franjas del horizonte. Circulamos entre tractocamiones y grúas y picops importadas, símbolos activos de la civilización petrolera, sus máquinas y sus desechos. Una abultada riqueza sin tradición ni cultura propias, que iba acumulando en la ciudad cementerios de tornos, poleas y cascarones oxidados, carísimas vulgaridades en los hoteles de lujo con sus vidrios negros y sus molduras doradas, grandes camellones ocupados por manchas de aceite y cascajo, restaurantes de primera con puestos de fritanga en la puerta, y tragafuegos que ejercían su oficio en medio de los transeúntes. Ya en la salida a Tuxpan, dos muchachas flacas y tensas como alambres, con sus blancos vestidos rabones de zíper vencido, asoleadas hasta el color canela, chupaban naranjas y tiraban las cáscaras al arroyo de botes de cerveza y basura que corría junto a la acera.

—Aquí había una explosión cada dos meses hace apenas veinte años —dijo Pizarro—. El gas se fugaba y a correr todo el pueblo, porque no se sabía dónde iba a reventar. Le aseguro que esas emociones no había en su pueblo.

—No. Allá nada más paludismo y polio.

—Y buena tierra, mi amigo, que es la peor de las plagas —dijo Pizarro distraído, como si repitiera una lección muy aprendida, automática—. Esa ha sido la principal causa de muerte en Veracruz en toda su historia.

—¿Antes del petróleo?

—Antes y después del petróleo, mi amigo. Todos los días llega gente de los ejidos de por aquí con las mismas historias de siempre. A fulano lo mataron porque no quiso arrendar. A zutano lo mataron porque no quiso vender. A perengano porque se había montado en la tierra de otro con su siembra. Y al otro porque su ganado se metió en la milpa de aquél. Total, no alcanzan las cuentas para contar los muertos.

—¿Por eso viaja usted en una camioneta blindada?

—La camioneta blindada es para protegerlo a usted —dijo Pizarro con fina ironía—. A mí me cuidan mis muchachos, los que vienen atrás y los que van adelante. Pero a usted no lo cuida nadie, y no vaya a ser.

La pregunta lo había irritado, se enderezó en el asiento y empezó a revisar los papeles que le había dado Roibal, subrayando con el gesto que se desentendía de mí. Vi por la ventanilla el campo erosionado, los mecheros, la huella del paso petrolero en las afueras de Poza Rica y varios kilómetros de fábricas, manchas de aceite, talleres, el campo invadido por la proliferación de desechos metálicos. Saqué la libreta y apunté durante un rato, al cabo del cual levanté la vista y encontré la mirada de Pizarro, sus ojos fijos y fríos detrás de los bifocales, implacables y como sin vida, revisándome un segundo, antes de volver a sumirse en el informe de Roibal. Cuarenta minutos después, adelante de El Álamo, entramos por una brecha de terracería. Había un norte tardío y un calor de treinta grados en el día nublado, con fuerte humedad heredada de la lluvia nocturna, y lodo en la brecha.

Cinco kilómetros después nos detuvimos en la puerta de La Mesopotamia. Era un enorme complejo agroindustrial de cinco mil hectáreas, cercadas con ocotes y alambre, que empezaban a verse casi al empezar la brecha de terracería. Entramos por una franja de robustos manglares que daba paso a un potrero de unos quinientos metros de ancho, que se perdía a oriente y poniente en el horizonte con las guías de sus cercas encaladas y las espirales de riego mojando un trecho sí y otro no. De los potreros, por nuestra brecha, seguía un circuito de construcciones con viviendas, almacenes, oficinas y los talleres que le daban servicio a La Mesopotamia. Nos detuvimos frente a las oficinas, una estructura prefabricada en cuyos flancos podía leerse en enormes letras rojas: "Mesopotamia. Un logro para el pueblo del poder obrero. En lugar de criticar, trabaja. Sindicato Petrolero".

Había un grupo de mujeres bulliciosas esperando, comandadas por una rubia oxigenada, de pantalones apretados y lonjas desplazadas:

—Una porra para Lacho —gritó al bajar Pizarro. Sin concierto, pero desgañitándose y a todo pulmón, chillaron las mujeres la porra a Pizarro.

—¿Creían que no íbamos a venir? —dijo la güera en su estilo, mezcla de mitin y congal—. Pues aquí estamos con Lacho, aunque no hubieran querido. Aquí los acusamos contigo a estos cabrones, Lacho. Porque no nos dejaban entrar. Para tratar con viejas están buenos estos güeyes.

Había un timbre fresco en los insultos. Varios custodios sonrieron, y Pizarro también.

—¿Cuál es el líder más chingón del sindicato petrolero? —gritó la güera sin perder el ritmo.

—Lázaro Pizarro —corearon desafinadas las otras.

—¿Y el hombre más hombre? —gritó la güera.

—Lázaro Pizarro —gritaron todas.

—¿Y el más guapo? —gritó una jovencita del fondo.

—Lázaro Pizarro —gritaron las otras.

—Gracias —dijo Pizarro divertido—. Pero de plano no puedo alabarles el gusto.

—Está usted rebién, patrón —dijo la rubia, golpeándose las caderas con la palma de la mano para subrayar sus palabras.

Eran como treinta mujeres, jóvenes y no tanto. Tenían rodeado a Pizarro, extendían la mano para tocarlo y se ponían junto a él para que otra las fotografiara.

—Gracias —dijo Pizarro—. Pero orita estoy ocupado. Váyanse a ver la granja, que las lleven a la pirámide para que paseen. Y nos vemos a la hora de la comida.

—Viajamos toda la noche para estar con usted, don Lázaro —dijo una.

—Y no hemos dormido nada —completó la otra.

—El puente estaba roto y el chalán se hundió —remató una tercera.

—Hagan lo que les digo —dijo Pizarro—. Si quieren dormir, ahí están los cobertizos. Y nos vemos después. ¿Dónde está el periodista?

Una docena de brazos me jalaron para ponerme junto a Pizarro, del que me había separado el entusiasmo de las porristas.

—¿Te manejo, Lázaro? —dijo un ayudante.

—No, tú no. Vente tú, Loya —dijo a otro—. Y usted también, amigo periodista, por ahí hablamos.

Una joven le cortó el paso:

—¿Y no se acuerda de mí?

—Cómo no, criatura, ¿cómo está tu mamá Lupe?

—Bien, señor.

—Salúdamela. ¿Qué se te ofrece?

—Quiero que me dé una recomendación, don Lázaro.

Sacó Pizarro un pequeño block de notas, arrancó una hoja y pintó ahí con letra verde una L rebuscada:

—En Poza Rica ves a Genaro Roibal de mi parte en las oficinas del sindicato y le pides lo que quieras. Y me saludas a tu mamá Lupe. Va a hacer ocho años que no la veo. Dile que se acuerde de mí, que no hay saludo desperdiciado. Y dame un beso.

Le dio un beso en la mejilla y caminamos a la camioneta. Un custodio le puso en las manos a Pizarro una bolsa con higos. Se había ido totalmente el malhumor.

—¿No gusta un higo? —me dijo—. Nada como los higos y la fruta. Luego de Veracruz, la mejor cosa del mundo es la comida naturista. Yo la consumo. También hago yoga, algo de pesas y baños de agua fría. Cómase un higo, cómase los higos que quiera, amigo periodista.

Subimos al jeep de llantas altas para hacer el recorrido por La Mesopotamia, Loya al volante y Pizarro junto a él, en la parte delantera; yo y un custodio armado atrás.

—Loya va a ser presidente municipal de Poza Rica el año entrante —informó Pizarro mientras chupaba un higo—. Te voy a conseguir diez millones el primer trimestre para que pavimentes calles, Loya. ¿Qué te parece? Están las calles que es una vergüenza, ¿no te parece?

—Sí, Lacho —contestó Loya.

—Sí qué, Loya —dijo Pizarro, abandonando de pronto su locuacidad.

—Las calles —dijo Loya—. Están hechas una desgracia.

—Pero te estoy diciendo que voy a conseguirte diez millones para que las arregles. ¿No escuchaste eso? Diez millones, Loya. No quiero que me lo agradezcas, Loya —dijo Pizarro, sin mirarlo—. Sólo quiero tu lealtad. Óyeme bien: la lealtad, porque sin lealtad no hay nada de lo otro. Puedes ser malagradecido, pero no desleal. Porque entonces no vales nada, no sabes quién eres y dónde está tu lugar en la vida, ¿entiendes eso?

—Entiendo, Lacho —dijo Loya, algo irritado por las insinuaciones de Pizarro—. Te dije que se agradece. Y lo agradezco. ¿Qué más quieres que haga? ¿Quieres que me baje los pantalones?

—No seas delicado, Loya —dijo Pizarro divertido—. Pareces señorita. Lo único que pido es lealtad, ya lo sabes. Te conseguí la presidencia municipal y ahora te voy a conseguir diez millones. Los hechos hablan. Y así quiero que hablen los tuyos. ¿Está bien claro o no está claro?

—Bien claro, Lacho —dijo Loya.

Salimos de los manglares rumbo a un conjunto de construcciones rodeado por un huerto de naranjas y calabaza, perfectamente desyerbado. Un ejército de pizcadoras bajaba naranja, vestían overoles caqui del sindicato petrolero. En las espaldas, el lema inevitable: "Romper para crear. El que sabe sumar sabe dividir".

—Son trabajadoras voluntarias del sindicato —explicó Pizarro—. Todos hacemos aquí trabajo voluntario una vez a la semana. Unas cuantas horas no cansan a nadie. Esas mujeres no llevan ahí ni dos horas. Paran al rato y se van a comer aquí al complejo —señaló las construcciones que esperaban adelante—. Comen mejor que nunca en la semana, de lujo. Y se regresan a sus casas en autobuses que tenemos. Mañana vienen otras. A nadie le duele, es como una fiesta. Y de poco a poco van dejando aquí esta riqueza. Mírela bien, amigo periodista. Mire y diga luego lo que vio. No busque lo sensacional, diga la verdad. A mí no me gusta hablar, que hablen las celebridades, ese es su trabajo. Yo aquí simplemente organizo y trabajo con mi gente, eso es todo.

Cada cien metros por la brecha, un letrero reiteraba los temas de la revolución obrera de Pizarro: "El trabajo te hará libre". "Aquí se expande la Revolución Obrera del Sindicato Petrolero." "El que grilla y canta, pobre se levanta." "No critiques más, trabaja."

Tuve de pronto la sensación de haber ingresado a un mundo ordenado y aparte, arrancado metro por metro al monte y al pantano, a la incomunicación y las plagas, para ser puesto al servicio de este entusiasmo verdadero y hueco, resumido en sus hechos por sus lemas.

—Hay que ser leal en todo, paisano, o andamos mal —siguió hablando Pizarro—. Hay que ser leal a la patria, al país, a la región, a la ideología, al amigo. Por eso está usted aquí, paisano. Y por eso yo acepté que viniera. Por su lealtad a su amigo Rojano, ¿no es cierto? Es cierto. Pero yo no tengo nada que ocultar y en cambio puedo mostrarle esto, que es nuestra obra. Por la lealtad a mis compañeros y por la de ellos se frustran los ataques y los insultos de nuestros enemigos. La lealtad nos ha dado fuerza para luchar contra los mercenarios y para convencer a los apáticos. La lealtad nos ha permitido convencer a los trabajadores, al pueblo, y también al gobierno. La mía es una lealtad hecha obra. Lealtad en beneficio de todos, a la vista de todos. La Mesopotamia es una parte de esa obra. Mírela usted. Y admita, paisano, que lo que se ve no se juzga.

Lo que se veía al terminar el naranjal era el complejo, un circuito de cobertizos para gallinas ponedoras y nuevos potreros con la pastura alta en espera del ganado que había triscado ya la de los potreros vecinos, lo cual indicaba una rotación de agostaderos.

—Nada de pasto inglés —dijo Pizarro reparando en mi asombro—. Puro zacate burrero sembramos aquí. Véalo, es una maravilla.

—Casi no gastamos porque es pastura criolla, natural de aquí mismo, adaptada y mejorada con nuestro trabajo. Venga a ver el complejo.

El complejo era un gran cuadrángulo de construcciones integrado por bodegas que almacenaban los productos de La Mesopotamia, una empacadora de huevo, una descascaradora y empacadora de arroz, una pasteurizadora de leche, un rastro frigorífico y banda de transporte automatizada, una carpintería, un taller de refacciones y reparaciones mecánicas, una planta eléctrica, un laboratorio agrícola con huerto experimental de media hectárea, un pequeño troncal de ferrocarril.

—Nosotros construimos ese troncal de aquí a El Álamo para abaratar nuestra salida de productos —dijo Pizarro—. Por la terracería era muy caro. Aquí, con dos furgones de carga cada tercer día estamos listos y de ahí a Poza Rica, a Ciudad Madero, a Veracruz. Todos los ferrocarriles de México son propiedad del gobierno, menos este, que pertenece a los petroleros, al pueblo que lo construyó. Son veinte kilómetros de vía. Lo hicimos con nuestros propios ingenieros y nuestras propias manos. Porque aquí está en marcha una revolución popular obrera. Estamos haciendo la revolución socialista porque nos vamos a apoderar de las fábricas, del capital, de la producción. Ya nos estamos apoderando de todo eso en forma pacífica. Y con el tiempo los obreros vamos a desbancar pacíficamente, compitiendo honradamente, a los extranjeros y a la iniciativa privada. El sindicato de petroleros defiende a todos los marginados del país. Eso, amigo periodista, no es discurso ni demagogia. Es una obra, varias obras que están ahí. Véngase a ver nuestro taller de refacciones y reparaciones.

No sudaba. En el sofocante calor húmedo y nublado de La Mesopotamia, Pizarro no sudaba una gota. Hablaba y mandaba con la naturalidad de un rey de tribu, y todo efectivamente giraba en torno suyo como en torno al sol. Pero no brillaba de más, era pequeño y confundible con el resto de ayudantes, trabajadores y encargados que salían a su paso a saludarlo. Le informaban, se ponían a su disposición y seguían el recorrido con nosotros, uncidos a la órbita magnética de este sol llano pero imperativo. Conforme avanzaba nuestro recorrido por el complejo, los acompañantes eran más, una pequeña multitud, con Pizarro al centro hablándome sin parar, la expresión encendida, campechana y desbordada, vigilando siempre mis reacciones, frío y controlado bajo la embriaguez de iluminado que el recorrido por La Mesopotamia le provocaba.

El taller de refacciones era una gigantesca ferretería y el de reparaciones un tendejón que protegía tractores americanos y rastrilladoras alemanas, formadas una tras otra.

—Este taller de refacciones le da servicio a toda la región —explicó Pizarro—. No hay uno igual para arriba hasta Brownsville y para el sur hasta Sao Paulo. Arreglamos y vendemos piezas más barato que nadie. Hacemos piezas también. Compramos una vez fuera, pero pieza que cae aquí, pieza que empezamos a ver cómo producimos directamente. Y sólo nos falla hasta ahora la cosa electrónica, como en un veinte por ciento. Lo demás sale todo de aquí, basta con que nos den los aceros especiales cuando hacen falta, lo demás aquí sale.

—¿Cuánto estamos vendiendo? —le dijo al hombre que estaba tras el gran mostrador en la refaccionaria. El interrogado titubeó.

—¿Hace cuánto tiempo estás aquí? —avanzó Pizarro.

—Llevo apenas dos semanas.

—¿Y cómo te dejan al frente de esto siendo novato? Así no se puede marchar, así no puede funcionar nuestra cooperativa. Deberíamos aprender de los de la iniciativa privada, que siempre saben cuánto son dos más dos, no como tú. Véngase, paisano periodista, vamos por acá a los talleres a ver si ahí sí encontramos a los enterados. Trabajamos también aquí cosas para Pemex. Diseñamos una polea para la perforación de pozos que ahorró millones de dólares. Las tenemos patentadas y las están usando ya los árabes y los venezolanos. Y le cobramos a Pemex muy caro, pero ni la tercera parte de lo que les hubiera costado comprar eso fuera. Y ni la quinta parte de lo que le hubieran cobrado los contratistas de aquí del país, que no hacen nada más que comprar las cosas fuera y revenderlas aquí. Son parásitos, intermediarios. Nosotros no. Tenemos propiedades por más de mil millones no porque nos interese el dinero, sino porque, mientras vivamos en una sociedad capitalista, sólo con dinero los trabajadores tendrán autonomía. El que ande entre lobos que aprenda a usar los dientes, mi amigo. Es lo que yo ando diciendo por todas partes.

Se detuvo y tras él la pequeña multitud. Se quitó de las comisuras de los labios dos residuos de saliva que se habían ido acumulando conforme hablaba. Miró al piso y luego a mí, nuevamente frío y seco sin el menor rastro del aura de triunfo y vanidad que había ahí minutos antes:

—De eso hablé con su amigo Rojano la última vez en el puerto. ¿No le comentó nada?

Sin esperar respuesta, siguió su caminata con agilidad:

—¿Quién tiró el aceite sobre el zacate? Esto no se hace. ¿Qué culpa tiene el zacate de que existamos nosotros?

Llegamos al mostrador de la refaccionaria al fin del recorrido:

—¿Cuánto está ingresando por servicios a refacciones aquí? —preguntó Pizarro al que estaba tras el mostrador.

—Seis millones al mes, Lacho.

—Está bien, pero tienes que superar esa marca. Ya tienes experiencia y tienes todo el apoyo.

—Sí, Lacho.

—De cualquier modo, dile aquí al amigo periodista cuánta gente viene aquí a tu taller.

—Pues toda la del rumbo, Lacho.

—Tendrían que ir a Brownsville si no —siguió Pizarro—. Les sale la mitad venir aquí. Y lo mismo con todo lo demás. Aquí producimos comida que vendemos luego en nuestras tiendas de Poza Rica, le ganamos bien y vendemos más de la mitad por abajo de los comerciantes privados. Hacemos ropa en nuestros talleres sindicales, a una tercera parte del precio. Hacemos escuelas y damos préstamos sin interés, porque no somos usureros. Véngase, vamos a la pirámide, porque hasta pirámide nos tocó aquí, para que acabe de ojear nuestro trabajo.

Subimos al jeep, con Loya al volante, y la emprendimos rumbo a los cobertizos de las gallinas ponedoras y hacia el verdor nublado de la Sierra Madre Occidental, en la estribación de la Huasteca: Chicontepec, las fotos sangrientas de Rojano. Varios potreros después, al final de un criadero de cerdos, reingresamos a la selva tropical, lianas y monos saraguatos que se guindaban en las alturas chillando en la sofocante sombra de cuarenta grados húmedos, casi agua, que empañaba los lentes de Lacho sin arrancarle una gota de sudor, un brillo de gasa, una sola secreción incontrolada. Las glándulas se empeñaban en evidenciar la sequedad monástica, casi religiosa, del excesivo rival que había elegido Rojano. Bajamos del jeep y caminamos unos quinientos metros, dos custodios adelante y Loya atrás, vigilando los pasos de Pizarro. De pronto estábamos metidos en la oscuridad y el olor a podrido de la selva cerrada. Pensé que no había ninguna garantía de que estuviéramos yendo a ninguna pirámide y empecé a sofocarme. Lo sintió Pizarro y se detuvo bruscamente para mirarme por encima de sus lentes empañados:

—No le gusta la selva —preguntó afirmando, con la voz suave que portaba su mayor violencia—. Aquí ha terminado el viaje más de uno. Paludismo, alimañas, fieras. Pero venga para acá, mire, este es un regalo de La Mesopotamia, le aseguro que nunca lo olvidará.

Me mostró una cortina de lianas impenetrable y me empujó hacia ellas tocándome apenas el hombro con la mano. Tuve la clara impresión de que el ritual conducía a mi ejecución, pero caminé hacia donde Pizarro indicaba. Abrí con las manos la muralla de lianas y penetré en ella. En ese momento escuché el sonido de los custodios cortando cartucho y luego el trallazo y su eco subiendo por la sierra, una vez, dos veces, tres veces, retumbando en mi nuca. Corrí hacia adelante en la muralla de lianas sintiendo que se untaban a mí savias y vellosidades picantes, hojas como navajas que cortaban finamente. No era el único en desbandada, en la cúpula de la maleza corría también el circo loco de los monos, su estampida de rama en rama que sacudía la mole verde y abría las únicas rendijas de luz de esa trampa exuberante.

Apenas había percibido esto cuando la jungla cedió a mi carrera y vi lo que Pizarro había preparado para mí. Entré a una gran burbuja de aire y luz en cuyo centro reposaba la pirámide de La Mesopotamia, una ruina de quince metros de alto, limada por el tiempo y por la selva que habían redondeado sus escalones y sus aristas. La vista era imponente en medio de la selva, y lo era también porque todos los monos de la estampida parecían haber pasado a la pirámide y corrían por ella enloquecidos en su aullido circular, con sus rostros de niño y sus colas agitadas. Fue como una revelación, el efectivo paso a un tiempo ajeno, a la cuadrícula tecnificada que había alrededor de este islote de selva.

Atrás de mí cruzó la muralla de yerba Pizarro, sonriente, y luego Loya con los custodios.

—Los tiros son parte del espectáculo como aquí lo ve —dijo Pizarro señalando el hormiguero de monos sobre la pirámide.

—Espero que no nos lo haya tomado a mal, no somos gente de recámaras mentales. Lo que tenemos que decir, lo decimos clarito. Y lo que tenemos que hacer, lo hacemos sin darle tiempo al tiempo. Véngase por acá, hay un caminito para subir.

Dimos vuelta a la pirámide y subimos por uno de sus flancos donde habían puesto una escalera de cemento con barandal. Subimos Pizarro y yo, por primera vez solos desde que llegué esa mañana por sorpresa a su casa. Desde arriba podía distinguirse con claridad el lindero de La Mesopotamia cercada por la selva, sus potreros en ringlera, el complejo, los manglares. Y la selva de no más de treinta metros que rodeaba la pirámide como si fuera un foso premeditado en su torno. Naturalmente, había un camino despejado, una brecha limpia de yerbas y lianas, para llegar a la pirámide. Pero ese era el camino que Pizarro me había evitado. Se acuclilló en el pretil de la pirámide y miró largamente ese dominio civilizado, arrebatado al monte:

—Esta es La Mesopotamia —dijo Pizarro sin mirarme—. Hace tres años era monte puro. Pero ya estaba escrito. Vea por allá los dos brazos de río. ¿Lo ve?

Dos ríos en efecto pasaban a los lados de La Mesopotamia, con su agua colorada, charcalosa.

—De tiempo atrás estas tierras estaban hechas para la mano del hombre. Ya le llamaban La Mesopotamia. Dicen que en Mesopotamia empezó la civilización, ¿no? Estaba igual entre dos ríos, el Tigris y el Éufrates. No creo que estos dos le pidan nada a aquellos ríos. Y de tierra a tierra, esta es como la mejor del mundo. Véngase, lo voy a llevar a ver las presas donde estamos sembrando carpa y trucha. De eso tampoco sabían los de la Mesopotamia del Tigris. Pero así es la fama, paisano. Y así es la historia también. Lo que está para suceder, no hay poder humano que lo impida.

Bajó la escalera con agilidad adolescente. Comprendí su orgullo por la pirámide, desde ella podía observar a plenitud sus dominios, dejar que el nombre de la propiedad le llenara los oídos con su toque de civilización fundadora, como si viera su propio destino inscrito en ese nombre que iniciaba la historia.

Fuimos a las presas, y otra vez al complejo. En el comedor se despidió de las mujeres que lo esperaban, hizo un aparte para hablar con Loya, se despidió también de él y subió a la vagoneta.

Eran las cuatro de la tarde.

—L-1 en cero rumbo a Verbena como previsto —dijo el chofer en su clave. Quería decir que Pizarro estaba ya en el vehículo y que salíamos de La Mesopotamia rumbo a la Quinta Bermúdez, en Poza Rica.

—Cómase un higo, paisano periodista, para matar un poco el hambre —dijo Pizarro—. Y no se preocupe. Le espera un banquete en Poza Rica.

Comí un higo, y luego otro. Tenía la boca seca, la lengua seca, la garganta seca.

—Si quiere una cerveza, ahí hay abajo del asiento —dijo Pizarro mirando por la ventanilla, como quien da instrucciones a un subordinado. Había en efecto una hielera de plástico con cervezas. Busqué ansiosamente la cerveza y un destapador después, primero en la hielera, luego en mí mismo, palpándome la ropa, hasta dar con mis llaves que servirían para abrir poco a poco la botella. En el asiento de enfrente, mirándome con incomparable fijeza, Pizarro me extendía desde hacía unos segundos un destapador. Sentí su desprecio y su ironía por mi falta de control y entendí hasta qué punto todo su trato con los otros podía ser una simple sucesión de pruebas de fuerza, competencias subterráneas, trampas y triunfos secretos, que en su acumulación acababan ratificando su preponderancia, su superioridad.

Minutos antes de las cinco llegamos a la Quinta Bermúdez, cruzamos el jardín de los laureles de la India y el otro patio hasta el refugio de Pizarro, donde esperaba ya una audiencia tan larga como la que había despachado en la mañana. En la mesa donde habíamos desayunado se habían sentado Roibal y una mujer desteñida, muy pintada, de unos treinta años, que corrió hacia Pizarro abriéndole los brazos y diciéndole "mi amor". Sorpresivamente, Pizarro le contestó del mismo modo y durante toda la comida le llamó "cielito", agregando cosas como "mi cielo", "mi niña", "mi amor", al final de cada frase que le dirigía. Como en el desayuno, en la comida las cocineras atestaron la mesa de jarras y cervezas, picadas, moles, piernas de cerdo en adobo y tortillas recién echadas, pero el campo intocable de la cabecera de Pizarro sólo fue cruzado por dos tandas de yogur y un plato de tomate con lechuga. Nadie habló, salvo Pizarro con su Cielito, y Roibal, para dar instrucciones a las cocineras. No habíamos llegado al mole, cuando Pizarro dijo que tenía asuntos que despachar y fue a su oficina. Roibal lo siguió. Cielito y yo nos ofrecimos picadas y seguimos comiendo durante media hora.

—Yo cantaba en Tampico —dijo de pronto Cielito—. ¿Usted conoce el bar del hotel Inglaterra?

—Lo conozco —dije.

—Pues ahí cantaba con el trío del Jaibo Tecla. ¿Lo conoce usted?

—No —dije.

—El trío más famoso de Tamaulipas. Su requinto tocó con Los Panchos una temporada, el Güero Higuera. Todas las noches de éxito, triunfo tras triunfo. Antes de que me encerrara Lacho.

—¿Dónde la encerró?

Cielito tomó un pedazo de picada con las uñas de su mano y la llevó a la boca:

—Entre sus brazos —dijo con aire melancólico—. Los brazos de Lacho son mi dogal, como la canción yucateca. ¿La conoce usted?

—No.

Empezó a tararear con buena entonación:

Esos ojos, me dije, son mi destino
Y esos brazos morenos son mi dogal.

—¿Ya se acuerda?

—Se llama "Presentimiento" —dije.

—Hemos sido felices. No hay otra pareja más feliz en Poza Rica. ¿Usted es de Poza Rica?

—De Coscomatepec.

—Lacho es el hombre más querido de Poza Rica. Y yo soy su mujer. Dejé el canto y mi carrera por él. Vivo en pecado por él, porque no nos hemos casado. Vivimos como se dice de unión libre. Porque nuestro amor no necesita bendiciones aquí en la Tierra. ¿Usted qué le viene a pedir a Lacho?

—Vine a entrevistarlo.

—A Lacho le gusta que le pidan, porque él vive para dar. Todo lo da. A un sobrino mío le dio la vida, lo mandó a curarse a Houston que se estaba muriendo y se salvó. A mí me ha dado la felicidad con su amor.

Trajeron duraznos en almíbar y charamuscas. Cielito tenía los ojos del color de Anabela, pero saltados y con pequeñas bolsas en los párpados.

—Y me ha dado también la paz. Me sacó del alcohol y de la oscuridad —dijo con una humildad conmovida, como si rezara.

Oí atrás unos pasos y vi a Cielito clavar la cabeza en el piso, fingiendo que no habíamos hablado. Era Roibal:

—Quiere Lacho que pase —dijo, deteniendo ya la silla para ayudarme a ponerme de pie.

Pizarro me esperaba acodado en su escritorio, jugueteando otra vez la liga entre los dedos. Había una silla justamente frente a él, miró a Roibal y desaparecieron los custodios, con el propio Roibal encabezándolos. Sin más, empezó a hablar Pizarro:

—Su amigo Rojano va a tener su presidencia municipal. Dígale que esté tranquilo, que se lo digo yo, que calme sus ansias de novillero. Y no por lo que pueda dañarme a mí, como habrá usted comprendido, sino por el daño que pueda resultarle a él mismo, a su familia.

Se detuvo para que la frase hiciera efecto. Miré el dibujo que había hecho con la liga en sus manos. Explicó:

—Daño político, quiero decir. Daño a su carrera política, no a otra cosa.

—Así lo había entendido —dije, tratando por primera vez de jugar el juego subterráneo de Pizarro.

Sonrió.

—Usted nació en Coscomatepec de Bravo, pero es un columnista de la capital —dijo—. Hay varias cosas que debo decirle. Primero: nunca dé pleitos que no quiera ganar. Segundo: nunca pelee en terrenos que le son desconocidos. Tercero: a usted le han contado la historia de que yo mandé matar gente del rumbo de Chicontepec para liberar sus tierras. No se inquiete por eso, la civilización ha matado más gente de la que usted y yo podemos lamentar. Mi pensamiento es como sigue: dos vidas valen más que una y tres vidas valen más que dos. Es la aritmética de la historia y de la verdadera igualdad.

Empezó a caminar por la habitación:

—Acaba de verlo. Hemos transformado un atascadero en un vergel. Hemos sacado frutas y granos y comida de tierras que eran monte. Esa riqueza ha llegado a miles de manos y ha mejorado la vida de miles de personas. La muerte y la vida no son cuestiones personales. Si a usted en un momento de la historia le dieran a escoger entre el invento de la penicilina y la muerte de todos los habitantes de Poza Rica, incluyéndolo a usted, ¿qué escogería? Yo escogería que hubiera penicilina. Porque el progreso es así, siempre lo más, nunca lo menos. Lo mismo pasa ahora en Chicontepec. Hay dos muertos por día en esa zona, ¿sabe usted a causa de qué?

—A causa de la buena tierra —dije.

Volteó irritado por la respuesta, más suave y contenido que nunca.

—Trate de entender —dijo con voz apenas audible—. Oiga lo que le estoy diciendo. Ahí se mueren dos gentes por día, a cuenta nomás del mezcal. ¿No le ha tocado entrar a una cárcel de la región? Yo estuve en la de Chicontepec la semana pasada. Uno de los presos había matado a su madre. Otro a su amigo de parranda. Otro había violado a su hija y la había medio matado a golpes. Ninguno se acordaba de lo que había hecho. Fueron todas muertes y sufrimientos inútiles. No dieron frutos, no brotaron, no abonaron el bienestar de otros. Esas son las muertes que hay que combatir, las muertes estériles, las del mezcal y la ignorancia. Muertes violentas ha de haber siempre, porque esa es la ley de la historia. Volverlas muertes fértiles, muertes creadoras, es lo que nos toca a nosotros. Nada más.

Se quedó mirando el retrato de Cárdenas sobre la pared, sus rasgos casi adolescentes, las orejas grandes, la mirada lánguida:

—¿Cuántos tuvieron que morir para que ese hombre se sentara en la silla presidencial? —dijo—. Échele lápiz, paisano columnista, que no le tiemble la mano.

Volvió a sentarse en el escritorio, justamente frente a mí.

—Ustedes, su amigo Rojano y usted, son aficionados. Como tantos otros que dicen hacer y estar en la política; son simples aficionados. Son gente a la que la vida le dio todo o lo suficiente para que no aprendan nunca lo que es en verdad la vida.

Dejó la liga sobre el escritorio y me miró con su fijeza insoportable:

—No saben lo que es la necesidad del poder, la necesidad de poner cada día, cada hora del día, cada minuto de cada hora, todos los güevos en la canasta, porque en cada jugada es ganar o morir. La necesidad de no dejarse chingar porque si te dejas un milímetro, te chingas y ni quien se acuerde de que existías. La presión de estar en eso todo el día, sin parar, con todos los medios. Y tener que pasar uno primero, porque no te puedes dejar chingar. Sí, pero también porque contigo pasan los jodidos, contigo pasa la escoria, la mierda, el pueblo. Nosotros no podemos tener modales. Somos lo que somos, la caterva de desamparados, el cagadero de la nación. Y estamos todos los días tomando nuestra revancha, porque nosotros no podemos nomás ganar. Nuestra victoria tiene que ser doble para ser victoria, tenemos que ganar y tenemos que vengarnos. Nada más.

Volvió a ponerse de pie y caminó unos minutos por el cuarto. Finalmente, oí su voz a mis espaldas:

—Si no tiene más preguntas, tengo asuntos que atender.

No había más preguntas.

—Venga cuando quiera —dijo Pizarro—. Esta es su casa, aunque llegue a escondidas.

Regresé a Tuxpan a la medianoche. Sobre mi cama había una caja de madera pulida y labrada. Contenía una pistola .45 con cachas de nácar y un sobre con cincuenta mil pesos. Dentro del sobre una tarjeta con la L inconfundible de Pizarro y su lema manuscrito: "Romper para crear. El que sabe sumar sabe dividir".

SEGUNDA PARTE

Capítulo 5
CHICONTEPEC

En mayo de 1977 empezaron a llegar a las redacciones de los periódicos las listas de los posibles candidatos a las alcaldías que se elegían ese año, las 207 de Veracruz entre ellas. No venía el nombre de Rojano, pero lo incluí por mi cuenta en la columna, como candidato seguro a la presidencia de Chicontepec; al día siguiente, subrayado el nombre, le envié el recorte de prensa a Pizarro con el siguiente recado: "No venía en las listas. Lo incluí por lo que conversamos. ¿Es correcto o ya cambió?". Días después, un viernes, llegó con mensajero la respuesta. «Será Rojano como hablamos. Y el resto de su lista está mal casi toda", a continuación de lo cual iba dando los nombres de los que serían candidatos priistas, ciudad por ciudad, en el norte del estado. Terminaba Pizarro: "Lo que importa no es sonar sino ser. Aquí, como en las carreras de caballos: a buen fin, no hay mal principio".

Busqué a Rojano en Xalapa pero había salido. Lo encontré en Veracruz.

—Estás confirmado por tu padrino de Poza Rica —le dije.

—Tal como lo hablamos en marzo.

—¿Le llamaste? —dijo Rojano exaltado.

—Tengo su confirmación por escrito.

—¿Es un hecho entonces?

—Es una promesa por escrito. Pero si quieres mi opinión: ojalá no se cumpla.

—Es nuestra única oportunidad —dijo Rojano exaltadamente.

Me pareció que ya no hablaba precisamente de su lucha contra Pizarro.

—Te recuerdo que el descubridor de Pizarro eres tú —le dije.

—Por eso, hermano. De eso estoy hablando. Es nuestra única oportunidad de pararlo.

—¿Cómo están tus hijos? —corté.

Tampoco preguntaba precisamente por sus hijos.

—Bien —dijo Rojano—. Anabela salió a México esta tarde. Tiene que ver a un montón de gente. Te suplicaría que la buscaras allá para ultimar detalles. Va a hospedarse en el hotel Regis. Le cuentas bien y se ponen de acuerdo para ver si vienes al destape. Si le da tiempo, llévala también al Museo de Arte Moderno, como la vez pasada. Estuvo encantada con las iguanas de Toledo.

Entendí que la razón del viaje de Anabela a México era seguir conmigo el trato de Rojano. ¿Había habido otra razón para su visita anterior? Vino Anabela a mis ojos en su liga con Rojano bajo una luz incómoda y enteramente nueva, que era sin embargo la sencilla luz de siempre, como la aliada política de Rojano, como su militante, su correo y su agente de relaciones públicas. O, más sencilla y contundentemente: como su pareja.

No la llamé al hotel, esperé que me buscara. Porque tuve también la certidumbre, contra lo dicho por Rojano, de que el único objetivo de ese viaje era yo, el único contacto verdadero de la causa en el D.F. No me buscó ni llamó ese viernes, pero el sábado se apersonó un taxista con un sobre azul y el primer mensaje de Anabela: "Si sabes que estoy aquí, ¿por qué te resistes y no vienes?".

Le pagué al taxista para que regresara diciendo que no había encontrado a nadie. Por la noche vino con otro mensaje azul: "Si la montaña no viene a Mahoma, Mahoma va al Champs Elysées, mañana domingo, a las tres de la tarde y luego a donde quieras".

Fue efectivamente a las tres de la tarde al Champs Elysées, pero el restaurante no abría los domingos y tuvo que esperar casi una hora, primero en la esquina, de pie; deambulando luego, arriba y abajo, por el camellón lateral de Reforma; sentada más tarde en una banca cercana al restaurante, cuya entrada vigilaba constantemente.

Casi toda la hora yo la observé desde el coche, media cuadra adelante, gozando su desconocimiento citadino y su largo cuerpo sobre las baldosas rojas del camellón, diáfanamente recortado en la parte soleada. Seguía usando el pelo corto, como muchacho, y también como cuando en la facultad, vestía medias oscuras con tacones altos, el pecho lleno de colgajos y un vestido claro de manta delgada que, en ciertas franjas del sol del camellón, a contraluz, dejaba ver sus piernas llenas y la silueta erguida de sus senos. Cuando me pareció que se iba, avancé la media cuadra hasta ella y le pité, sin bajarme. Vino alegremente hacia el coche, contoneándose con vivacidad infantil. Tenía unos dos kilos de menos y el rostro más afilado, sin cachetes, pero también sin fatiga, como si hubiera dormido días enteros y el cutis hubiera readquirido consistencia y hasta frescura.

—Una me debes, Negro —dijo al subir al coche—. Debía imaginarme que estos puñales franceses no trabajan los domingos. Para eso están en tierra de indios, ¿no?, para plusvaliar, como dice el pueblo. Ahora a ver dónde me llevas, porque me muero de hambre. Pero me debes una. Podías haberme avisado, ¿no, cabrón? ¿De qué te ríes?

—Te voy a llevar a un sitio que le dicen el Rincón de las Vírgenes.

—Dios nos libre. ¿Y por qué?

—Porque ahí se las quiebran a todas.

—¿Pues cuántos cuartos tiene, oye?

—¿Pues cuántas vírgenes hay?

—¿Quieres decir entonces que ni cuartos tiene? ¿De plano me vas a llevar al bosque? No te rías, ¿de qué te ríes?

Subí al motel Palo Alto en la salida a Toluca, pedí una suite y una comida con dos botellas frías de Chablis francés, pero no hubo Chablis francés sino Hidalgo mexicano. Tomamos una copa en el bar y pasamos a la suite. Comimos ahí espárragos frescos, palmito y camarones al ajillo. Nos bebimos una botella, la mitad de la otra y luego hicimos el amor, o algo que se le pareció bastante en los gestos y los manotazos, una vez como a las cinco de la tarde, otra como a las cinco y media. Dormimos un rato y salimos del lugar a las siete, ya oscurecido, con la carretera atestada de automóviles que hacían una larga cola para entrar a la ciudad. Como no hablábamos, Anabela puso el radio. A las ocho paré el coche frente al hotel Regis:

—¿Dónde tienes la información? —le dije.

Hubiera deseado que la sorprendiera la pregunta, que no estableciéramos abiertamente su condición de correo, pero respondió con gran naturalidad:

—Aquí en la bolsa —luego:

—Hay un buen ambiente aquí en el bar, ¿no quieres tomarte un trago?

—Tengo que ir al periódico.

—Al salir del periódico entonces.

—Depende de la hora, pero no creo.

—Está bien. Menos se vieron Marco Antonio y Cleopatra.

Me dio un fajo de cuartillas dobladas a la mitad que ocupaban prácticamente toda su bolsa huichola.

Le di las fotocopias de mi columna, mi mensaje a Pizarro y su respuesta. Nos besamos, se bajó y me fui al departamento de Artes a leer los papeles. Eran un extenso memorándum de la Gerencia de Proyectos e Ingeniería de Pemex a la Dirección General, resumiendo el proyecto de una enorme inversión federal en la zona del paleocanal de Chicontepec, cuyas potencialidades petroleras, según el memorándum, eran equivalentes a las que el país había tenido en toda su historia. De acuerdo al proyecto, en cuatro años Chicontepec habría de volverse el más ambicioso complejo de explotación petrolera y petroquímica de América, y uno de los mayores del mundo, sólo superado por las instalaciones kuwaitíes en el golfo Pérsico y las que emprendían por entonces los ingleses en el mar del Norte. El rango promedio de los rendimientos por pozo en Chicontepec, sin embargo, fluctuaría entre los treinta y los sesenta mil barriles, fuera de toda proporción o antecedente en la historia petrolera mundial. El proyecto definía una inversión de mil quinientos millones de pesos en la primera etapa, a partir de 1978; cinco mil millones en la segunda etapa, entre 1979 y 1981; y doce mil millones en la tercera, de 1981 en adelante, para dar cobijo a la extracción de 10 mil millones de barriles de petróleo ligero, una red completa de beneficio petroquímico primario y secundario, cuatro ciudades de ochenta mil habitantes cada una, un sistema agropecuario capaz de dar alimento a esa nueva demografía. Todo eso. Y el cumplimiento puntual de los más locos sueños de Francisco Rojano Gutiérrez de estar en la cresta de la ola, donde el dinero y el poder.

A las diez de la noche llegó doña Lila, algo despeinada y pálida, a fabricarse una merienda:

—Parece una gata de azotea —comentó por su cuenta—. Hasta que no le rayan la pelambre no queda satisfecha.

Me hizo unas tortas y prendí la televisión para ver el noticiero del canal 13, entonces con Verónica Rascón. Como a las once tocaron la puerta.

—Quiero dormir contigo —dijo Anabela cuando abrí. Traía un maletín en la mano.

Le di un vodka tónic y una de las tortas que había hecho doña Lila; terminamos de ver el noticiero, se despintó, se puso un camisón transparente, se cortó una uña del pie y conversamos con la televisión prendida, igual que un matrimonio; luego hicimos el amor hasta muy tarde, como si no nos hubiéramos visto en mucho tiempo. En la madrugada, dormitando, cruzado con ella, pensé si así había celebrado el triunfo de Rojano que mis fotocopias le habían verificado.

Nos despertó doña Lila corriendo las cortinas y gritando que todo el departamento olía a pecado.

—Va a ser cosa de una absolución papal —dijo mientras acercaba la bandeja a la cama, con jugo de naranja y café—. Según se ve, aquí se han violado todos los incisos y hasta la ley reglamentaria del sexto mandamiento.

Se quedó mirando a Anabela sobre el café, somnolienta aún, pero fresca y relajada:

—Santa criatura —le dijo ya en la puerta, de regreso a la cocina—. Luego va usted a contarme qué desgracia la trajo a este leonero, porque lo que es a su compañero de catre, es la primera mujer que le conozco con zapatos.

Nos bañamos, tomamos el jugo y luego el desayuno que había preparado doña Lila. Ya en el café, levanté un momento los ojos de los periódicos que revisaba y encontré a Anabela mirándome por encima de la taza, perfectamente erguida con los codos sobre la mesa. Se había puesto una blusa de mangas largas con holanes en la muñeca y en el yugo del cuello, unos aretes diminutos de perla y una levísima capa de maquillaje, sólo para redibujar cejas y pestañas y acentuar con una sombra en los párpados el tamaño de los ojos burlones. Soplaba el café antes de beber, sosteniendo la taza a la altura de los labios.

—En resumen, ¿cuántas hectáreas heredaste en Chicontepec? —pregunté.

Tomó café y respondió luego de un momento:

—Ciento cincuenta.

—¿De la viuda Guillaumín?

—Mi tía abuela, sí.

—¿Y cuántas hectáreas tienes entonces en Chicontepec?

—Lo que te digo es todo lo que heredé.

—¿Pero cuántas tienes?

—Serán unas cincuenta más.

—Según mis informes son como doscientas cincuenta más.

Sorbió de nuevo.

—Por ahí, pueden ser como trescientas en total.

—En total, cuatrocientas.

—Sí, más o menos.

—¿Y cuántas tiene Rojano?

—Que yo sepa, el rancho El Canelo, unas cien hectáreas.

—¿Y que no sepas?

Se le acabó el café, se sirvió más:

—No sé, otras sesenta a lo mejor.

—Otras trescientas, según mis informes.

—Puede ser —dijo Anabela—. ¿Por qué el interrogatorio?

—Por simple información.

—Pues me siento la MataHari ante la Gestapo.

—No te sientas. ¿Las tierras de El Canelo colindan con las tuyas?

—Parte.

—¿Qué parte?

—Todas, salvo una cuña de veintiocho hectáreas que eran de mi tío Arvizu, el que murió a tiros en Huejutla.

—Ejecutado por Pizarro, según Rojano.

—Sí.

—¿De quién es ahora esa tierra?

—Está en litigio.

—¿Con quién?

—Con la sección 35 del sindicato petrolero.

—¿La que tiene sede en Poza Rica?

—Sí.

—Entonces, con Pizarro.

—Bueno, sí.

—¿Y para qué quieren ustedes esas veinticinco hectáreas de más, si ya tienen ochocientas?

—Yo no sé de eso, Negro, no me fastidies. Pregúntale a Rojano que te lo explique.

—Te estoy preguntando a ti. La que me interesa eres tú, no Rojano.

Se paró y empezó a dar vueltas mientras hablaba:

—Hay un ojo de agua en esas veinticinco hectáreas. Ahí brota el afluente básico del río Calabozo.

—¿Y?

—No entiendo bien, te digo. Pero la cosa es que tener ese ojo de agua es la diferencia entre irrigar o no tus tierras. De otro modo, creo que costaría una fortuna.

—Pero ustedes van a tener una fortuna.

—No juegues, Negro. Ya me pusiste muy nerviosa. Mira cómo estoy con las manos frías.

Me puso una mano en el cuello. De verdad estaba fría, pero no más de lo que había estado esa noche o diez años antes, porque Anabela era una mujer de manos frías.

—Van a ser los gobernantes del municipio con mayor inversión federal de este sexenio.

—Ya, Negro. Tú no conoces esa zona. Es el infierno, no hay ni carretera de brecha transitable. Es un castigo irse allá, no un premio. Pero es lo que consiguió Ro, no se pudo más. ¿No entiendes eso?

—¿Lo desprecias por eso?

—Sólo quiero vivir en paz, garantizar el patrimonio de mis hijos.

—¿Pero desprecias a Rojano por su fracaso político?

Volteó hacia mí desde la sala, un poco fuera de sí, tan enfurecida como contenida.

—Rojano está empezando, Negro. No hables de fracaso. Tú sabes cómo es la política. Va y viene, es una rueda de la fortuna. ¿Quién era el actual presidente hace seis años? Un desempleado, un perdedor, un equivocado. Y ahora es el presidente de la República. ¿Qué es el fracaso político? Es un pretexto para los pusilánimes. Un verdadero político no fracasa nunca, está siempre en la jugada. Es una rueda de la fortuna y lo que importa es no soltarse. A veces estás arriba, a veces abajo. Pero eso no es lo importante. Lo importante es seguir pegado a la rueda, mantenerse aferrado a la rueda. No soltarse, carajo. No soltarse.

Estaba en el centro de la gran sala del departamento apretando los puños hacia ella y repitiendo enjundiosamente: "No soltarse". Creí entender dónde estaba el verdadero motor de Rojano.

El miércoles de la semana siguiente el director de Pemex, Jorge Díaz Serrano, acudió a la comida regular del Ateneo de Angangueo, uno de los salones políticos más concurridos del sexenio lopezportillista. Cada miércoles acudía a la sede del Ateneo un funcionario de alto nivel —en distintas ocasiones el presidente de la República— para conversar con columnistas y escritores los asuntos de la hora. Por ausencia de alguno de los concurrentes habituales, el 17 de junio de 1977, fui invitado a la comida con Díaz Serrano, en aquellos meses propiciatorios de lo que sería más tarde el *boom* petrolero mexicano. Todo el medio político —prensa, funcionarios, dirigentes de las cúpulas obreras y empresariales— hablaba entonces, compungidamente, de austeridad y crisis, del desastre financiero del país, su quiebra productiva, la baja inversión, el deterioro de la confianza, etcétera. La primera cosa sorprendente de Jorge Díaz Serrano es que hablaba justamente de lo contrario: del fin de la pobreza mexicana, la llegada de una nueva oportunidad histórica para que el país pudiera hacer frente a sus increíbles rezagos en materia de satisfactores esenciales, distribución del ingreso y bienestar generalizado. La potencialidad petrolera, decía Díaz Serrano, borraba de un plumazo la escasa capitalización interna, condicionante número uno de nuestro subdesarrollo.

Por segunda vez en su historia, desde la época de la Colonia y su riqueza minera de los siglos XVII y XVIII, en aquellos austeros y cabizbajos años setenta del siglo XX, México advenía, por el petróleo, a la posibilidad de regular su destino productivo con recursos absolutamente provenientes de su propio territorio, en condiciones además de propiedad nacional sobre esos recursos y en línea con la más noble de las tradiciones políticas del país, la expropiación petrolera.

Era un hombre de elocuencia limitada, alto y enjuto, ligeramente encanecido, pero como rozagante, contagioso en su ratificación emocionada de que los mexicanos vivían bajo una mina inexplorada, cuyas dimensiones mitológicas permitirían a México saltar al año 2000 vuelto un país desarrollado y justo. Conmovía la llaneza ingenua del optimismo de Díaz Serrano, su insistencia en que México no era, como quería nuestra tradición, un pueblo destinado al fracaso y al medio pelo, la inhabilidad productiva y el saqueo exterior, sino en verdad construido por la naturaleza para un destino luminoso e inevitable. Era un discurso que invitaba abiertamente a ser creído, una versión que en el fondo y en la superficie nos halagaba a todos, daba una carga positiva al orgullo nacional y una esperanza concreta de triunfo a nuestro nacionalismo defensivo, hijo del resentimiento y el recelo. Era la promesa de una euforia colectiva por una utopía posible, un mundo mexicano sin las deformidades brutales y lacerantes de siempre, soberano y rico, deseable; otro país, noble y generoso, como siempre creímos o quisimos que fuera; el gran país a la medida de nuestro nacionalismo y nuestro amor desdichado por él.

Aprovechando el viaje pregunté por los planes de inversión en Chicontepec, que Díaz Serrano confirmó. A inmediata continuación pregunté si conocía a Lázaro Pizarro. Asintió. Pregunté de nuevo, aludiendo a sus escoltas y a sus manejos caciquiles.

—Es un sólido y antiguo trabajador petrolero —contestó Díaz Serrano—. Está en Pemex desde cuije, desde niño. Tiene la más alta calificación como soldador y de hecho va a jubilarse con ella. Es un organizador nato de su gente. Vaya a Poza Rica y véalo de cerca, muéstreme un solo enemigo de Lacho Pizarro en su región.

—Estuve en su región —le dije—. Todo el mundo lo quiere. Y todo el mundo le teme.

—Puede ser. Pero nosotros no trabajamos con santos ni con demonios, sino con hombres de carne y hueso. No los elegimos, ahí estaban cuando llegamos. Y puedo decirles que, con todos sus defectos, más rico que en petróleo, México es rico en sus trabajadores petroleros.

—Se dice que es una maquinaria de lubricación muy cara —dijo Manuel Buendía, el primer columnista de México, a quien luego mataron, por la espalda, un 30 de mayo de 1984. Aludía con su comentario a la corrupción vigente en el sindicato, que era fama pública:

—Y que la empresa Petróleos Mexicanos debe aceitar esos engranes con muchos millones de pesos. ¿Cuánto cuestan, señor director, estos líderes ejemplares?

Algo irritado, sonrió Díaz Serrano:

—Es posible que así sea, Manuel. No niego que pueda haber lo que usted dice. Pero yo he venido aquí a hablarles de las buenas nuevas de Pemex, de su grandeza, que es lo que me importa, no de sus miserias, que nunca faltarán en ningún lado. Lo que no habrá en otros lados ni en otros países es lo que México tiene hoy en sus manos con el petróleo: la puerta de entrada al siglo XXI como país fuerte, entre los primeros de la Tierra.

A mediados de agosto, Rojano fue designado candidato priista a la presidencia municipal de Chicontepec. La mano en alto, portador ahora de unos lentes asépticos que no necesitaba, apareció muy concentrado y adusto en la primera plana de *El Dictamen*, protestando como candidato en un auditorio del puerto. Mandé mi telegrama: "Felicítolo excelente inicio hacia grandeza y desastre". Por la noche me estaba telefoneando:

—Tienes que venir, hermano. No me puedes dejar solo ahora.

—¿Cómo están los niños? —pregunté.

—Anabela está contenta —respondió Rojano—. Quiere que vengas. Queremos verte aquí. El gobernador no sabía que fuéramos amigos. También quiere hablar contigo.

—¿Y qué dice tu padrino?

—Pizarro estuvo en la ceremonia. Muy solidario.

—Me alegro por la niñez veracruzana. Pero no te olvides de que tú eres un peso gallo y tu padrino un peso pesado.

—En la política el peso es relativo, mi hermano. Lo que cuenta es el momento, la oportunidad —dijo Rojano triunfal, seguro de sus posibilidades—. Espérame un minuto, quiere hablarte Anabela.

Hubo silencio y luego la voz de Anabela:

—¿Negro?

—¿Cómo estás, propietaria?

—Muy contenta, Negro. ¿Vas a venir a celebrar?

No fui a celebrar. Rojano ganó las elecciones por unanimidad ("básica la legitimidad electoral, hermano"), supliendo activamente el abstencionismo indígena de la región. La toma de posesión fue a mediados de septiembre. No había acceso a Chicontepec por carretera pavimentada y había que hacer desde Poza Rica unos cien kilómetros de brecha incierta, deteriorada por las lluvias y las avenidas de los ríos y los arroyos. Lázaro Pizarro organizó el pequeño convoy. Tres camiones y un autobús de doble tracción, grúas portátiles, los logos del PRI y del sindicato de Pemex en las portezuelas y los toldos. Un jeep de custodios de Pizarro encabezaba el convoy. En la primera camioneta viajaban Rojano y los miembros del PRI; en la segunda, el grupo de notables de la región que había venido a Poza Rica a recoger al candidato triunfante; en la tercera, subimos Anabela y Cielito, la mujer de Pizarro; Roibal, su ayudante; dos custodios, Pizarro y yo. Atrás del convoy de camionetas, el autobús especial cargaba unos cincuenta petroleros, hombres y mujeres, que venían a alegrar con cencerros y porras el acto político. Cerraba el convoy un jeep con otros cuatro custodios. En dos camionetas y el autobús se habían plegado las lonas de cuatro tiendas de campaña.

El 18 de septiembre de 1977 a las diez de la mañana, salimos de Poza Rica, en ese estrambótico safari como quien sale a la luna.

Pizarro sentado adelante, junto al chofer, con Cielito en medio de ellos: Anabela y yo en el siguiente asiento, Roibal y otros custodios en el último. Avanzamos muy rápidamente hasta las pirámides y entramos a la brecha en dirección del Álamo, el mismo trayecto que había hecho yo con Pizarro en marzo para visitar su Mesopotamia. Había llovido torrencialmente el día anterior y la brecha estaba charcalosa, con grandes trechos inundados, que obligaban a reducir la velocidad. El río Vinazco, cuyos afluentes bordeaban La Mesopotamia, estaba crecido. Una cuadrilla de tractores y dragas trabajaba activamente para abrirle un cauce de derrame. Bordeamos el río y enfilamos hacia la estribación noroeste de la Sierra Madre, nublada y azul en la distancia, erizada de picos altos y bruscos, que construían en su azar volcánico mesetas y valles fértiles por donde corrían ríos y brotaban incesantes ojos de agua.

—Los picos que allá se ven son los siete picos de Chicontepec —dijo Pizarro sin voltear—. La dirección de los siete picos, le llaman los indios de la región. El siete para ellos es símbolo de cosa mala. Es el lado nefasto, como dicen, porque de esas alturas les llegan los vientos fríos, los rayos y los torbellinos.

—A mí me gustan los truenos —dijo Cielito.

—Dicen los indios que los siete cerros de Chicontepec juntan el cielo y la tierra —siguió Pizarro con acento impersonal—. Y que por esas columnas descienden los poderes maléficos —se rio—: Es zona de mucha superstición, muchos espantos, mal de ojo y curanderos de oficio.

—Mi tía abuela contaba historias de esas —dijo Anabela, filtrando el recuerdo de la viuda ajusticiada en Altotonga.

—¿Su tía abuela Guillaumín? —dijo Pizarro, resistiendo la alusión—. Puedo apostarle a que no sabía la historia de la luz del llano.

—Sabía todas las historias —dijo Anabela—. Creció aprendiendo esas cosas y creyéndole a la gente. Pobre vieja.

—Pobre, sobre todo, si murió sin amar —dijo Cielito.

—¿Le contó su abuela la historia de la luz del llano? —insistió Pizarro.

—Según mi abuela a una hermana suya la luz del llano le anunció la muerte del marido.

—Yo sólo sabía que anunciaba fortunas —dijo Pizarro.

—Pues lo de su hermana lo contaba mi abuela —siguió finalmente Anabela—. Le mataron al marido por un pleito de tierras acá en Altotonga. Y la luz del llano se lo avisó, se puso en el potrero a girar, silbando, y cuando se fue había quedado muerto un potrillo, tenía un murciélago prendido a la tabla del pescuezo y varias hemorragias por el costillar. Le sangraba también la huella del fierro de herrar. Era el potrillo favorito de su marido, así que ella dijo "Mataron a Juan Gilberto". Y al día siguiente resultó que sí, que a esa hora lo habían tiroteado en Altotonga.

—Desde entonces habrá vivido sin amor —dijo Cielito, abrazándose a Pizarro.

—La luz del llano sólo encuentra tesoros —dijo Roibal, que no decía nunca nada.

—Lo que no le habrá contado su abuela es la historia de los atlantes de esta zona —dijo Pizarro.

—Eso no —dijo Anabela.

—Es como la de los patos que les tiran a las escopetas —siguió intencionadamente Pizarro—. Según dicen los indios, los atlantes que acá vivían descubrieron el fuego, renunciaron al sol y quisieron incendiar la luna tirándole bolas de fuego. Las manchas que tiene la luna cuando está clara son de esos impactos. En respuesta, los dioses mandaron un rayo que lo carbonizó todo. La sangre de los atlantes carbonizados es el petróleo, los chapopotales que hay por todas partes. Toda la zona está entonces llena del rencor de los atlantes derrotados. Chicontepec, en particular, porque por aquí se unían los atlantes con el cielo.

Volaron unas chachalacas de un estero y pasamos junto a un chapopotal donde se afanaban diez hombres con cuerdas. Trataban de sacar una vaca ahogada en el chapopote, una vaca pinta sumida hasta la panza, con todo y la cabeza, en la ciénaga. Sobresalía el lomo curvado con sus manchas pelirrojas. Aprovechó la escena Pizarro para explicar:

—Las que no mata el tábano o la ranilla, se las lleva el chapopotal. Andan pastando y sin saber cómo, ya están empantanadas. Se atascan y por querer salir rápido meten la cabeza en el aceite y empiezan a tragar. Se desesperan más y acaban así, empinadas. Por meterse donde no les toca. Cántanos algo, Cielito.

Cantó Cielito sin trámite:

Bendito Dios porque al tenerte yo en vida
no necesito ir al cielo tisú
si, alma mía, la gloria eres tú.

Siguió con un repertorio de corridos fronterizos y amores desdichados casi todo el camino.

Serían las tres de la tarde cuando entramos a Chicontepec, luego de dos paradas para desatascar el autobús, con ayuda de las grúas alimentadas por la tracción de las camionetas. Era un pueblo en cierto modo inexistente, una aglomeración de barrios con cercas de piedra divididos por senderos zigzagueantes, en cuyos lados iban alineándose jacales de paredes de carrizo y techos de palma.

En cada jacal un huerto abigarrado y una pequeña milpa de autoconsumo. Sobre las cercas de piedra habían puesto banderitas destartaladas del PRI y algún cartelón nuevecito con la efigie de Rojano. Un letrero allá sobre cartón: "Vienbenido señior presidente Rojano Gutiérrez"; racimos de curiosos, niños descalzos de ojos vivaces, mujeres con las cestas de su labor, mirando pasar el convoy.

Caminamos unos quinientos u ochocientos metros de pueblo sinuoso y entramos luego a una vereda ancha y empedrada, con casas de mampostería y techos de lámina y teja. Ahí empezaron las músicas y el júbilo cívico. Bajamos del autobús en medio de una pequeña multitud con carteles y banderolas, animada por bandas de violines rápidos y desafinados. Un hombrecito con magnavoz orquestaba porras y gritaba sin embozo la emoción que embargaba a los hijos de Chicontepec de Tejeda por este día decisivo.

Bajamos y cruzaron junto a nosotros los contingentes del autobús destinados a engrosar la bienvenida. Agitaban cencerros, hacían aullar una sirena y apagaban con sus porras y sus gritos los violines de las bandas. Atrás de ellos empezó a escurrir el pueblo de los barrios hacia el empedrado, hombres asombrados y mujeres tímidas que pedían el paso con una sonrisa.

Flanqueados por las bandas, avanzaron Rojano y los miembros del PRI hacia las únicas dos cuadras pavimentadas del pueblo. Tenían postes de luz eléctrica y a los lados viejas casonas de techos altos, todas de un piso, desleídamente pintadas de rosado, verde y azul Gil, y ostentando en los portones la efigie maltrecha de Rojano. Al final de esas dos calles rústicas, que eran sin embargo el corazón de la riqueza de Chicontepec, estaba la plaza de armas, amplia, perfectamente acotada y chapeada en sus jardineras y camellones, con un gigantesco flamboyán en cada esquina. Estaban brotados y sus extendidos penachos rojos hacían un efecto deslumbrante en el aire más bien pardo de esa modesta plaza, con su iglesia de un solo campanario, su edificio municipal descascarado, su hilera de pulperías y la comandancia de policía

—Esos los sembré yo —dijo Pizarro a mi lado—. Traje los renuevos de La Mesopotamia.

En un costado de la plaza habían puesto el templete, tricolor. Desde ahí cantaba el locutor las loas de Rojano, mencionando por su nombre a los miembros de la comitiva conforme iban subiendo a la tarima. Los petroleros de Pizarro apresuraron el ritmo de sus porras, intercalando las que iban para Rojano y las que, sin detenerse, alternaban para Pizarro. Abajo, empezaron a repartir las tortas y refrescos que venían en el autobús de nuestro convoy y dio principio el mitin.

Pegado a Rojano subió al templete el mismo adolescente Echeguren que había visto por primera vez en la audiencia de Pizarro, en marzo. Traía un paliacate al cuello y una chamarra huasteca bajo la que abultaba visiblemente una pistola. No se despegaba de Rojano, le abría paso, daba instrucciones por medio de uno de los custodios, se acomodaba enérgicamente la esclava de platino que lucía en la robusta muñeca. Me acerqué a Roibal, en la segunda fila del templete:

—Este es el Echeguren que quería trabajar para casarse —pregunté como Pizarro, confirmando.

—Está trabajando —respondió Roibal.

—¿Cómo guardaespaldas de Rojano?

—Es el elemento de seguridad del señor presidente municipal —dijo Roibal.

—¿Y quién le enseñó a usar pistola? —insistí.

—Los hombres aprenden a su tiempo a usar pistola —devolvió Roibal.

Había un orgullo en su voz, respondía mirando al muchacho Echeguren con una visible satisfacción.

—¿Funcionó la mujer con quien lo encomendaron? —pregunté de nuevo.

Roibal me miró, agradado por mi impertinencia, y señaló con una mueca hacia el puesto donde repartían tortas y refrescos a un lado del templete. Ahí estaba una mulata, vestida de rojo con el pelo a la espalda, muy joven y exuberante, el pecho alzado y amplio, mirando todo con aire de burla y hartazgo.

Rojano leyó un discurso sobre la nueva época de Chicontepec. Junto a él, inmóvil y solemne, como si escuchara el himno nacional en posición de firmes, se mantuvo sin parpadear Anabela. Tardó el discurso una media hora, interrumpido a cada rato por la sirena y los cencerros de los petroleros, hasta la salva final para el último párrafo, rubricado también con dianas de las bandas.

Entonces, en un momento, se cerró el cielo, tronó en lo alto de la sierra madre, el viento barrió las calles con polvo y cáscaras de fruta, se sacudieron los flamboyanes y empezaron a llover unas gotas grandes como pedradas que antes que mojar golpeaban. La gente se dispersó buscando el refugio de los modestos portales, mientras el muchacho Echeguren y dos custodios organizaban la retirada del templete hacia una casa grande y descolorida en la esquina de la plaza. Tenía dos portones de entrada y tres ventanas de reja a todo lo alto del techo. Adentro, un huerto con naranjos y chirimoyos, rodeado de grandes macetones de barro con hortensias, camelias y platanillos. El piso era de ladrillo rojo y las paredes gruesas, encaladas y un poco disparejas. Pasamos a una sala grande con muebles pesados de madera y dos retratos colgados. Uno, el mayor, de un hombre de bigote blanco, vestido como chinaco y mirando de tres cuartos hacia el retratista, con un aire a la vez altivo y risueño desde sus ojos claros. Era el viejo Severiano Martín, abuelo de Anabela. Comprendí con un escalofrío que estábamos en la casa de la viuda muerta en Altotonga, la herencia de Anabela, la sede de Rojano en Chicontepec.

Abrieron botellas de sidra para un brindis, y luego un arcón donde había lo demás. El muchacho Echeguren organizó el bar junto con dos custodios y las mujeres que estaban de servicio en la casa. Empezaron a circular, con los tragos, bandejas de picadas, chicharrones y chiles rellenos, tazas ardiendo de consomé de carnero. Había unas doce personas, el munícipe saliente y los regidores, los delegados del PRI y del gobierno del estado, el locutor del templete. En una esquina del comedor, Pizarro ejercía su dominio. A la izquierda tenía a Rojano y al representante del gobierno estatal, a su lado, a Cielito, y a sus espaldas a Roibal. La gente miraba en torno a ese punto de la sala buscando colarse en la conversación, pero Pizarro no hablaba. Tomaba leche búlgara mientras los demás brindaban y, en lugar de consomé, comía higos y chicozapotes. Avanzaron las copas y pasó la barbacoa, pero ese punto imantado siguió definiendo la gravitación del festejo, mientras afuera llovía como no he visto llover después. A eso de las seis de la tarde Pizarro habló en voz alta:

—Hemos celebrado el triunfo de nuestro amigo el licenciado Rojano Gutiérrez como él lo merece. Los que regresen a Poza Rica, no podremos hacerlo hoy, sino mañana, porque es noche y la carretera estará intransitable después del aguacero. Si los señores regidores pueden darnos su hospitalidad, así lo agradeceremos.

Se retiraron los regidores y la gente del partido que iban a albergar. Pizarro no se movió. Cuando se hubieron ido, le dijo a Anabela:

—Ahora sí, señora, si nos ofrece usted una copita de coñac, lo agradecemos. Ya estamos en familia.

Se hizo un círculo pequeño en torno de Cielito y Pizarro. Rojano, algo ebrio ya, quedó a un lado de Pizarro, Anabela y yo frente a ellos. Roibal desapareció con Echeguren. Pizarro puso su copa en manos de Cielito y empezó a hablar:

—Dice la gente de aquí que todos tenemos nuestro doble entre los animales. Los implacables son tigres, los miedosos conejos, los fuertes leones, los inocentes potrillos, los pacíficos venados. Quiero decirles lo que yo creo que son ustedes, porque así les digo también lo que espero de todo esto.

Fingió tomar un trago del coñac que tenía en la mano Cielito e hizo como si tragara, pero sólo mojó los labios.

—La muchacha Guillaumín es una mezcla de tigre con venado —siguió Pizarro, mirándome a mí como a un punto vacío—, lo que no quiere decir que quiera guerra, ni que busque de oficio la paz. El señor presidente municipal de Chicontepec es una mezcla de tigre y camaleón, lo que quiere decir exactamente lo que quiere decir. No me interrumpa —dijo a Rojano, que intentó una defensa (bebía sin cerrar los labios sobre el coñac)—. El amigo periodista —siguió Pizarro— es un *wa' yá* que se dice en totonaco, un gavilán o zopilote: el que planea buscando alimento para volver a remontarse a las alturas. Aquí, Cielito, es un *maquech*.

—Soy tu *maquech* —dijo Cielito agarrándole también la mano. El *maquech*, explicó Pizarro, era una especie de grillo o escarabajo que en Yucatán decoraban, vivo, con bisutería o piedras preciosas hasta tres o cuatro veces más pesadas que el propio insecto. Fuertísimo y agobiado por esa carga, el *maquech* andaba, sin embargo, perfectamente domesticado, por los escotes y los hombros, como prendedor en las blusas y el pecho de las mujeres, sin soltar una gota de ponzoña.

Volvió Pizarro a fingir que tomaba y reanudó su discurso:

—Este poblado de Chicontepec será, debe ser, como el arca de Noé.

—Llueve como para eso, por lo menos —dijo Rojano, con humor alcohólico.

—Me refiero a que tenemos que convivir sin hacernos daño —dijo Pizarro, ignorando el comentario de Rojano—. Buscar el equilibrio de la barca que, como todas las barcas, debe tener un timonel y un destino. Juntos vamos a regenerar a Chicontepec, vamos a sacarlo del atraso y de la injusticia. Aunque no quieran, nosotros vamos a querer por ellos, ese es el destino.

—Sí, mi amor —dijo Cielito involuntaria y dulcemente.

—El destino del arca —dijo Pizarro—. Y les pido que piensen esto: los animales que conocemos ahora son los que salieron del arca de Noé, no los que entraron. Porque adentro, alguien tuvo que acabar con los que no querían el equilibrio. Alguien acabó con un mundo animal, para que pudiera existir el que ahora tenemos. Y nadie sabe cuántos de los animales que entraron al arca no salieron por este motivo. Pero todos sabemos ahora que estuvo bien hecho y ninguno echamos de menos a los que, dentro de aquella barca, no quisieron el equilibrio y el avance. Buscaron la discordia y no vieron la luz del mundo para contarlo. No desembarcaron. O sea que, como se dice tanto por estos y otros rumbos, el que sabe sumar sabe dividir. Es una forma de decir que el que sabe reunir sabe separar, el que sabe dar la unidad sabe apartar de tajo lo que desune.

Hablaba a la luz amarilla y parpadeante de los quinqués. Las puertas mal empalmadas de la casona dejaban pasar el aire, hacía frío y sudábamos, una extraña mezcla de humedad y bochorno empezaba a extender su ambiente sofocante. Al hablar, Pizarro miraba a Anabela, luego me miraba a mí y finalmente a Rojano que, pese a la briaga, hábilmente se había puesto donde Pizarro apenas podía agarrarlo con el rabillo del ojo.

—Eso es lo que quería explicarles —dijo Pizarro volviendo a fingir que tomaba coñac. Con discreción, Cielito lo desaparecía ante nuestros ojos, sin tomar, vertiéndolo en el piso—. Y pedirles que entiendan mis comparaciones.

Cuando su discurso terminó, le pregunté a Pizarro cuál era su doble. No hizo caso. Oí atrás el ruido de la puerta que abría Roibal; casi simultáneamente, vino el movimiento de Pizarro poniéndose de pie para marcharse. Se despidió ceremoniosamente de Rojano y Anabela, haciendo pasar primero a Cielito. Al darme la mano, sonriendo unos centímetros abajo de los ojos brillantes y helados en la semioscuridad, dijo:

—Yo en este juego no juego, amigo periodista. Yo soy el que reparte la baraja.

Salieron. Rojano se sirvió otro coñac y se dejó caer, al fin triunfante y relajado, sobre un equipal.

—Pizarro es la hiena —dijo antes de sorber, largamente, por enésima vez—. La hiena política.

—Tengo que arreglarles sus cuartos —dijo Anabela, como eludiendo un tema desagradable. El cansancio había asomado de pronto a su rostro, el maquillaje se había borrado, dos ojeras hacían más pronunciados y pálidos sus pómulos.

Tomó uno de los quinqués y se adentró solitariamente en la oscuridad de la casona.

Capítulo 6
EL SACRIFICIO DE LA VENADA

En noviembre de 1977 apareció el nuevo diario *unomásuno*, donde René Arteaga tuvo hasta su muerte la fuente económica. Fuimos al brindis en la madrugada para celebrar el primer número y estaba todo el mundo borracho de tragos y de incredulidad. Tomamos hasta el mediodía con un grupo de reporteros, Arteaga y yo seguimos hasta la noche y él hasta la madrugada del día siguiente, según supe ese mismo día al verlo llegar como a las tres de la tarde, todavía inyectados los ojos y tembloroso, a mi departamento de Artes.

No se había rasurado ni se había cambiado, ni recordaba dónde había dejado los lentes. Le serví un blodimeri en el baño donde se pasó, con la regadera abierta y entre el vapor del agua hirviendo, más de media hora. Sancochado, rasurado, oloroso y limpio, reapareció como a la hora frente a mi mesa de trabajo, solicitando dulcemente otro blodimeri. Fui a servirlo, pero el jugo de tomate se había terminado y doña Lila no estaba, así que bajé a la tienda de Rosas Moreno por una botella. Al regresar oí la máquina de escribir andando a todo trapo, serví el blodimeri y se lo llevé a Arteaga, que estaba cerrando su nota en la tercera cuartilla.

Era una joya de nota, la primicia del convenio celebrado un año antes por el gobierno con el Fondo Monetario

Internacional y el resumen anticipado, dos párrafos secos y directos, del modo como el petróleo, su descubrimiento y su lanzamiento mundial habían roto anticipadamente las cláusulas fundamentales del convenio.

Sólo para el sector energético se había contratado más del total de los tres mil millones de dólares de deuda aprobados por el FMI. Nadie conocía hasta entonces la índole precisa del convenio con el FMI, aunque sí su existencia, y nadie sabía tampoco que Pemex hubiera contratado sola, en los últimos dos meses, más créditos que todo el gobierno mexicano durante el año anterior. Era, y los años habrían de demostrarlo, el primer ingreso periodístico al corazón de la mecánica y las expectativas que marcaron el sexenio de López Portillo, que entonces se iniciaba. Pregunté de dónde lo había sacado.

—Del Bar Negresco —contestó Arteaga sin titubear. Terminó la nota y contó la historia. Había encontrado en el Negresco a un viejo ejecutivo del sector hacendario, tan pedo como él, pero muchísimo más desolado: lloraba por anticipado la ruina y el desastre de México.

—Traía una copia del convenio con el Fondo en la bolsa del saco —dijo Arteaga— como quien trae la carta de ruptura con la amante. Se fue a mear y la dejó para que la leyera. Todavía me está buscando.

—¿Y lo de Pemex?

—Eso lo tenía desde la semana pasada, sólo necesitaba una prueba de veracidad. Lo del FMI no tiene nada que ver, pero es suficiente, vale tanto como si lo admitiera Díaz Serrano.

—No entiendo —le dije.

—Si no entiendes eso nunca podrás ser un reportero —contestó.

Extendió trémulamente el vaso, que había vuelto a vaciar, solicitando otro blodimeri.

—Te lo cambio por el documento —me dijo, y se lo cambié.

Por la tarde de ese día explotó la primera escisión del sexenio con la renuncia de Carlos Tello y el despido de Rodolfo Moctezuma, secretarios de Programación y Hacienda respectivamente, la gente más cercana al presidente. Por primera vez en muchos años llegó a las redacciones de los periódicos una verdadera renuncia política: la sucinta carta de Tello explicando sus desavenencias de fondo con la administración lopezportillista. Sólo el *unomásuno* la publicó, en una exclusiva que, afortunadamente para mí, diluyó el impacto de la nota que Arteaga había completado frente a sus blodimeris en mi departamento. Subrayé el documento cedido por Arteaga y esa tarde empecé a glosarlo para mi columna, poseído por la sensación de estar entrando a otro mundo, un mundo absolutamente decisivo para la explicación de lo que le había sucedido al país y a su gente todos estos meses. Era un convenio suscrito casi un año antes, del que los mexicanos habían tenido noticia resumida sólo el día anterior en la nota de Arteaga y noticia ampliada sólo a partir de este momento en que su clausulado pasaba por mi máquina. Apenas interrumpí su transcripción puntual para vengar en pequeñas anotaciones sarcásticas la sensación de impotencia, la evidencia de haber sido alevosamente gobernado durante por lo menos doce meses, de haber estado sujeto a un acuerdo desconocido para el público que resumía sin embargo toda la orientación inicial del gobierno a cuya obsesiva observación, elogio y desciframiento debíamos nosotros, los columnistas, articulistas y reporteros de México, nuestra tajada espuria de gloria. ("El embutismo, fase superior del columnismo" decía Arteaga parodiando a Lenin, a los columnistas y al embute o soborno periodístico que se practicaba en México antes de la renovación moral. Después de la renovación moral, dejó de tener ese nombre la misma práctica.)

Salieron tres columnas de glosa desconsolada. Sellé los sobres en que acostumbraba remitir la columna al periódico y mandé a doña Lila por el taxi que las llevaba. Como a la media hora volvió doña Lila, pero no sola. Atrás de ella entró al departamento Francisco Rojano, otra vez con el gran bigote y el pelo suelto, sin lentes, aparatoso y desbordado. Cargaba en un hombro dos bules de aguardiente y un morral con quesos, un blanquísimo sombrero de jipijapa en la cabeza y extendidos sobre los brazos un huipil de fiesta y una camisa de manta, con el pecho bordado en los colores nacionales. Cargaba además una cesta de mimbre con figurillas prehispánicas de la región olmeca. Puso teatralmente los presentes sobre el suelo haciendo una caravana digna de Marco Polo y diciendo con la debida ceremonia:

—Vámonos al pedo, mi hermano.

Vestía un extravagante atuendo de lino, camisa de listas rosadas y yugo, la corbata de seda en un nudo de perfecto abultamiento y triangulación bajo las guías del cuello de la camisa. Luego me dio un abrazo, olía penetrante y delicadamente a una vieja loción Jean Marie Farina que, en la época de la universidad, nos parecía el resumen de la elegancia y el buen gusto. Extrajo del pantalón una cartera retacada de billetes y de la bolsa interior del saco una billetera de la que dejó caer una verdadera cascada de tarjetas de crédito:

—Instrumentos de trabajo, hermano. Y vengo a trabajar contigo, porque grandes cosas ocurren bajo el cielo de Chicontepec.

—En particular tu cuenta bancaria.

—En particular la justicia histórica, mi hermano. Pero tengo cosas que contarte. ¿Me permites invitarte a comer?

Insistió en que fuéramos al restaurante Passy en la Zona Rosa y en que tomáramos una de las mesas centrales. Nos sentamos de cara al lobby de distribución del restaurante, las espaldas hacia las ventanas y empezamos con los wiskis. Antes de que pidiéramos el segundo, había pasado por ese lobby medio mundo de la vida política y periodística de México. Ya tarde, hacia el cuarto jaibol, aparecieron el entonces director de Pemex y cuatro personajes de filiación petrolera, Pizarro y La Quina entre ellos:

—¿Los viste, los viste? —dijo ansiosamente Rojano—. Iban todos, ¿no es cierto? Sólo faltaba Lázaro Cárdenas, carajo. ¿Conoces a Díaz Serrano?

—En una comida de periodistas.

—¿Si lo abordas te reconocería?

—No voy a abordarlo.

—Pero si lo abordaras, ¿te reconocería?

—No creo.

—Pero, mi hermano, si tú estás aquí en el centro de los cuernos de la luna. Ustedes los que andan en el ajo no son, en total, más de dos mil cabrones, los que la mueven aquí, los chicharroneros que decía el presidente López Portillo, carajo. Si tú abordas a Díaz Serrano y le dices quién eres, no puede no reconocerte, no saber quién eres. Estás entre los primeros seis columnistas de este país. ¿Quién no te conoce, mi hermano?

—Díaz Serrano no me conoce.

—Quiero decir, ¿qué tiene de malo? Yo necesito tener una entrevista con el ingeniero Díaz Serrano. Por razones de mi chamba, hermano. ¿Tú no podrías ayudarme en esto? Para ti no es nada, para mi municipio puede ser un problema de vida o muerte. Registra las proporciones.

—Aquí hay muy buen pescado y muy buena comida mexicana. Los vinos extranjeros también son de primera.

—No me chingues, paisano. Registra las proporciones.

Le pedí otro jaibol al mesero, y la carta.

—¿Cómo va tu marquesado totonaco? —le dije—. ¿Listos para dar el salto a la modernidad petrolera?

—Listos para hundirnos en el aislamiento y la miseria, mi hermano. Tú no te imaginas lo que es eso. Es la Colonia, pero cuatrocientos años después de desaparecido el imperio español. Es una zona fósil de la historia del país.

—No te preocupes por eso: el país es una zona fósil de la historia del mundo.

—No, hermano. Tú imagínate nada más que en esa zona destetan a los niños con pulque. No se conoce la aspirina fuera de las primeras tres cuadras del pueblo. De la recaudería de los Tejeda para allá, prácticamente no se conocen ni el español ni la aspirina. Estamos empezando a meter el agua potable, ¿y adivina qué?

—No adivino.

—Los primeros que la han recibido no quieren usarla. No la usan de hecho. Dicen que no saben de dónde viene. Que algo tendrá mal donde tienen que pasarla por debajo de la tierra donde nadie la ve.

—Pues ya ves, tan pendejos no son.

—No, mi hermano. A duras penas saben dónde tienen las nalgas. Creen que las mujeres se embarazan dependiendo de los días de la luna.

—Cogerán nada más los días en que les pega la luna.

—Cogen cada vez que les pega el sereno. Cogen todo el día. No perdonan gallina, oveja, ternera o mujer. Y puro macho calado, ¿eh? No se cogen solos porque no se alcanzan. A propósito, aguántame un minuto, tengo que hablar por teléfono.

Trajeron los caracoles que pedí y el salmón de Rojano y una botella de vino tinto que pidió Rojano y otro jaibol que pedí yo. Entonces, por el lobby, vi venir a Roibal, impecablemente vestido en un traje nuevísimo y los zapatos boleados hasta la exageración.

—Se enteró el señor ingeniero Díaz Serrano que está usted comiendo aquí —dijo Roibal— y me manda decirle si quiere pasar a tomar el café con ellos al terminar su compromiso. O si quiere usted pasar ahora mismo y tomar un aperitivo con ellos, que no han empezado aún a comer.

—¿Cómo es mejor?

—Mejor es de una vez, como en todo —dijo Roibal—. Si usted quiere yo le explico al presidente municipal.

—Entonces mejor paso a tomar el café —dije, por joder, y empecé a entresacar mis caracoles con las tenacillas.

—Como usted diga —murmuró Roibal, dando dos pasos atrás para retirarse.

—Me invitaron a tomar el café con tus amigos del privado —le dije a Rojano cuando volvió.

—¿Con el ingeniero? —dijo fingiendo sorpresa.

—Con tu socio de Chicontepec —dije yo—. Y con el resto de los socios.

—Todo lo que baja tiene que subir, hermano. ¿Crees que lo hago por mí? Si quiero llevarles algo a mis miserables, tengo que venir aquí y hacer contactos, gastar, codearme. Encerrado en Chicontepec, no consigo más que estar encerrado en Chicontepec. Los problemas de Chicontepec no los resuelvo allá, mi hermano. Los resuelvo acá. Es la verdad de nuestro sistema.

Tomó un sorbo y vio a todas partes. Luego a mí:

—¿Qué le vas a decir?

—¿A quién?

—Al ingeniero.

—Le voy a decir que aquí estamos tú y yo tomando coñac y resolviendo los problemas de Chicontepec.

—En serio, hermano, ¿qué le vas a decir?

Comimos, Rojano una trucha y yo un sirloin; como a eso de las cinco pedimos el primer coñac, que convocó por sí solo los puros del Lic. Francisco Rojano. No habíamos encendido cuando volvió Roibal para recordarme la invitación, y entonces fui al privado. Estaban todos los dirigentes petroleros de la región del Golfo y me los fue presentando uno por uno, cordialmente, el propio director de Pemex hasta llegar a Pizarro:

—Ustedes ya se conocen, según entiendo.

—Somos casi paisanos —dijo Pizarro con una obsequiosidad servil, fuera de todo parecido con el Pizarro imperturbable y distante que yo había conocido en Poza Rica. Se dirigió después a La Quina con un tono semejante:

—Joaquín: el compañero periodista es amigo de la infancia de nuestro amigo Francisco Rojano, el presidente municipal de Chicontepec. Es más —dijo hablándome a mí ahora— usted está comiendo con el licenciado Rojano aquí mismo en este restaurante, ¿no es así?

—Así es —le dije.

—Invítelo también a un café y un coñac —dijo Díaz Serrano a Roibal, que esperaba en la puerta por donde me había hecho pasar. Antes de que pudiera reaccionar para impedir la maniobra, me interpeló Pizarro:

—¿Qué dice la prensa libre, paisano?

Por segunda vez en el día tuve la plena sensación de haber sido tripulado por el diseño de otro. Vino Rojano y la plática se diluyó en generalidades, pero al final pudo acercarse a Díaz Serrano para pedirle una urgente entrevista. Le fue concedida para el día siguiente, por el doble aval indirecto de mi columna y la mediación oficiosa de Pizarro.

Cuando salimos del privado, había dos muchachas en nuestra mesa tomándose nuestros coñacs y fumando cigarrillos mentolados. No recuerdo sus nombres, era el 17 de noviembre de 1977.

A las seis y media de la tarde el Passy empezó a vaciarse de sus comensales vespertinos. Una hora después, empezaron a llegar los nocturnos. Nosotros seguíamos ahí, con la cuenta abierta a cargo de Pemex (según informó el capitán), tomando coñacs con las invitadas de Rojano. Pasamos luego a la suite de Pizarro en el hotel Génova. Habían puesto champaña fría en la sala y un barecito rodante con más coñac, wiskis y licores importados. Las invitadas de Rojano fumaban mariguana, usaban calzones y sostenes de seda, se rasuraban parcialmente el pelo púbico y preferían el coito anal. Como a las diez de la noche seguían correteando desnudas por la suite, excitándose entre ellas. A las once cumplieron su horario, se enfundaron en sus maxifaldas y sus botas y se fueron. Luego de un largo baño reparador, Rojano y yo salimos nuevamente a la

Zona Rosa y su tumulto de bares y solicitaciones. Tomamos una copa en el Bar Zafiro del hotel Presidente, que Cuco Sánchez atestaba noche a noche, y la emprendimos luego para el Bar León, entonces de moda, por las calles de Brasil, y luego a un fichadero de las calles de Palma, un galerón donde bailaban y se contrataban unas mil mujeres, en su mayoría desechadas de otros bailaderos, mezcladas con algunas jovencitas recién desempacadas de congales de provincia o apenas iniciadas en el paso de la emigración campesina a la prostitución urbana. Servían wiskis y aguardientes por rones, cervezas rebajadas con agua, sidra en botellas reetiquetadas de champaña francesa y brandis inyectados en Tepito. Una oscura pista de baile mezclaba esa increíble oferta con los clientes, a su vez resaca de todas las cantinas y bares de México, que expulsaban sus residuos al cerrar en la madrugada. Pedimos una botella de Anís de las Cadenas, en el que Rojano se creía experto, y la compartimos con una jovencita del lugar que Rojano descubrió entre la penumbra. Desperté junto a ambos en una helada cama del tercer piso del hotel León de Brasil, arrasado por la luz del mediodía. La muchacha respiraba junto a mi cuello, tenía corridos sobre los párpados y las mejillas los anchos rayones del rímel, dos mechones de pelo descompuestos sobre la cabeza, los gruesos labios despegados. Despojada de los arreos nocturnos, no era más que una muchacha de pueblo, deslavada y un poco tosca. Moví a Rojano, que dormía como un fardo. Despertó con los ojos rojos, todavía ebrio, tarareando una canción de Juan Gabriel que era imposible no escuchar entonces tres veces por día en la ciudad de México (*Por eso aún estoy en el lugar de siempre, en el mismo lugar y con la misma gente*). Hizo un gesto de espanto al descubrir su adquisición de la noche anterior y empezó a golpearle un cachete con el pene para despertarla. Me metí al baño, donde inesperadamente había agua caliente. Estaba secándome cuando oí a Rojano pujar y a la muchacha gemir del otro lado. Me asomé a ver y los vi, Rojano dando brincos en medio del cuarto con la muchacha agarrada de las nalgas, metida sobre él a horcajadas, penetrándola en cada salto que provocaba un jadeo y el gemido de la otra, en una especie de danza grotesca.

Era una mujer delgada y no muy alta, frágil, huesuda, con cuerpo de adolescente. Empezó a reírse y a gozar un poco después. Pensé si así sería también con Anabela. Calculé que no podría aguantarla en vilo, calculé después que sí. Como a la una salimos, la muchacha con los pelos húmedos y esmirriados y sus vestidos de la noche, absurdos en el mediodía de escritorios públicos y loncherías de la calle de Brasil. Era la más humilde aproximación a una mujer que pudiera encontrarse en esos momentos en la República. Rojano la besó en la boca en la puerta del hotel, metió su lengua entre los dientes disparejos y la atrajo hacia él largamente, en abierta abstracción de la simpleza antierótica que según yo la noche había dejado en la muchacha. Acabó de besarla y de pasarle las manos por las nalgas, en pleno mediodía de la calle de Brasil, y la despidió poniéndole un billete de mil entre los pechos caídos.

—Te me vas en taxi —le dijo, como quien le habla imperativamente a la hermana o la esposa—. Y no te olvides de mí. Voy a ir a conocer a tu mamá, que se va a aliviar en el ISSSTE, como te dije. Voy a enviarte allá para que veas a un amigo. Y cuídame esas nalgas como si fueran tuyas.

Con una nalgada la sacó al arroyo de la luz en la calle. Se fue tambaleándose en sus piernas endebles, los altos tacones, los pelos mojados medio güeros, columpiando la bolsa.

—Eso les pasa por no estudiar —dijo Rojano rascándose prolongadamente un güevo. Tenía la corbata a medio poner y la barba erizada de un día. Me echó un brazo al hombro y empezamos a caminar:

—Con que no haya agarrado un gonococo vietnamita, me doy por bien servido —dijo, insistiendo en la rascada—. No lo digo por mí, sino por mi comunidad. Imagínate que llego a Chicontepec con el instrumento floreado. Como no me cure el brujo, en un año desaparece el pueblo arrasado por un batallón de espiroqueta, una epidemia venérea de la que no nos saca ni el mismísimo doctor Pasteur. Porque ni modo de dejar de cumplirles a las interesadas.

—¿Cuántas interesadas?

—No he visto pueblo más promiscuo, hermano. El curita tiene tres señoras, y es el que tiene restricción profesional. Yo no dejo mi semana sin novedad. Hasta venada probé un día. ¿Qué cantina hay por este rumbo?

Estábamos a dos cuadras de La Puerta del Sol, en Palma. Caminamos hacia allá.

—Si te lo cuento vas a decir que lo inventé —siguió Rojano—. Pero te digo que una tarde me llegaron los principales de un barrio del pueblo a invitarme a una ceremonia. Quesque el barrio de San Felipe quería imponerme el bastón de mando y celebrar conmigo a solas, los puros varones del barrio. Pues órale. Nos fuimos una tarde a la casa del mayordomo del barrio, todos muy ceremoniosos y ladinos los cabrones y nos sentamos ahí a platicar y un buchecito de mezcal para romper el hielo. Pues órale. ¿Otro buchecito? Pues también. ¿Y una fumadita de mariguana? Viene. Y otro buchecito. Total, ya oscureciendo, salen con que tienen un regalo especial para el señor jefe de la autoridad municipal, o sea yo, pero que hay que hacer un poquito de monte para que ahí en el monte tenga el señor presidente su bien ofrecido. Y que después la ceremonia del bastón de mando. Pues órale, nos vamos a pie hasta las afueras del pueblo y de ahí la emprendemos para el monte. Se paran ahí y le dicen a Echeguren, mi ayudante, un muchacho de primera, ya lo vas a conocer.

—Ya lo conozco.

—Bueno, pues le dicen estos cabrones: "Usted no puede ir al monte, esto es sólo entre el señor jefe de la autoridad municipal y los principales del barrio de San Felipe". Pensé: *Estos cabrones, qué chinga me van a meter cuando estemos solos en el monte*, pero le digo a Echeguren: "Oquei, está correcto, aquí me esperas" y digo entre mí: "Pero si no salgo en una hora, quemas el pinche pueblo". Pues prendieron sus antorchas y nos metimos al monte, por una vereda que sólo ellos sabían, como quince minutos. Llegamos a un clarito donde estaban esperando otros tres o cuatro cabrones, con sus antorchas. Todos sonrientes y ceremoniosos, auténticamente como chinos. Bueno, se pusieron a mi alrededor y el principal del barrio repitió que era regalo muy de apreciar para el jefe de la autoridad municipal y que aquí lo daban justamente en señal de aprecio. Acabó de grillarme y sale del monte otro cabrón jalando del cordel a una venada, un animal precioso, de poca alzada, todavía sin desarrollar a plenitud, y bastante tranquila para ser venada. Van y la amarran en la estaca y se hacen a un lado y me invitan con un ademán a acercarme a la venada. Pues voy y me le acerco a la venada y le acaricio el hocico y el lomo y muchas gracias, señor mayordomo, y muchas gracias, señores del barrio de San Felipe. Y conforme voy diciendo esto los voy viendo que me miran como desconcertados y vuelve a hacerme el mayordomo ademán de que siga adelante. Y así estuvimos un rato hasta que uno de los ayudantes del mayordomo viene a decirme en el oído que, si no hago aprecio del bien que me ofrece, ellos están listos para darme el que me guste. Y tu pendejo, "no, si la venada me encanta". Y otra vez muchas gracias y otros minutos de mala onda, ya medio irritados los cabrones, hasta que por fin uno más entendido viene y me dice al oído: "Con todo respeto, señor jefe de la autoridad municipal, se le regala a usted este animal por ver si la reconoce como hembra y se da usted un gusto que ha de ser nuestro". Y entonces me cae de verdad el veinte, cabrón: ¡querían que me cogiera a la venada! No sólo eso, sino que ahí mismo enfrente de ellos. ¿Te das cuenta? Entonces me acuerdo de que el cabrón de Pizarro comparó a Anabela con un venado, de modo que me están ofreciendo también al doble de mi mujer, al nagual de mi mujer, ¿entiendes? Digo, porque ahí en ese pueblo la voz de Pizarro es ley, y si él dijo que el nagual de Anabela era venado, venado será. Bueno, pues estoy de pronto en medio del monte, con estos cabrones enfrente sintiéndose desairados, y metido en no sé qué mundo de símbolos. Y la venada enfrente. Puta madre, ¿qué haces?

—¿Qué hiciste?

—¿Cómo qué hice, cabrón? Pues probé venada. ¿Y quieres que te diga la verdad?

—Sí.

—Tenían razón esos cabrones, era un obsequio superior. Entendí luego por qué los dioses griegos andaban todo el tiempo cogiendo disfrazados de animales.

—No mames.

—Estoy en serio. Es más, cuando vengas a Chicontepec, te voy a regalar una venada.

Apechugué la alusión a Anabela y entramos a La Puerta del Sol, pedimos cervezas y devoramos la botana.

—Luego volvimos a la casa del mayordomo —siguió Rojano—. ¿Sabes a qué?

—No.

—A que el mayordomo me ofreciera a sus hijas. La mayor tenía quince años, la menor como ocho.

—¿No tenía una de meses?

—No, no es así. Las ofreció para que las viera, para que las apartara como si dijéramos. Sólo la de quince podía tener salida inmediata.

Pedimos unos caldos de camarón, milanesas y una botella de vino blanco frío.

—Después de todo —dijo Rojano filosóficamente— que todo fuera como coger: frotarse, venirse, relajarse, frotarse otra vez. Demasiada mierda alrededor de eso. Esta es mi mujer, no la toquen; esta es tu hermana, no la toques; este es machito, no lo toques. Y cogerse animales, una degeneración. Puras pendejadas. Digo, ¿tú no compartirías tu mejor nalga con tu mejor amigo? Eso es lo más natural, no sé qué tanto pedo.

Agradecí su insistencia en Anabela. Pedimos la siguiente botella de vino y me empezó a pasar la cuenta.

—Venadas aparte —dijo—. Tenemos que hablar. No vine en realidad a ver al director de Pemex ni a negociar una chingada. Vine a ponerte sobre aviso.

Bebió vino, se limpió los labios con la servilleta, puso los brazos extendidos sobre la mesa y se dobló sobre ella para informarme. Luego de voltear a varios sitios para verificar que no era escuchado, dijo en voz baja, sin énfasis ninguno:

—Empezó la guerra, hermano.

Sin rasurar, despeinado, con los labios resecos y los ojos inyectados, era un poco ridículo, sobreactuado.

—La guerra de las putas —afirmé.

—Es en serio, cabrón —dijo Rojano, tomándome violentamente de la muñeca.

Se pasó la mano por el pelo y bebió de dos tragos el vaso de vino:

—Que no te engañen mis calmantes, hermano. Las putas y el buen vino son la ley de la vida. Lo de Chicontepec es la ley de la selva. Y no tiene que ver una cosa con la otra, no te engañes.

—¿Qué hay de nuevo con Pizarro?

Sacó de la bolsa trasera del pantalón dos fotocopias dobladas en cuatro y las echó sobre la mesa. La primera era un oficio del sindicato de petroleros al ayuntamiento de Chicontepec exigiendo dos mil hectáreas del fundo legal del municipio, para obras sociales del sindicato. La segunda era la respuesta negativa de Rojano a la propuesta. Estaban fechadas 19 y 24 de septiembre de 1977.

—De esto hace dos meses, ¿por qué me informas hasta ahora?

—Porque la semana pasada nos llegó el aviso personal de Pizarro. El cuero labrado.

—¿Les llegó a quiénes?

—Nos llegó una oferta de compra de los terrenos que heredó Anabela en Chicontepec.

—¿Qué tiene que ver Anabela en este pleito? Es un pleito con el municipio.

—Es un pleito, hermano. Más que un pleito, es una guerra, nuestra guerra. Y ya empezó en Chicontepec. Vine a decírtelo a ti y a quien quiera oírlo. Al director de Pemex, si puedo, esta tarde. Pero ya tengo la experiencia. Es tan descabellado que no lo cree nadie, tan desproporcionado que a veces no lo creo ni yo mismo.

Sus ojeras habían crecido, los ojos inyectados parecían ahora la medida no de su desorden sino de su desesperación.

Le cancelaron la cita con el director de Pemex y se fue sin verlo. Tampoco pudo verme a mí, aunque me buscó con alguna insistencia por el teléfono. Las columnas sobre el convenio con el Fondo Monetario Internacional que Arteaga me cambió por los blodimeris provocaron en los días siguientes casi cincuenta artículos editoriales y una llamada del presidente de la República para invitarme a desayunar con los tres columnistas mayores del país, el 16 de enero de 1978. Según los criterios del medio, eso quería decir que había dejado de ser un simple columnista para volverme otra cosa, un "foco nacional de opinión", como empezó a decir el director de mi periódico. El engreimiento que acompañó ese cambio fue quizá el verdadero origen de la columna con que intenté ganar la guerra de Rojano y Anabela en Chicontepec, para sólo precipitarlos en ella indefensos, sin medir sus tiempos y sus fuerzas.

Todavía no se disipaban bien las burbujas noveles de aquel desayuno, cuando llamó Anabela —25 de enero— del hotel Reforma. Comimos en el hotel y nos metimos a la cama hasta la noche.

Había adelgazado extraordinariamente bien, otra vez mandaban en sus músculos los huesos atléticos y armoniosos de cuando nos habíamos conocido, y estaba ahí presente de nuevo la belleza liviana y como masculina, sólo desmejorada por las estrías blancas de los embarazos. La flacura, sin embargo, no tenía que ver con su rejuvenecimiento. Cuando empezó a contarme, casi cinco horas después de que nos encontramos, reconocí la magnitud de su autocontrol y, otra vez, el modo como había puesto todo en la causa de Rojano, al extremo de que quizá era ella el verdadero motor del proyecto más que la militante incondicional.

Su versión fue un rosario de malas noticias. Habían recibido una segunda alforja de cuero de Pizarro, con un plano de las tierras de Anabela y Rojano, más las dos mil hectáreas demandadas por el sindicato del municipio (previsiblemente, las tierras colindaban). La semana anterior, justamente el día en que yo desayunaba con el presidente, había habido un pequeño motín en un barrio del pueblo por la muerte de un niño que alguien atribuyó al agua potable conectada días antes. Pizarro había apostado una guardia permanente de sus custodios en una de las casas grandes del pueblo, a un costado de la plaza. En una reyerta de cantina, Echeguren había herido a uno de los custodios porque gritaba insultando a Rojano. El hecho me saltó porque, hasta donde yo sabía, el muchacho Echeguren era incondicional de Roibal y Pizarro.

—Echeguren es incondicional mío —dijo Anabela sin titubear y siguió de frente hacia mí, otra extensión de su seguridad y su dominio:

—El asunto es que vamos a necesitar pronto tu ayuda. Las cosas se vienen encima, Negro, y no estamos preparados.

—¿Qué ayuda quieres?

—La que puedes dar. Prensa y relaciones. ¿Tienes alguien en Gobernación?

—Tendría que checarlo.

—Es importante que lo sepan en Gobernación de fuente íntima. Porque la cosa es tan descabellada que no la cree nadie. Tan desproporcionada que a veces no la creo ni yo misma.

Eran las palabras de Rojano en La Puerta del Sol, pensé de quién era la copia y si ahora oía el original.

—¿Y en Pemex a quién tienes?

—En Pemex nada.

—¿En la Defensa?

—Puede ser.

—Es importante que memorices esto, Negro —dijo Anabela con frialdad logística—: La guerra empezó. Cada una de las cosas que puedas hacer para ayudarnos, cuenta. Cada columnista o cada diario que siga tu información, cada oportunidad política, cada conversación, cada paso en favor de la caída de Pizarro, es fundamental. Cada línea publicada, cada incertidumbre contra Pizarro sembrada en quienes puedan decidir sobre eso, cuenta. Tú sabrás mejor que yo cómo hacerlo, acá en tus relaciones. Desde luego, si algo pudiera hacérsele llegar al presidente, sería lo mejor. Nosotros por lo pronto vamos a sacar a los niños de Chicontepec, y a pasarlos al puerto con mi hermana Alma. Están ya sobre aviso todos los amigos del gobierno estatal. Digo todos y parece una muchedumbre. No hay más que dos en los que se puede confiar. Y tú, Negro. Sobre todo tú. Eres nuestro puente al exterior, nuestra garantía.

Me besó como excitada por lo que acababa de decir, hicimos el amor y nos dormimos abrazados. Desperté para ir al baño en la madrugada y no estaba en la cama. Estaba desnuda, sentada en un sillón, mirando por la ventana la ciudad extendida desde el quinto piso del hotel Reforma, concentrada, insomne.

Se fue dos días después. En los dos que siguieron, sentí por primera vez la urgencia de volver a verla pronto, la ansiedad de su regreso. La columna que escribí el 29 de enero sobre el caso largamente rumiado de Lázaro Pizarro fue una extensión de esa ansiedad, una hija de la melancolía y la añoranza, más que de la tensión periodística. Escribí:

En los pliegues menos visibles del imperio del líder petrolero Joaquín Hernández Galicia, La Quina, han empezado a empollar discípulos que, según todas las apariencias, rebasarán al maestro. Lo rebasarán en ambición, en audacia y en iniciativa propia. Y también, según primeros informes llegados con lujo de detalles terribles a "Vida Pública", también en crueldad y muertos.

El huevo mayor que empolla esta serpiente es por ahora el de un incipiente señor de vidas y haciendas que crece en los dominios sindicales petroleros de Poza Rica y se expande, sobre un rastro de sangre, hacia las fértiles y aisladas regiones de Chicontepec, en el nororiente veracruzano.

Ahí, en seguimiento desbocado de la reciente puntada quinista de crear huertos sindicales que abaraten la vida de los petroleros, un líder emergente del heroico Sindicato de Petroleros de la República Mexicana ha empezado a "limpiar" de propietarios "espurios" algunas de las mejores tierras del municipio de Chicontepec, justamente las que riega el caudal del río Calabozo, en el inicio de las Huastecas.

La limpia ha sido, en efecto, radical: los propietarios que se negaron a vender en condiciones leoninas sus terrenos han sido simplemente erradicados de este mundo. Y con firma de la casa, a saber: un tiro en la sien y en medio de tiroteos generalizados o accidentes terribles que costaron la vida a muchas más personas de las que el nuevo benefactor del sindicato petrolero iba buscando.

La historia conocida hasta ahora es como sigue...

Contaba entonces resumidamente los casos que contenían los expedientes de Rojano, fechas, nombres, circunstancias, reservándome algunas de las cuestiones y documentos para una andanada posterior, cuando la misma columna hiciera su efecto y removiera otras fuentes de información.

Terminaba mi columna diciendo:

> El nuevo benefactor del mundo petrolero mexicano, autor de estas expropiaciones radicales, es como La Quina, un capo venerado y decidido; un practicante entusiasta de lo que ahora se conoce como *maoísmo petrolero* y un discípulo que rebasará con creces —o ha rebasado ya, al menos en número de tiros— al maestro.
>
> Grábese usted el nombre de este discípulo y sucesor, porque acaso lo escuchará con insistencia en los años que vienen. Su nombre: Lázaro Herón Pizarro, el terrible Lacho, nuevo benefactor de la familia petrolera veracruzana.

Acusaron recibo en Gobernación. Quiero decir, me llamó un colega para que comiéramos juntos en un restaurante de la colonia Roma que le gustaba, La Lorraine. La dueña, una viuda marsellesa, lo había heredado en cooperativa a sus trabajadores, y lo mantenían intacto con sus meseros de frac negro, sus patés de la casa y sus quesos casi agusanados. No bien cruzamos el corredor de macetas para entrar, ya estábamos frente a mi contacto de Bucareli, que comía ahí con un amigo. Nos mandó una botella de Châteauneuf du Pape durante la comida y a los postres, con un mesero, la oferta de un coñac en su mesa. Previsiblemente, cuando acudimos por el coñac, su amigo se había marchado y el invitador estaba solo, fumando un penetrante puro Te amo, de los Tuxtlas. Fumaba haciendo girar suavemente el puro entre sus labios sonrosados, húmedos bajo el bigotillo, entrecerrando plácidamente los ojos. Pretextando un telefonazo urgente, mi colega también hizo mutis y empezó la cita.

—No es así, colega —dijo mi contacto. Observé sus manos y sus mancuernillas, percibí el aroma de loción y tabaco que exudaba: un aroma perceptible y ligero, pero al mismo tiempo acendrado e invariable, casi su sudor. Hubo un prolongado silencio.

—Me refiero a su columna de hoy —siguió mi contacto—. No es exactamente como usted dice.

—Tengo pruebas de lo que escribí —contesté.

—Conozco sus pruebas. Por eso puedo decirle que las cosas no son como usted las contó hoy.

—¿Cómo son las cosas, entonces?

—Las cosas son más complicadas —me dijo mi contacto sonriendo—. Como siempre, más complicadas.

Extrajo del saco un sobre y lo extendió sobre la mesa. Eran las fotos de los muertos en Papantla, Antonio Malerva y su familia, redibujados en distintos contornos por un finísimo trazo en rojo.

—No son fotos originales —dijo, chupando delicadamente su puro—. Son fotomontajes. Las líneas en rojo marcan dónde está la superposición de las fotos. Es la marca del experto que las revisó.

Tomé el periódico de la tarde que tenía sobre la mesa, la edición del 2 de febrero de 1978, y repasé con mi pluma la efigie de James Carter que venía en la primera plana saludando a un astronauta.

—Esta es también una marca de experto —le dije.

—No, colega —respondió mi contacto con cierta irritación—. Le estoy hablando en serio.

Metió la mano al otro lado del saco y echó sobre la mesa un sobre idéntico al primero. Abrí y miré la increíble propuesta que había en ese sobre. Era la foto más inesperada que hubiera podido imaginar, la foto de mi propio cadáver echado sobre la plancha de una morgue, desnudo. Estaba tomada desde arriba, de frente; una enorme hemorragia brotaba de un impacto de bala en la frente y había varios impactos en el torso. Era, además, la foto de mi cadáver joven: el rostro desbaratado era el de mi cara de veinte años antes, mi cuerpo el de un adolescente, casi un niño. Abajo decía también con letras infalsificables en su caligrafía titubeante y pueblerina: "Papantla, Ver., 17 de febrero de 1978" (quince días después del 2 de febrero en que hablábamos).

—Una profecía de laboratorio —dijo mi contacto—. La foto que está ahí es la de su cartilla. El cuerpo es real pero obviamente no es el suyo. La sangre y los disparos, el manejo de grises, la técnica del montaje, es también nuestra. La magia del experto, quiero decir.

—¿Qué añadió el experto de Rojano?

—Están marcados los contornos —dijo mi contacto—. No agregó mucho, sólo los disparos en la sien, pero sistemáticamente. En todas las fotos agregó los disparos en la sien. Lo demás es real, las fotos y los muertos y las fechas. El tiro de gracia es lo agregado, nada más. Pero, hasta donde entiendo, es un detalle crucial.

Lo era.

—Hay testimonios del forense describiendo esos disparos —dije.

—Los hay, pero no son contundentes. Pueden arreglarse también. A lo que voy es a esto: suprima de su historia el balazo en la sien y ¿qué queda? Lo que queda es la parte de verdad que hay en su columna. ¿Y cuál es esa verdad? Es esta: varios propietarios de la zona de Chicontepec murieron en hechos de sangre. Sus propiedades colindaban entre sí y eran de las mejores en una región de buenas tierras. No puede decirse que sea lo normal en la zona, pero nadie se asustaría de eso en la Huasteca veracruzana.

—¿Y quién compró las tierras?

—Las compró el sindicato petrolero. Lacho Pizarro compró también. ¿Pero eso qué prueba?

—Indica un beneficiario único de esas muertes.

—Único, no —dijo mi contacto—. Hubo otros dos compradores. ¿Sabe usted quiénes son?

—Eso me lo va a tener que probar —dije anticipándome al hecho.

—Se lo traigo probado —dijo mi contacto, echando mano de un tercer sobre en su saco que lanzó como una baraja final sobre la mesa—: Francisco Rojano Gutiérrez y Anabela Guillaumín de Rojano son los otros beneficiarios.

El sobre traía fotocopias del registro público de la propiedad de Tuxpan, documentaban hasta tres operaciones de compra por un total cercano a las mil hectáreas entre Rojano y Anabela.

—Estas son además de las ochocientas que le dije la primera vez —dijo mi contacto—. Pizarro y el sindicato compraron otro tanto. Pero Pizarro no ha falsificado ninguna foto para culpar a sus amigos. ¿Me entiende usted?

Lo entendía perfectamente, con un temblor incontrolable en el abdomen y la rabia siempre tardía de la credulidad defraudada.

Unas dos semanas después, Anabela regresó a México y se reportó, nuevamente, hospedada en el hotel Reforma. No acudí. Ni a su habitación ni al teléfono que incesantemente hizo sonar en mi departamento durante los dos días siguientes. Finalmente, me esperó toda una tarde en la redacción del diario y nos topamos ahí el jueves 20 de febrero, a las nueve de la noche:

—Llevo dos días buscándote como loca —dijo cuando estuvimos en mi coche—. ¿Pasa algo?

—¿Qué noticias traes?

—Pero te he estado buscando dos días seguidos. Vine a México a verte. Llevo dos días encerrada en ese cuarto amueblado esperando que me llames, deseando estar contigo. Me haces sentirme parte de una pésima telenovela. ¿Qué sucede?

—Mucho trabajo, eso sucede. ¿No fuiste al Museo de Arte Moderno?

—Óyeme, cabrón —dijo Anabela pálida de rabia—. Yo no soy tu máquina de escribir para que me uses cuando te dé la gana. No soy tu pendeja para que te andes haciendo el mustio y el ofendido. ¿Qué te debo, cabrón?

—¿Dices por lo de la columna?

—No —dijo Anabela con los ojos ya llenos de lágrimas—. Digo por el uso de mis nalgas, pendejo.

Bajó del coche y dio un portazo. La vi un momento por el espejo retrovisor, caminando a toda velocidad por la banqueta junto a un aparador iluminado, limpiándose los ojos, las largas piernas firmes y vertiginosas sobre los tacones. Puse el seguro de la puerta y arranqué.

Un mensajero trajo al día siguiente carta y paquete de Anabela. La carta decía:

Es posible que sepas quién soy, pero no sabes qué siento. Te extrañé estas noches, igual que te extraño otras en que no estás a la mano. Quiero decir, en Chicontepec. No sé qué pasa, no sé qué tienes. Sé que me heriste y que te odié y que volví a necesitarte por la noche. Te mando información nueva. La situación es crítica, tu columna sacudió el panal y están las avispas sueltas, listas para picar. Todo eso es importante y tú lo verás. Pero quiero repetirte que te extrañé y no estuviste.

El paquete traía la documentación de un nuevo caso, la muerte en El Álamo de uno de los principales de Chicontepec, en una riña de cantina. La explicación de Rojano: "Estorbaba las negociaciones de Lacho sobre el usufructo de unos terrenos comunales". El paquete incluía un mapa rudimentario de los terrenos en disputa, prácticamente toda la zona oriental del municipio, unas cinco mil hectáreas en total. Y el comentario de Rojano con su parejísima letra de molde en rojo: "Ha dicho a sus incondicionales que tiene ya su Mesopotamia y quiere poner aquí su Babilonia".

Lázaro Pizarro, guía de pueblos, fundador de civilizaciones. Levanté el nuevo expediente y junto con los otros que tenía en el escritorio los arrumbé en el cajón de un clóset que no utilizaba.

Capítulo 7
MUERTE POR AGUA

El 18 de marzo de 1978 acudí a los festejos de la expropiación petrolera en Ciudad Madero. Lázaro Pizarro ocupó el
estrado junto a La Quina, aunque en un claro segundo plano.
Roibal me buscó al mediar el acto. Característicamente, no lo
sentí llegar ni deslizarse hacia mí, sino hasta que me tocó por
la espalda en un costado. Igual hubiera podido apuntarme
con una pistola:

—Dice el jefe si se anima a platicar con él un rato —preguntó con un dejo de burla.

—Donde quiera —contesté sin darle tiempo.

—Donde usted diga.

—En el bar del hotel Inglaterra —seguí sin hacer pausa.
Era el hotel más céntrico de Tampico.

—¿Va a dormir en Tampico? —preguntó Roibal.

—Regreso a las siete de la noche, en el avión del presidente —subrayé.

—Entonces en el bar del Inglaterra. ¿A las cuatro de la
tarde?

—A las cinco —dije—. Después de la comida.

—A las cinco entonces —acató Roibal.

La comida para trescientas gentes fue servida en los locales del sindicato. Bebí unas cubas gigantes rebosadas de hielo,

en vasos que se agenció un amigo del estado mayor y que venían siendo botellas de Bacardí cortadas a la mitad donde cabía cerca de medio litro de líquido. Nos tomamos tres de esas, como refresco, antes de la comida y otras tres durante la comida, en la profusión de jaiba y pescados y costillas asadas y tostadas de camarón y tripa y tortillas de harina y de maíz y una variedad de salsas y encurtidos. Pasadas las cinco de la tarde, pedí un coche al encargado de la oficina de prensa y un chofer al estado mayor.

Le expliqué al chofer a quién iba a ver y le pedí que me dejara atrás del hotel, pero que luego él diera la vuelta y entrara al bar como cualquier vecino, de modo que pudiera vigilar nuestra entrevista. Cuando entré al lugar, en punto de las cinco y media, con treinta minutos de retraso, el chofer ya estaba ahí sorbiendo una cerveza. Pizarro estaba solo en un ángulo del bar, sentado de frente con la espalda hacia la pared y un tehuacán con hielo sobre la mesa.

Roibal me había esperado en la puerta que daba a la calle y dos custodios guardaban la que comunicaba con el hotel. Me miró Pizarro acercarme sin hacer un solo movimiento, como si no estuviera ahí o no registrara mi llegada. Había traído mi vaso de la comida y andaba en el momento de ascenso de la briaga, "eufórico y ecuménico", como decía René Arteaga, así que le pedí al mesero que lo llenara de nuevo con abundantes dosis de hielo y el mismo brebaje. Camino a la mesa de Pizarro, cambié de idea y fui yo mismo a la barra a llenar el vaso con ron, hielo y coca cola. Sólo entonces fui a la mesa donde Pizarro llevaba media hora esperando.

—¿Cómo ha estado, dirigente? —dije volteando una silla y sentándome a horcajadas frente a él.

—Esperándolo, amigo periodista —respondió Pizarro con la ronquera característica de su ira.

—Nos retuvo el presidente —dije luego de un sorbo—. ¿Cómo está usted?

—He sido calumniado, ofendido, intrigado, amigo periodista —dijo sin alzar la voz, apenas en un susurro—. Periódicos de la capital han divulgado la especie de que yo aspiro al puesto de Joaquín Hernández Galicia. Han hablado de que incluso he ido más allá de él: el discípulo que superará al maestro. ¿Ha leído usted esas versiones en la prensa capitalina, mi amigo?

Admiré sus modos y su ironía, el modo lateral y a la vez exacto de entrar al corazón de nuestro pleito sin apenas aludirlo, cargándolo de un tono impersonal que lo hacía más agraviante e injusto.

—Las he leído, dirigente.

—¿Y qué opinión tiene usted de esas versiones?

—Han sido comprobadas falsas en su mayor parte, dirigente.

—Pero no ha habido retractación, ni reparación del daño ante la opinión pública, amigo periodista.

—La ha habido donde importa. Ha sido informado ya el presidente, que mandó preguntar.

—Me tranquiliza lo que usted me dice, amigo periodista —dijo Pizarro—. Me preocupa en cambio su incomprensión, su imprudencia. ¿Lo traté mal en Poza Rica? ¿No le gustó lo que vio? ¿No le pareció su pequeña visita? ¿Pues por qué no volvió? Tenía usted las puertas abiertas. ¿O se trata simplemente de las alucinaciones que provoca la carne de venada?

—Lo último probablemente —dije dando un buen sorbo.

—Que sea así, se comprende, no hay más que mirar a la interesada —dijo Pizarro—. Pero usted me preocupa, amigo, porque creo que no me oyó lo que le dije. O no oyó lo fundamental de lo que le dije. Oyó nada más lo que le cuentan o lo que le contaron sus amigos. Y lo que le filtraron entre las sábanas. Pero la verdad es esta. Ustedes no saben dónde se meten, usted menos que nadie. No distinguen el tamaño del pleito, ni las fuerzas que hay que tener para no entrarle en falso. Sus amigos quieren embarcarse en un pleito que no es para ellos. Ya se lo dije a usted y no me oyó: son aficionados en estas cosas. Creen que saben, pero no saben. Creen que ven, pero no ven. Creen que pueden, pero no pueden. Oyen sonar el río, pero no saben qué aguas trae, no conocen los arroyos que forman el río. Yo sí los conozco, amigo. Porque yo cavé los cauces y los hice juntarse para hacer un río. Y sé exactamente por qué los hice y lo que quiero regar con ese río. Ustedes vienen con una jícara y creen que pueden cambiar el curso del río a jicarazos. Porque lo tienen ahí enfrente, se les ocurre que quieren hacerse dueños. Pero no saben lo que hace falta para que esa agua esté ahí y riegue lo que riega, no saben el trabajo que requirió construir ese río, gota por gota, poniendo lo que ayuda, quitando lo que obstruye. Son años de trabajo, amigo. Todos los meses de cada año, todos los días de cada mes, todas las horas de cada día. Y entonces ustedes, de pronto, queriendo ser los que gobiernan el río, empiezan a ser los que obstruyen su cauce. ¿Y sabe usted por qué? Pues simplemente porque son unos aficionados. Creen que las cosas están ahí para que se las eche a la bolsa el primer hombre decidido que pase frente a ellas. No, amigo. No hay cosa sin dueño y sin derecho creado. El que las quiera tiene que apartar a ese dueño y darle la vuelta a ese derecho. Y eso es lo que yo he hecho toda la vida, he vivido para eso, soy un profesional de eso. Y he aprendido simplemente esto: la diferencia en este juego no es quién domina, quién se queda con las cosas. El problema es quién sobrevive, amigo. Porque en este juego se trata de sobrevivir. A los enemigos, primero, pero a uno mismo después. Esta segunda sobrevivencia es la que cuenta de veras. Y sólo se alcanza en la obra realizada, que es lo que queda en los otros. ¿Me entendió?

—Salió de mi dieta la carne de venada —le dije.

—Esos aguijones duran más de lo que duelen —dijo Pizarro volviendo a entrar en sí, como si hubiera abandonado exaltadamente su cueva y ahora regresara cautelosamente a ella, luego de la descarga—: No cante victoria.

Se puso de pie, Roibal acudió de inmediato.

—Le dije lo que tenía que decirle —dijo Pizarro para despedirse, sin darme la mano—. Pero no sé si pasó el tiempo de esperar a que comprenda.

Me miró unos momentos hasta hacerme sentir ridículo, pedo, con mi enorme vaso de cuba libre a medio vaciar.

—Una me debe usted, paisano —dijo y se tocó la palma de la mano—: Aquí se la tengo apuntada.

Se fue y me quedé fijo en la metáfora del río, exacta como ninguna del modo como Lázaro Pizarro veía su misión en la Tierra. La certidumbre fundadora de su voluntad había penetrado en él hasta el extremo de imaginarse a sí mismo como una especie de dios que junta los arroyos y cava los cauces de los ríos. Sí. ¿Pero hasta qué punto era exacta su pretensión de titiritero? ¿Hasta qué punto era él quien tenía en la mano los hilos de la trama, el férreo control de la región, la elección de Rojano como presidente municipal, el acceso al conocimiento anticipado de los planes de Pemex, la posibilidad de montarse en esos planes y prever el auge en que su propio proyecto surgiría, el manejo de Chicontepec, donde había nacido, donde su palabra era ley no escrita, donde había dado trabajo a la mitad de los muchachos que salían del pueblo, donde tenía apostados a sus custodios, metralleta en mano, vigilando cada uno de los movimientos de Rojano? ¿Era inexacta su sensación de ser una especie de supremo arquitecto de los asuntos de su mundo?

A mediados de mayo de 1978, el martes 16, dio principio el viaje del presidente López Portillo a la URSS y Bulgaria. En la amplia comitiva se incluyó un avión de prensa con reporteros de todos los medios y un puñado de *leading columnists*, como lo informó irónicamente en su despacho de ese día el corresponsal de *The New York Times*, un mamón insuperable. Volamos a Gánder, una estación militar de tránsito de

Terra Nova, y luego a Hamburgo, donde hicimos una escala de nueve horas antes de volar a Moscú. Escribí:

Se descolgaron al viaje del presidente López Portillo sus buenos cuatro aviones de comitiva, unas setecientas personas: la familia presidencial, ministros y directores de empresas descentralizadas, periodistas y personal técnico de radio, televisión y organización de la gira, cantantes y actores, el ballet folclórico de México, museógrafos y antropólogos encargados de montar exposiciones. Tuvimos un amanecer anaranjado sobre Glasgow y vimos emerger abajo la ciudad de Hamburgo, húmeda y renovada, con su trazo uniforme entre una abrumadora cantidad de árboles y zonas verdes. Los reporteros desvelados logran encontrar en la Rothembaumhaus un lugar donde comer ¡pozole! En el hall del hotel Hamburg Plaza, estaba Fidel Velázquez, no incluido en la comitiva, charlando monosilábicamente con sus familiares. México viaja con sus tradiciones.

La noche del miércoles 17 de mayo aterrizamos en el aeropuerto Vnukovo 2, en las afueras de Moscú. Dos kilómetros de aviones comerciales estacionados flanqueaban las pistas de tráfico. Una semana duró la gira en la URSS. Visitamos el Kremlin, compramos matrioskas y collares de ámbar, tuvimos una noche blanca en Leningrado, visitamos el local donde Lenin imprimía *Iskra* en Bakú, frente al mar Caspio, y escuchamos en la noche el alucinante sonido del viento, como un llanto, por los desfiladeros que habían cavado los mineros en las vetas que circundan la ciudad. Fuimos a Novosibirsk y a la ciudad de la ciencia, Akademgorodok, un campus de treinta mil científicos. Salimos luego a Bulgaria, caminamos horas entre los árboles que inundan las calles de Sofía y ganamos cinco mil dólares en cuatro manos de blackjack en el casino de Varna, donde terminaba la gira.

Reyes Razo y yo nos separamos ahí de la comitiva y empezamos la celebración de nuestro golpe de casino volando a Atenas, extorsionamos la hospitalidad del embajador Cabrera Maciá y vivimos dos días con unas hermanas chipriotas de las que adquirimos las palabras griegas *leptá* (dinero) y *thálasa* (mar). Volamos de Atenas a París y nos instalamos ahí a caminar, ver museos y frecuentar cafés, comer suntuosamente en La Coupule y el Fouquet's, donde Reyes Razo desechó dos botellas ya abiertas de una cosecha mundialmente famosa por juzgar el vino levemente delgado. Visitamos a Cortázar y los antros montmartrianos. Tomamos champaña, halagamos coristas y contratamos nuestra propia compañía durante cuatro días de fiesta, al cabo de los cuales teníamos en la bolsa todavía tres mil dólares. Gastamos la mitad de eso en cuatro días de lo mismo en Londres y la otra mitad en Nueva York. El 12 de junio puse un télex al periódico pidiendo que me situaran dos boletos de avión para regresar a México. Reyes Razo pagó con su tarjeta la deuda excedente de trescientos dólares en el hotel.

El 15 de junio de 1978 aterrizamos en el aeropuerto internacional de la ciudad de México. Nos esperaba un reportero del diario.

No tenía buena cara y dijo a bocajarro por qué: una semana antes, durante la madrugada del 9 de junio de 1978, el pueblo de Chicontepec, enardecido, había asaltado el palacio municipal y linchado a su presidente, Francisco Rojano Gutiérrez.

Doña Lila tenía una montaña de telefonemas y recados. Una buena parte de Anabela, largas distancias de Veracruz y Tuxpan, y dos de Chicontepec al día siguiente de los hechos.

—Está como loca la mujer, lo ha llamado a usted todos los días dos y hasta tres veces por día —dijo doña Lila—. Como alma que lleva pena.

Me reporté al teléfono de la hermana de Anabela en el puerto, pero Anabela no estaba. Su hermana aportó los primeros datos. Habían cercado el palacio municipal por la noche del día 8 de junio, para velar a dos niños muertos de disentería. Acusaban al ayuntamiento de haberlos envenenado con el agua potable que acababan de entubar el mes anterior. El asalto fue hacia la medianoche, luego de que alguien disparó contra los dolientes. Se echaron sobre el palacio y hubo más disparos, cayeron dos heridos de la multitud, uno de los cuales murió más tarde. Entonces arrasaron el palacio. Sacaron a Rojano y lo arrastraron por la plaza. Un principal del pueblo entró con sus hijos a la casona de los Guillaumín y mantuvo presa a Anabela durante toda la noche, impidiéndole salir, con lo que le salvó la vida.

Colgué y busqué a mi contacto en Gobernación. Temblaba, mordido por la convicción irracional de que mi ausencia de México estaba causalmente ligada a la muerte de Rojano y repasaba obsesivamente: 8 de junio, *brunch* en El Plaza, *Deep Throat* en un cine porno, *Oh Calcuta* por la tarde en Broadway y luego hasta la medianoche en el bar Dino's de la sexta avenida, tomando martinis y oyendo a Brenda McGuire: *killing me softly,* mientras cercaban a Rojano en el palacio municipal de un pueblo inexistente del oriente veracruzano.

No contestaron en Gobernación, busqué en la redacción del periódico. Una nota escueta era todo el material, aparecida dos días después del hecho, firmada por el corresponsal en Veracruz:

El presidente municipal de Chicontepec, Francisco Rojano Gutiérrez, fue muerto ayer durante un motín popular que costó la vida también a por lo menos otras dos personas y un saldo hasta ahora de cinco heridos, dos de ellos de gravedad. Los hechos se desencadenaron la noche del 8 de junio en el marco de una protesta de los habitantes del pueblo por la muerte de dos infantes, atribuida al mal estado del agua potable que fue instalada hace un mes en parte de la cabecera municipal.

Según testigos presenciales entrevistados telefónicamente, el alcalde fue sacado junto con uno de sus ayudantes del palacio municipal y linchado. El palacio municipal fue quemado. La turba se desencadenó, al parecer, por disparos salidos del palacio municipal donde el alcalde y sus colaboradores estaban atrincherados.

Encontré al corresponsal en la redacción de *El Dictamen* de Veracruz. Telefónicamente, agregó numerosos detalles. Para empezar, el nombre de su informante, que se había reportado con él directamente de Chicontepec: Genaro Roibal. De Roibal había venido la información que dio lugar a la única nota. En investigaciones posteriores, el corresponsal había llegado a una reconstrucción más amplia de los hechos, resultaba más o menos así:

El día 8 de junio de 1978, las campanas del pueblo de Chicontepec tocaron a muerto. Todo el pueblo supo que se trataba de la del principal del barrio de San Antonio, Miguel Yacomán, enfermo gravemente y en proceso de empeoramiento desde la semana anterior por causa del agua. Era la tercera muerte del pueblo atribuida al agua, es decir, al sistema de agua potable inaugurado por las autoridades municipales a principios de ese mismo año para dar servicio a dos terceras partes del pueblo (se dependía hasta entonces de pozos, acequias y escurrideros). Las dos muertes anteriores, también ocasionadas por fuertes afecciones estomacales, habían sido en el barrio de San Felipe, otro de los beneficiados por el sistema. El pueblo había empezado a atribuir esas muertes por vómitos y diarreas con hemorragias, absolutamente normales en el área, al agua entubada. El cortejo fúnebre de Yacomán recorrió el pueblo de lado a lado, como era uso tradicional, pero gritando al pasar por el palacio de gobierno, en totonaca: "Aquí está tu agua, señor autoridad", señalando el ataúd de Yacomán.

El azar trajo ese día un nuevo muerto, desligado del asunto, pero que cayó en el ánimo sombrío de la comunidad como una confirmación de mal agüero. Al tratar de montar un buey de yunta, un niño indígena del mismo barrio de Yacomán fue aventado por la bestia contra una cerca y desnucado. El cortejo fúnebre de Yacomán añadió el pequeño féretro a su duelo. A las seis de la tarde, el cortejo se había vuelto manifestación, y la comunidad había puesto los dos ataúdes frente al palacio municipal para velarlos ahí, en clara protesta e inculpación.

Empezaron los rezos como a las seis, en ausencia del cura, que se negó a oficiar a la intemperie. Se prendieron antorchas y corrió el mezcal. Salió el presidente municipal a hablar con los principales, y hablaron largamente frente a la multitud. Un grupo de los manifestantes, incluso, entró a palacio y estuvo ahí por más de una hora. Como a las once, se repartieron dos tambos de atole a cuenta del ayuntamiento. A medianoche, las mujeres iniciaron un largo lamento en totonaca. En medio de esa tanda se escucharon los primeros dos disparos, primero en una esquina de la plaza, y otros dos después, en el rumbo opuesto. Luego, como una tormenta de truenos y relámpagos, estallaron las ráfagas de metralleta por todos los flancos de la plaza. La multitud, sacudida, se apretó en torno a sus muertos. Un principal habló, aparecieron carabinas viejas, pistolas y guadañas. Nuevas andanadas de metralleta sacudieron la plaza por sus cuatro costados. La multitud se acercó entonces a palacio, gritando y amenazando. Hubo un disparo y luego otro. Cayeron dos de los dolientes, el resto avanzó sobre la puerta del palacio, la quemó y echó teas ardientes por las ventanas; poco después, la gente entró como un torrente al patio interior. Ahí hubo nuevos tiros y heridos, pero fueron sustraídos por la multitud el presidente municipal y sus colaboradores, seis o siete personas en total. Cuando se echaron sobre Rojano, uno de sus ayudantes quiso interponerse y amenazó con la pistola al que se acercara. Se acercaron y disparó una vez, antes de que lo mataran a golpes y machetazos. Era el muchacho Echeguren. Sacaron a los cautivos a la plaza amarrados de las manos, golpeados y sangrantes los más. Hubo una nueva ráfaga de metralleta. La multitud enardecida se echó sobre Rojano, cuyo cuerpo amaneció tirado en el empedrado frente a palacio, semidesnudo, las manos atadas a la espalda, rodeado de piedras, irreconocible en su rigidez horrenda y tumefacta.

—¿Quién disparaba las ráfagas de metralleta?

—Gente de Rojano —dijo el corresponsal.

—¿Cuál gente?

—La que comandaba Roibal.

—Pero esa no era gente de Rojano.

—Gente del pueblo tampoco era. Estaban ahí para cuidar los intereses del presidente municipal y de Lacho Pizarro.

—¿Por qué no intervinieron, entonces?

—Intervinieron, pero si usted me lo permite, intervinieron a lo pendejo —dijo el corresponsal—. ¿A quién se le ocurre hostigar a una multitud caliente?

—Se le ocurre a los que no estaban encerrados en palacio —dije.

—O sea, que está usted de acuerdo conmigo en que fue una pendejada.

—Estoy de acuerdo con usted de que fue una ocurrencia.

—¿Va a escribir sobre el asunto? Puedo recabarle más información. Por aquí anda la viuda en el puerto. Y está investigando el caso el gobierno del estado.

—Con la viuda no —dije—. Ayúdeme con la investigación oficial.

—Como usted quiera.

—Así lo quiero.

—A sus órdenes. ¿Dónde le reporto?

Le di mis teléfonos y marqué de nuevo al puerto, buscando a Anabela. Esta vez la encontré, o casi. Había regresado a la casa, pero igual estaba en otro lugar, un sitio donde su voz era fría y sus reflejos lentos, apagados, como enterrados por un alud de obstáculos y limitaciones.

—Quiero ir a México con mis hijos —dijo al final—. Mañana pienso tomar el avión. ¿Puedes ir a recogerme?

Naturalmente dije que sí. Colgué y probé de nuevo en Gobernación. Me contestó ahora el ayudante de mi contacto para preguntar exactamente dónde estaba, cuánto tiempo iba a permanecer ahí y si podía no moverme en una hora. Casi para cumplirse la hora, doña Lila le abrió la puerta del departamento al ayudante y tras el ayudante entró mi contacto.

—Están por mandarme de Chicontepec otro juego de fotos falsificadas —le dije, antes de que se sentara.

—Un hecho terrible —dijo sin inmutarse, desabrochándose el saco para mejor recostarse en el sillón—. Hay un dato que nos inquieta enormemente en todo esto.

—Les advertí de esto hace más de un año, licenciado. Les advertí desde el principio.

—Con información alterada, paisano.

—Era la verdad.

—No lo era —dijo mi contacto, sacando su pitillera dorada, donde guardaba unos aromados y relucientes cigarrillos Dunhill—. Llegó a ser verdad, pero no lo era —dijo.

—¿Cuántos muertos necesitan ustedes para que las cosas lleguen a ser verdad?

—Ninguno, paisano. Digo que el caso suyo llegó a ser verdad, pensando en este dato que nos inquieta profundamente.

Como siempre, echó mano de un sobre que tenía en la bolsa del saco y lo puso en mis manos. Era un juego de fotos del cuerpo de Rojano tirado en las calles empedradas de Chicontepec, frente al palacio municipal. Tenía la nariz rota, la frente como descuadrada, los dientes pelones ensangrentados, un ojo abierto, el otro hinchado como una pera con un tajo en el párpado, peladuras en la cabeza, la clavícula chueca y el brazo de ese lado como seccionado en tres partes.

—Podía haberse evitado si ustedes hubieran actuado a tiempo —dije, perdido en esa ruina sobre las calles empedradas.

Luego de un breve silencio, dijo mi contacto:

—¿Nota usted el detalle? Me refiero a que el cadáver del señor presidente municipal tiene un tiro de gracia en la sien izquierda.

Miré y efectivamente. Parte de la impresión de rostro machacado que había en las fotos se debía a un impacto en la sien que había deformado la frente y el parietal izquierdo.

—Debe ser una foto arreglada por su esposa para embaucarlos a ustedes y culpar a Pizarro —dije con un nudo en la garganta, perdido en esa ruina.

—Es disparo de una .357 Magnum. Un arma de colección que nadie tiene en México. Difícilmente podría tenerla alguien en Chicontepec.

—¿Entonces ya tiene un informe de los hechos?

—Tenemos un informe de los hechos.

—¿Y cuál es la conclusión de su informe?

—Nuestra conclusión podría ser la que le digo: aquí se hizo verdad lo que en las fotos de usted era mentira. Al presidente municipal de Chicontepec lo remataron, y lo remataron sin necesidad alguna. Su tiro de gracia es como una especie de firma. Fue dado por gente totalmente ajena a la multitud que lo linchó, gente que puede tener rarezas como una .357 Magnum.

—Quiero copia del informe —dije.

—De acuerdo, sólo tengo que consultarlo.

—Consúltelo, pero yo empiezo mi guerra de papel esta tarde, y no me importa dónde tope.

Prendió el cigarrillo que había sacado y mantenía entre sus dedos manicurados. Su encendedor dorado daba una llama apacible y pareja. Aspiró y exhaló, reclinándose nuevamente para guardar el encendedor. Se echó para adelante otra vez y dijo:

—Usted y yo somos amigos, yo así lo considero. Le tengo a usted respeto profesional y respeto político. Y una admiración personal por sus modos políticos y profesionales.

Y por su aspecto humano. Así que no malentienda lo que voy a decirle, tómelo como la opinión de un amigo que quiere seguirlo siendo y serlo más en lo futuro. Quiero decirle esto. Sus guerras de papel en el periódico tienden a volverse guerras de balas en la realidad. No digo que sea la única causa, pero su columna sobre Pizarro también ayudó a linchar al presidente municipal de Chicontepec, que era su amigo. En la política y en la guerra el dicho es exacto: de buenas intenciones está empedrado el suelo del infierno.

—Así es —le dije—. Pero en este país el infierno está hecho con las omisiones del gobierno. Los demás sólo empedramos el camino, como usted dice.

La fui a buscar al aeropuerto, fuimos doña Lila y yo. Apareció en las escaleras de la sala de equipaje con unos lentes dorados, refulgentes los labios color buganvilia, enfundada en un traje sastre naranja, mejorado en el cuello por una mascada que volaba al caminar. Los niños trotaban tras la mascada, espoleados por el paso imperativo de Anabela sobre sus mínimos zapatos color carne.

—Se le echa de ver el duelo por todas partes —dijo doña Lila sobre mi hombro, mientras esperábamos a que recogieran su equipaje: un gigantesco baúl porfiriano, tres juegos de maletas y cuatro cajas de cartón, flejadas.

Francisco Rojano Guillaumín, el Tonchis, tenía ocho años y un inquietante parecido con su padre, las mismas pestañas largas y lacias que terminaban haciendo el efecto de una mirada siempre ligeramente ebria y medio bizca; el mismo pelo abundante, negrísimo, sin una gota de grasa; el mismo ligero prognatismo y las orejas que empezaban sin lóbulo inferior como una continuación natural del fin de la mandíbula; y el torso ligeramente más largo que las piernas y el brillo en los ojos, la ebullición magnética, ocurrente e insaciable. Mientras esperaba las maletas, hablaba con su hermana

Mercedes haciéndola reír y detenía a Anabela del brazo como si la escoltara, en una mezcla de solidaridad y parodia, cuyo humor recordaba una vez más a Rojano: Mercedes, la hermana, era una mujer de siete años, una niña donde corrían ya definidos los rasgos de la belleza que sería. Vestía un trajecito sastre color azul siena. No había redondeces infantiles en su rostro ni en su cuerpo, que anticipaba ya la hermosa adolescente en que su madre habría de repetirse. Doña Lila saludó a Anabela, besó a Francisco y se acercó a Mercedes, hablándole juguetonamente sobre el modo como debían portarse las señoritas y el modo como la gente que iba y venía por los anchos pasillos del aeropuerto no hacía otra cosa que vigilar el comportamiento de las señoritas que llegaban de Veracruz, en particular las vestidas con trajes azul siena.

—No quisiera un hotel —dijo Anabela cuando echamos a caminar, con los maleteros detrás, rumbo al estacionamiento.

—Podemos ver un departamento amueblado —le dije.

—Podemos acondicionar los cuartos sin usar que tienes en Artes —me dijo.

Había, en efecto, en Artes, dos cuartos vacíos, con archiveros, libros y desechos. Doña Lila los conservaba limpios, de hecho había instalado en uno de ellos un costurero, con su máquina Singer, un maniquí, una mesa de corte y un burro de planchar.

—Necesito llegar a un sitio seguro —dijo Anabela—. A un sitio conocido. No podría estar en un hotel sola con los niños. Sería intolerable nada más pensar. ¿Entiendes?

—Entiendo.

—¿Y quieres?

—Entiendo y quiero. Yo también estoy de luto.

—Yo no estoy de luto, Negro —dijo Anabela. Aceleró el paso para alcanzar a Mercedes, que iba del brazo de doña Lila, y meterle en el chongo un rizo que se había zafado. Con el movimiento de Anabela, el Tonchis quedó suelto a mi lado; llenó de inmediato ese vacío pegándose a mí y tomándome del brazo.

—Mi mamá se la pasó llorando cuatro días —dijo sin que le preguntara—. Tenía los ojos así, mira. No salió de su cuarto. Estaba todo el tiempo a oscuras, no quería ver ni la televisión.

Eran las once de la mañana. Dejamos los baúles y las cajas en Artes y fuimos a comprar cosas para llenar los cuartos vacíos.

Quiso Anabela muebles de ratán, muy caros. Compró dos camas pequeñas para los niños, una cómoda, dos sillas y una cama para ella. Pagó con un cheque voluminoso, que sin embargo dejó todavía un saldo fuerte en su chequera.

Volví del periódico por la noche, como a las diez. La casa olía a chocolate y pan tostado, los papeles de mi escritorio habían sido ordenados hasta lograr que apareciera la mesa bajo ellos. Los muebles habían sido puestos de modo que la sala parecía más amplia, cuadros y fotos arrumbados en los cuartos vacíos habían sido colgados en las paredes, lámparas y sillones habían sido redistribuidos y a la mesa de comer le habían salido manteles individuales.

Los niños se habían dormido, doña Lila y Anabela cortaban los flejes de la última caja de cartón del equipaje.

—No he hecho más que obedecer instrucciones —dijo doña Lila para explicar la renovación.

Sacaron de la última caja dos pajecillos con laúdes y el resto de nuestra nueva población de porcelana.

Doña Lila trajo hielos y sirvió dos vodkas con agua quina:

—Si no se les ofrece otra cosa, me subo mi propia botella al palomar y nos vemos mañana —dijo encaminándose a la puerta.

Anabela dejó sus porcelanas, la abrazó y le dio las gracias. Se fueron caminando enlazadas por el pasillo hasta la puerta, diciéndose cosas que terminaron en otro abrazo, ahora prolongado.

Fue Anabela a la recámara y regresó en sandalias, envuelta en una bata de edredón azul, con grandes hombreras y cuello alto. Dio un largo trago a su vodka, trepó las piernas en el sofá y se enconchó sobre ellas mirándome con sus redondos ojos extenuados.

—Gracias —dijo.

Empezaron a humedecerse las enormes cuencas de sus ojos, pero no gotearon.

—Mercedes es una belleza —dije.

—Sí.

—Y tu hijo está muy pendiente de ti.

Dijo también que sí, y goteó.

—No vieron nada —dijo—, no supieron nada. Sólo que su papá murió, pero ningún detalle.

—Mejor así.

—No es mejor de ningún modo, Negro. Es un espanto.

—Así es. Ayer pasé el día investigando eso. No va a terminar aquí. No por lo menos en lo que a mí respecta.

Se limpió los ojos y sonrió antes de beberse el resto del vodka:

—Dame otro.

Le di otro y eché más vodka y más hielo en el mío, que iba a la mitad.

—¿Dónde te metiste? —dijo—. Supe que te reportaste aquí de Nueva York, pero nada más.

—Mi cuota de dispendio petrolero —dije.

—¿Cuántas neoyorquinas?

—Ninguna neoyorquina.

—¿Cuántos neoyorquinos, entonces?

—De esos sí como diecisiete.

—Ya sabía que algo andaba mal contigo —dijo sonriendo—. Después de todo qué desperdicio, ¿no? ¿Ya sabes la última revelación de los historiadores de la Revolución mexicana?

—No.

—Probaron que Pancho Villa era lesbiano. Por eso le gustaban tanto las mujeres.

Se rio tersamente, con una exhausta naturalidad. Bebió de nuevo vodka, ahora sólo un sorbo normal. Puso la cabeza otra vez ladeada sobre las rodillas y empezó a acariciarse la pantorrilla por encima de la tela, suave, mecánicamente.

—¿Qué es lo que investigaste? —preguntó sin mirarme, acariciándose.

—La muerte del principal Yacomán, la muerte del niño con el cebú, la concentración en la plaza.

—¿Qué más?

—Que ya habían negociado. Habían entrado a palacio, habían hablado, les habían repartido atole.

—Así es.

—Y entonces alguien disparó.

—Sí.

—Dispararon Roibal y su gente, ráfagas al aire, una tras otra, para enardecer a la multitud y calentarla de nuevo.

—Sí —dijo Anabela—. Pero no sólo dispararon al aire. Dispararon también contra la gente.

—¿Desde dónde? ¿Dónde estaban apostados?

—En todas partes, por las azoteas. Pero sólo dispararon contra la gente los que estaban en la azotea del palacio municipal.

Hablaba con una voz muy baja, ronca, como drogada.

—¿Por eso la gente se fue sobre palacio?

—Sí.

—Me dijeron que estabas secuestrada por uno de los principales y sus hijos.

—Así fue. En realidad, me estaban salvando la vida, pero eso lo entendí después. Durante todas esas horas de encierro y los minutos de violencia, tuve todo el tiempo la certeza de que se encargarían ellos de mí, como el pueblo se había encargado de Ro. Pensé también que me entregarían a la gente de Roibal. No me dio miedo, tenía rabia, pero no miedo. Impotencia y rabia.

Dio otro sorbo, volvió a acunarse contra sus muslos, sus largos muslos.

—Ellos me dijeron lo de Ro y lo de Arturo Echeguren, que trató de defenderlo. ¿Recuerdas a Echeguren? Se le había volteado a Roibal y a Pizarro, ya era nuestro. Lo colgaron desnudo de un árbol.

Volvió en una ráfaga anaranjada la imagen de los flamboyanes en la plaza el día de la toma de posesión de Rojano.

—Oímos desde la casa la turba —siguió pausadamente Anabela—. Pasaban antorchas iluminando las ventanas, pero no me dejaban asomarme. Me tenían amarrada a un sofá y sólo Sebastián, el principal, y sus hijos miraban por la ventana. Dos de ellos cuidaban la puerta. Escuchábamos las ráfagas y los aullidos de la gente. Todo era en totonaca, lo mismo hubiera dado que fuera en sueco. No se entendía nada, aparte de los gritos y las quejas.

Empezó a gotear de nuevo, sin esfuerzo ni nudos en la garganta, simple e involuntariamente, de los ojos a las mejillas, cintas delgadas y brillantes:

—El ejército entró por la madrugada. No había ya nada qué hacer, el pueblo estaba desierto, se oían más que nunca los monos en el monte, las chicharras, el sonido de las ascuas ardientes todavía del incendio en palacio. Se acuartelaron y empezaron el reconocimiento. Vinieron a mi casa, un capitán Lema en traje de campaña antiguerrillera. Ya sabes, verdes con pintas para el camuflaje, para confundirse con la selva. En realidad, lo fueron a traer los hijos de Sebastián. Me entregaron y se fueron. Debo haber estado muy mal porque ¿sabes lo primero que hizo el capitán?

—No.

—Me preguntó si quería que trajera al señor cura. Ya le habían explicado quién era yo. Le pregunté si había encontrado a Ro. Me dijo que sí. Le dije que quería verlo. No es una buena escena, me dijo. No le estoy pidiendo consejo, le dije, le estoy pidiendo que me deje ver el cuerpo de mi marido. Entonces me llevó y lo vi.

—Tengo fotos de eso —dije. O quise decirlo, porque no tuve fuerza en la voz.

—Estaba tan mal —dijo Anabela perdiendo también la voz.

—Vi fotos —repetí, en forma audible esta vez.

—Estaba tirado frente al palacio, amarrado —siguió Anabela—. Lo estaban fotografiando cuando llegué. Dos soldados lo metieron a la casa, lo pusieron sobre la mesa grande, ¿te acuerdas? Mi bisabuelo trajo esa mesa de Nueva Orleans el año que triunfó Porfirio Díaz en la revuelta de Tuxtepec. Ahí lo pusieron. Puse agua a hervir. Yo sola, porque las mujeres que servían en la casa se habían ido desde la tarde en seguimiento del pueblo. Vino efectivamente el cura, pero no lo dejé trabajar. Trabajé yo limpiando el cuerpo de Ro, lavando la sangre, deshaciendo los coágulos que tenía en el pelo, la tierra y las heridas. Así fue como lo acompañé, limpiándolo. Tenía la barba crecida de un día, muy cerrada como era su barba. Te digo una cosa que te va a parecer idiota, pero es la verdad. Cuando terminé de limpiarlo y de enfundarlo en su huipil blanco, habían pasado a lo mejor dos horas. Bueno, pues al cabo de esas dos horas te juro que su barba había crecido. Había crecido, Negro. Y eso es lo que no pude aguantar. La impresión de que estaba vivo, de que abajo de su flacura cadavérica, seguía viviendo. Me desmayé.

Cerró los ojos, enconchada siempre sobre sus piernas, y se quedó inmóvil, respirando apenas, varios largos minutos:

—Ven —dijo, al fin, invitándome a sentarme junto a ella en el sofá donde estaba.

—Ha sido un día muy largo, tengo todo que agradecerte por este día.

Se recostó ahora sobre mi pecho, haciendo que le pasara el brazo sobre los hombros. Tenía las manos frías, como siempre, pero había ahora en todo su cuerpo un temblor permanente, como el de los conejos cuando se les acuna entre las manos. Unidos en ese temblor, en silencio, nos quedamos una hora.

Capítulo 8
EL EMISARIO

Al día siguiente de la llegada de Anabela a la ciudad de México, el 17 de junio de 1978, escribí la historia de Chicontepec y el linchamiento de Rojano, con toda la información que había podido recoger, incluyendo mis entrevistas confidenciales con el paisano de Gobernación. Fueron cinco columnas largas, casi treinta cuartillas, en total, que se publicaron en días sucesivos del lunes 20 al viernes 25 de junio, en el único acto de irrestricta libertad de expresión que hubiera ejercido hasta entonces: ni autocensura ni consideración a intereses e informantes; todas las cartas quedaron volteadas sobre la mesa.

Inevitablemente, fue un escándalo, un disparador de llamadas, alarmas y explicaciones. Hubo manotazos en el palacio de gobierno de Veracruz, debates en la legislatura local, demandas de investigación política por la oposición, exhumación de los antecedentes violentos de la historia sindical petrolera, desmentidos y amenazas. Fue una tormenta de papel y palabras que revolvió el ambiente tres semanas, al cabo de las cuales Rojano seguía muerto, la investigación de su muerte seguía en curso y el congreso local había designado presidente interino de Chicontepec a un incondicional de Pizarro. Yo era más que nunca un líder nacional de opinión y Anabela seguía durmiendo sola en su cama de ratán en uno de los cuartos del departamento de Artes.

El 29 de julio de 1978 volvió a buscarme mi contacto de Bucareli. Cenamos en un merendero de tamales y pozole en las calles de Álvaro Obregón. Quería que me entrevistara con Pizarro. El propio Pizarro lo quería así, dijo, y él fungía desde esa noche como intermediario oficioso. La repercusión pública del caso Chicontepec había agarrado rumbo de asunto de Estado, dijo, y sin detrimento alguno de la investigación en curso, era en interés del gobierno que las partes en conflicto negociaran.

—No tengo nada que negociar con Pizarro —dije.

—Siempre hay cosas que negociar, paisano —respondió característicamente mi contacto—. Y en este caso, más que en ningún otro. He investigado a Pizarro y le puedo decir que no tiene lugar donde detenerse. No repara en métodos ni en personas. Igual se tira contra usted que contra la viuda. O contra los hijos de la viuda.

—¿Parte de su intermediación es amenazarme? —dije.

—Parte de mi amistad es decirle la verdad y protegerlo hasta donde pueda —dijo mi contacto—. Entiendo que usted dio hospedaje a la señora de Rojano y a sus hijos en México.

—Así es.

—No se incomode. A esos muchachos los ha tocado la tragedia, pero sus padres tienen propiedades enormes en Chicontepec. Allá no les rinden nada, es como si tuvieran enterrada su fortuna. Con todo respeto, le digo que esa es otra cosa que podría negociar con Pizarro.

Me puse de pie y salí del merendero sin despedirme. Había quedado de ver al director del diario en el grill del Hotel del Prado, donde conversamos después de cenar, hasta pasadas las doce. Como a la una llegué al departamento. Estaba en penumbras, todos dormidos. Tomé los papeles de un anteproyecto de ley nuclear y me dispuse a revisarlos en la cama con un último wiski en la mano. Leí y subrayé el documento, y empecé el estudio de antecedentes e implicaciones que venía adjunto. En algún momento alcé la vista y vi a Anabela parada en la puerta, dispuesta a visitar mi cuarto por primera vez desde la muerte de Rojano.

Cerca del amanecer le conté el encuentro de esa noche con mi contacto. Se quedó callada un rato dejando pasar mi indignación.

—Tiene razón tu amigo —dijo después—. Hay que negociar con Pizarro.

—¿Qué quieres negociar? —dije, o grité.

—Mi vida y la de mis hijos —dijo Anabela.

—¿Tienes miedo de que los mate?

—Miedo no le tengo a nada, Negro. Y después de lo de Rojano, menos que nunca. Pero necesito tiempo.

—¿Tiempo para qué?

—Para vengarme, Negro. Para vengarme, nada más.

Informé que negociaríamos si la reunión era en la ciudad de México y Gobernación daba garantías. Accedieron, a condición de que a las pláticas no fuera Anabela, sino yo. Nos encontramos el 9 de agosto de 1978, por la mañana, en una especie de apartado del hotel Reforma. Mi contacto pasó por mí a las ocho treinta y poco después de las nueve Roibal nos conducía a la mesa donde ya esperaba Pizarro. Estaba solo, con un vaso de tehuacán enfrente y esa zona de nadie que dejaba siempre abierta sobre la mesa, entre él y el resto de las viandas y los instrumentos.

—Voy a ser testigo de su negociación —dijo mi contacto—. Y quisiera sólo recordar aquí, con ustedes, que negociar quiere decir ceder en algunas cosas y ganar en otras. Del resultado de esta plática será informado el presidente.

—Muchas gracias, licenciado, a usted y al presidente —dijo Pizarro empezando a darle vueltas al vaso de tehuacán—. Dígame en qué puedo servirlo, amigo periodista.

Expuse sin más las condiciones de Anabela: una indemnización por la muerte de Rojano, pago al valor comercial de todas las propiedades de la familia en el municipio de Chicontepec (unas tres mil hectáreas con ganado y cuatro casas habitación), una reivindicación pública de la figura de Rojano y el fin al hostigamiento sobre la familia, Anabela y los niños.

—Las cosas que está en mi mano dar están concedidas desde ahora —dijo Pizarro—. Que haga Gobernación con el gobierno del estado el avalúo comercial de las propiedades de la familia en el municipio, y el sindicato se compromete a comprar en los mejores precios. La indemnización que usted pide por la muerte del presidente municipal es cosa que yo no puedo decidir, porque no soy su compañía de seguros. No soy tampoco quién para decidir la reivindicación pública de nadie. Y sobre el hostigamiento a la familia, no la he hostigado ni tengo por qué hostigarla. Lo que puedo ofrecer es investigar, con ayuda aquí de Gobernación, quién es el responsable de ese hostigamiento e informarle a usted para que negocie con el responsable.

Volví a hablar dirigiéndome esta vez a mi contacto:

—Quiero un compromiso explícito del dirigente petrolero de que no atentará contra la vida de la familia Rojano Guillaumín.

—No hay necesidad de pedir eso —devolvió sin dar pausa Pizarro—. Lo damos por descontado.

Había tocado una fibra e insistí. Volvió a negarse Pizarro:

—Querría decir que los petroleros somos capaces de una acción de esa naturaleza. No podemos aceptar esa acusación.

—Si no hay un compromiso explícito en eso de parte del dirigente petrolero —contesté— pido se le comunique al presidente que hago responsable al dirigente petrolero de todo lo que ha pasado y pueda pasar en el futuro con la integridad física de la familia Rojano Guillaumín. Incluido el asesinato del presidente municipal de Chicontepec.

—Es usted injusto en lo que dice, amigo periodista —dijo Pizarro, con la voz desvanecida que inequívocamente adoptaba su cólera—. Y lo ha sido en lo que escribe. Yo tenía diferencias con su amigo, diferencias políticas e históricas, que un día le conversé a usted poniéndole el ejemplo de un río. Diferencias de fondo. Pero reconozca usted las cosas como son. Yo no maté a su amigo. A su amigo lo mató el pueblo de Chicontepec, la gente que vivía con él, de la que él era autoridad. Esos son los hechos, amigo. Lo demás es pura anécdota, cosa circunstancial. Usted quiere que yo me haga cargo de esa muerte causada por la cólera del pueblo. Está bien, me hago cargo. Asumo la responsabilidad de esa muerte, con todos y cada uno de los habitantes de Chicontepec que lincharon a su amigo. Y hasta asumo, en nombre del pueblo de Chicontepec y por cuenta del sindicato petrolero, el pago de una indemnización a la viuda por el terrible caso de haberse casado con un hombre al que su propio pueblo ajustició. Pero no puedo yo reconocer alguna responsabilidad como petrolero en el hostigamiento que dice usted se hace a la familia, ni en la catástrofe que su propio amigo provocó. No me interesan las mujeres de otros —aludió Pizarro a mi situación con Anabela—. Ni para bien, ni para mal.

Rápidamente intervino mi contacto:

—Se ha convenido ahora en dos de las demandas de la negociación. La compra en buena ley de las propiedades de la familia en el municipio y una indemnización por el fallecimiento del presidente municipal. ¿Es correcto?

Pizarro asintió.

—Pido entonces a la familia —siguió mi contacto— que retire como materia de esta negociación la exigencia de una reivindicación pública de la figura de Rojano Gutiérrez, ya que en todo caso eso sería decisión de los poderes del gobierno del estado, no del sindicato de petroleros.

Había en sus palabras la promesa de que el acto por Rojano sería gestionado por otra vía. Accedí.

—Y pido también a la familia —siguió mi contacto—
que formule lo referido al hostigamiento de que es víctima en
términos menos exigentes. Si usted está de acuerdo, Lacho,
el compromiso podrá ser que usted y su organización
velarán porque no se deriven más perjuicios para los familiares del presidente municipal de Chicontepec, trágicamen-
te fallecido.

—En particular por los niños —dijo Pizarro.

—No me parece que quepa la distinción —dijo mi contacto, percibiendo la reticencia de Pizarro sobre Anabela.

—Cabe —dijo Pizarro—. Porque en los niños está el
futuro de la patria y hay que velar por ellos con preferencia
sobre nosotros, que ya pertenecemos al pasado.

—No es el caso —dijo mi contacto.

—Es precisamente el caso, licenciado —dijo Pizarro.

—Si no queda incluida Anabela en el trato, no hay trato
—dije.

—Ya le dije, amigo periodista, que no estoy interesado en
las mujeres de otros. Ni para bien, ni para mal.

—¿Queda incluida entonces en nuestro pacto? —dijo mi
contacto.

—Para mí ha estado incluida siempre —dijo ambigua-
mente Pizarro, clavando los ojos en el vaso de tehuacán
que no había probado.

—Ahora, señor subsecretario —dijo a mi contacto—,
si usted es tan amable, le ruego de informar al señor presidente que se han zanjado nuestras diferencias, ya que me
he sometido a esta negociación con el único afán de servirlo.

—Así se hará, Lacho.

—Y usted, amigo periodista, sigue teniendo su humilde
casa en Poza Rica y puede volver a ella cuando guste.

Nos dimos la mano. Vino Roibal a escoltarlo, diligente
y seco, ignorándome como si nunca antes hubiéramos cruzado una mirada:

—Saludos al compadre Echeguren —dije cuando se enfilaban el vestíbulo del hotel, pero no hubo en ellos la menor reacción visible.

—¿Vamos a firmar una minuta? —pregunté a mi contacto.

—En cuanto estén las cantidades de avalúo y los contratos —me dijo.

—¿Cuándo?

—No más de tres meses. ¿Alguna inquietud?

—Dos inquietudes. Primero, que calculen en el precio de los terrenos un extra por el impacto de las inversiones que Pemex hará en el paleocanal de Chicontepec el año entrante.

—¿La segunda?

—Que se incluya a Anabela y a los niños, sin distingos, en la cláusula de que el sindicato velará porque no se deriven perjuicios a la familia.

—De acuerdo.

—Y si algo le pasa a esa familia, ustedes serán responsables otra vez.

—Cálmese, paisano. Aquí Pizarro se va jugando ya la buena voluntad del presidente. Si viola este acuerdo, pierde todo. No es suicida.

—La única voluntad que manda en Lázaro Pizarro es la de Lázaro Pizarro —dije.

Tres meses después, el 6 de noviembre de 1978, firmamos en Xalapa los contratos de compraventa de las propiedades de Rojano y Anabela en Chicontepec, por un poco más de treinta millones de pesos, casi un millón y medio de dólares según la cotización de entonces.

Los pagó íntegramente, en una sola exhibición, el apoderado legal de la sección 35 del sindicato petrolero, que también absorbió los costos de escrituración y el impuesto por traslado de dominio.

Para entonces, yo había alquilado ya una oficina en las calles de Hamburgo para escribir, archivar y despachar ahí los asuntos del periódico. Por la acumulación de muebles, macetas, colgajos y figuras de porcelana, el departamento de Artes se había convertido en una especie de réplica de la casa que Anabela y Rojano tenían en Veracruz. El Tonchis y Mercedes me llamaban tío, y Anabela dormía conmigo cada vez más noches de cada semana, aunque amaneciéramos cada quien en su cama. Doña Lila se hacía cargo de los niños, de Mercedes en particular, con sorpresiva diligencia materna. Anabela iba a la gimnasia en las mañanas luego de llevar a sus hijos a la escuela y organizaba la economía doméstica con el apoyo altanero y cordial de doña Lila. Por las tardes empezó a ir al IFAL a refrendar su francés y a partir de septiembre, inesperadamente, regresó a la Facultad de Ciencias Políticas para terminar el semestre y medio que había dejado de cursar en los sesenta.

Cenábamos frecuentemente en restaurantes, uno por uno a lo largo de Insurgentes y Reforma, y en el pequeño mundo de la Zona Rosa. Luego nos encerrábamos dos horas en un motel, casi siempre el de Palo Alto (primer encuentro), aunque a menudo también en las carísimas suites de los hoteles de moda, por la simple extravagancia de pagarlas.

Vivíamos juntos y no. Yo salía con frecuencia al interior para cubrir actos políticos y, luego de seis meses de inmovilidad, a fines de 1978, Anabela viajó por primera vez al puerto. Un mes después regresó a gestionar el traslado del cuerpo de Rojano a una cripta del Panteón Francés, que adquirió expresamente para ello. A mediados de enero de 1979 recogimos el ataúd en el aeropuerto y lo llevamos en una carroza fúnebre a su lugar, bajo unos altos eucaliptos. Sólo acudimos Anabela, los niños, doña Lila y yo, y le echamos encima una docena de flores rojas y dos coronas modestas.

"Aquí cerca está mejor", dijo Anabela cuando terminaron su tarea los paleadores. Las cuencas de sus ojos se llenaron de lágrimas.

Siguió la vida o pareció seguir su propio curso. Anabela empezó a organizar en Artes cenas y comidas para amigos y conocidos: políticos, columnistas, reporteros, jefes de prensa, funcionarios del periódico. Una o dos veces por semana, pasaba por Artes parte de la fauna. Sin faltar, Anabela soltaba ahí alguna alusión siniestra o un relato compendiado de sus experiencias con Pizarro. Parecía el fruto de un impulso natural por la cercanía de los hechos y su inevitable recurrencia en el ánimo. Entendí pronto, sin embargo, que no había debilidad sentimental o explicación psicológica en su persistente regreso al infierno de Pizarro, sino que Anabela ejercía así, disciplinadamente, la revancha que estaba al alcance de sus medios; por lo pronto, poner la información del mundo de Pizarro en la cabeza de quien pasara por su mesa, en particular de quienes podían reproducirla o actuar alguna vez en relación con ella.

De hecho, había ido acopiando un extenso archivo sobre el personaje, una minuciosa acumulación de notas de prensa, fotos e informes oficiales sobre Pizarro y su revolución obrera (manifiestos, volantes, etc.). El corresponsal del diario en Veracruz aportó un material muy rico de entrevistas y documentos del gobierno estatal, la historia sindical y familiar de Pizarro, los crímenes y despojos que se le adjudicaban o la fama pública le atribuía. Entre junio de 1978 en que Anabela llegó a México con sus hijos y el día en que se cerró en Xalapa el trato de compraventa de sus propiedades de Chicontepec, el archivo sobre Pizarro creció de dos a doce cajas clasificadas, y una pequeña bibliografía de libros y artículos sobre la región de Chicontepec: el petróleo, el sindicato, la cuestión agraria, la violencia, el mundo indígena, los caciques, la vida municipal.

En esos meses demolían la ciudad para abrir los ejes viales, y Artes fue una de las calles modernizadas por el bombardeo. La mañana del 18 de noviembre de 1978 la puerta del edificio amaneció bloqueada por una montaña de tierra y cascajo, que el trascabo había arrumbado. Lo narré en una columna, como parte de la terrible experiencia de remodelación urbana a que el mayor negociante de los regentes capitalinos, Carlos Hank González, sujetó imperativamente a la ciudad, pero no pude salir sino hasta bastante después de mediodía. Ocupé ese tiempo muerto revisando las cajas del archivo de Anabela, en particular una, con información muy detallada sobre las obras sociales del sindicato en la región de Poza Rica durante los últimos diez años, los años del cacicazgo de Pizarro. No faltaba nada: clínicas y guarderías, escuelas, tiendas de descuento, programas de becas, agencias de crédito sin intereses. Y los famosos huertos sindicales.

Aparte de La Mesopotamia, el sindicato había desarrollado en el ámbito de Pizarro por lo menos dos complejos agropecuarios más: Egipto, en la zona de los Tuxtlas, que beneficiaba tabaco y café, y Tenochtitlán, en el flanco de la carretera a Veracruz, adelante de Rinconada. Eran también granjas de giro múltiple, verdaderas puntas de lanza tecnológicas y productivas del productivo campo veracruzano. Arrancaba ahí un extraño e increíble circuito económico, ajeno al mercado, regido por sus propias reglas de costos, precios y abasto. En ese circuito autosuficiente, los precios no subían cuando en el país se disparaban; los créditos no costaban cuando empezaban a hacerse prohibitivos en los bancos. Las reglas de la economía exterior habían sido simplemente abolidas por una extraña autarquía comercial y productiva. Me pareció esa cosa autosubsistente la encarnación exacta de la voluntad de Pizarro, la voluntad de bastarse a sí mismo y construir sus propias reglas. Me pareció claro también entonces que, de alguna manera, esa voluntad no era la suya propia o no sólo la suya, sino también la del conglomerado sobre el que imperaba o de donde procedía.

Como si Pizarro fuera la expresión *ad hoc*, incluso en sus rarezas psicológicas, de una voluntad colectiva, del mismo modo que los complejos agropecuarios eran la traducción precisa, en su solidez interna y su autonomía alucinante, de la voluntad de Pizarro. No había en todo ese mundo fértil y abundante una sola cosa que recordara la zona oscura de Pizarro, los muertos de Chicontepec, la mutilación y la muerte que su venganza había sellado en Anabela y sus hijos, y entre Anabela y yo. Este era el espacio del orden y la armonía, una comunidad sustraída al abuso, la especulación y el desastre productivo que afligían al resto de los consumidores y productores del país. El archivo de esas granjas daba cuenta de una verdadera utopía realizada, que bastaba para explicar y justificar la adhesión de los beneficiarios, su apoyo ferviente y hasta su veneración al liderato de Pizarro.

Hasta esa mañana había pasado enfrente pero no había visto con claridad la franja armónica y terrenal del dominio de Pizarro, la forma en que sus pretensiones civilizatorias, su gesticulación de fundador y conductor de pueblos, parecían tener respaldo en esa realidad en marcha arrancada a la selva, la corrupción, la sangre, la precariedad. Era una modesta e implacable ciudad de Dios, construida en las tierras charcalosas del norte veracruzano, en sus montes húmedos y sus ciudades desastrosas, hijas de la improvisación, la segregación, la competencia desnuda, la zona roja y la pistola. ¿Qué hubiera podido ofrecer Rojano a cambio? ¿Qué hubiera podido construir con Anabela en Chicontepec, una vez eliminada la influencia siniestra de Pizarro? ¿Una nueva familia de terratenientes veracruzanos, desaforadamente ricos, con herederos sin límites, educados en Nueva York?

A las cinco de la tarde quitaron el cascajo de la entrada (Anabela no vino a comer), pero no salí, me quedé revisando cajas e informes del archivo de Pizarro toda esa tarde y esa noche, hasta la madrugada. Entonces vi a Lázaro Pizarro completo por primera vez. Lo vi en las barracas miserables del primer campo petrolero de Poza Rica, huérfano a los nueve años, crecido en la zona roja del campo que asolaban por igual el chancro y el paludismo, los jiotes, las niguas y las explosiones de los ductos abandonados. Lo vi vendiendo periódicos para sobrevivir, trepado en un cajón para alcanzar la barra del mostrador de la cantina donde ya despachaba siendo un niño, asfixiado e inflamado por una colección de alergias infantiles —al polvo, al chocolate, al contacto del mango con su piel, al marisco, al polen, al cuero—, que lo aislaban de la normalidad y que explicaban el círculo de temor al contacto en que vivía permanentemente. Lo vi ingresar como cuije al sindicato petrolero, perder dos dedos, una mujer, los dos hijos de ese matrimonio, y al mejor amigo en una de tantas asambleas petroleras terminadas a tiros. Y lo vi alzarse a él mismo en otra asamblea sangrienta, por primera vez como delegado departamental de la sección 35, luego de que un loco le dio de tiros en la cantina de enfrente al candidato de la planilla rival, el 27 de marzo de 1952. Otro fanático intentó matarlo a él durante las elecciones de cuatro años después y le metió un tiro en el centro del pecho que atravesó limpiamente hasta el otro lado sin lesionar nada importante. En 1961 le dispararon de nuevo, esta vez tres agresores que fueron acribillados en el sitio por su círculo incipiente de custodios. En 1962 se inauguró la primera escuela Lázaro Herón Pizarro, en lo que fuera la vieja zona roja de la ciudad, ahora remodelada por el sindicato como zona verde y unidad habitacional. En 1966, fue por primera vez elegido secretario general de la sección 35 y un año después se fundó el complejo agropecuario Egipto de los Tuxtlas, seguido en 1968 por Tenochtitlán, en Rinconada. Durante el sexenio del presidente Echeverría, Pizarro sufrió tres atentados, el último en mayo de 1973. Entre 1966 y 1976, bajo el mando de Pizarro la sección 35 aumentó en cien veces su presupuesto (de siete a setecientos millones), construyó dos unidades habitacionales, treinta y cinco tiendas sindicales con precios cuarenta por ciento inferiores al mercado, siete cines, diecisiete escuelas, ocho empacadoras y los dos complejos agropecuarios. Se le imputaron las muertes de cuatro rivales políticos, las cuatro en situaciones difíciles de aclarar (un accidente automovilístico, una riña de cantina, un avionazo, un ahogado en Veracruz). Pero no hubo en Poza Rica en esos años una sola campaña política sangrienta, una sola batalla campal en las calles, una sola asamblea decidida con pistoleros y metralletas. Pizarro fue reconocido hijo predilecto de Poza Rica, primero, y del estado de Veracruz después; su nombre fue impreso sobre las fachadas de otras dos escuelas en el estado y en la nomenclatura oficial de la ranchería de Pueblo Viejo, donde nació, en las proximidades de Chicontepec, y que a partir de 1975 llevó por decreto estatal el nombre completo de Pueblo Viejo de Pizarro. Ese año empezó el desarrollo de La Mesopotamia, el tercer complejo agropecuario. Un año después, en la elección de Rojano a la presidencia municipal de Chicontepec, había empezado el desarrollo del cuarto complejo, Babilonia, en cuya construcción nosotros habíamos empezado a ser una anécdota sangrienta.

En octubre de ese año de 1978, murió René Arteaga, de excesos y malas atenciones, en una sala del Seguro Social. Fuimos a enterrarlo en un panteón nuevo tras las alturas de Tecamachalco, con sus hijos azorados y su mujer desolada, sin otro recurso que las lágrimas. El periódico de Arteaga corrió con los gastos fúnebres y bautizó con su nombre, en letras negras sobre dorado, la sala de redacción. En enero del siguiente año, con el dinero obtenido de Chicontepec, Anabela compró una casa en la parte alta de Cuernavaca, en un sendero de buganvilias frente a la zona militar, cerca de la entrada de la autopista a México. Había sido bautizada como La Vereda, tenía tres recámaras y techo rojo de teja, una chimenea inútil y un pequeño huerto con árboles de hule y aguacate. En un segundo nivel del terreno, circundados por algarrobos y jacarandas, corrían seiscientos metros de jardín sin podar, con una alberca abandonada, vacía y sucia en el centro.

Arreglaron el jardín, pintaron y llenaron la alberca, habilitaron una covacha que había al lado como estudio y la sala central como una especie de terraza. Le entraba luz por todos lados y tenía un largo bar de madera labrada y una mesa rectangular de tablones barnizados. Mercedes y el Tonchis tenían su cuarto cada uno, Anabela y yo el otro, invadido en el ventanal por madreselvas y azaleas, y por la vista de un panorama azul en el que a veces, en días claros, llegaban a entrometerse los volcanes. La casa jaló a Anabela y Anabela a mí. Fue imponiéndose la costumbre de salir cada fin de semana a Cuernavaca, desde el mediodía del viernes con amigos de los niños y los domingos con los nuestros, para comidas y asados.

—Me voy a mudar aquí —dijo Anabela un día, enfundada todavía en los guantes de jardinería con que ella misma podaba y desyerbaba el platanillo de las jardineras.

Sería el mes de marzo de 1979, estaban en su apogeo las audiencias de la reforma política y se generalizaba la buena nueva de la grandeza petrolera mexicana. Empezó a buscar escuela para el Tonchis y Mercedes. Descubrió que en Cuernavaca estaba la más cara de México, la extensión veraniega de una escuela suiza, cuyo programa escolar incluía una temporada anual en Ginebra. Era trilingüe, enseñaban equitación, computación y teoría de conjuntos, la inscripción costaba cien mil pesos (24 pesos por dólar, entonces) más cuarenta mil de lo que llamaban *ménage* (uniformes, que eran en realidad un vestuario). Metió a los niños a esa escuela y adquirió una camioneta Chrysler automática con tablero de madera, volante desplazable y control central de ventanas y seguros. Podía ponerse sin sentir en los ciento cuarenta kilómetros por hora y un acelerador automático conectado al volante permitía establecerle una velocidad fija en carretera.

A principios de junio empezó a desalojar el departamento de Artes para trasladarse a La Vereda. Cada viernes llenaba la cajuela de la camioneta con pequeñas montañas de ropa (la inaudita cantidad de ropa que había acumulado en los últimos dos meses). Trasladó también sus joyas a las cajas de seguridad de un banco de Cuernavaca. Un sábado le corrieron la cortesía de abrirle la bóveda para que checara sus pertenencias (ya no trabajaban los bancos los sábados entonces) y entré con ella y con el gerente, que le entregó las llaves y se fue. Abrió Anabela la primera caja y empezó a cotejar las piezas contra una lista mecanografiada. La delectación del conteo, el ceño fruncido, el tacto de cada pieza como quien talla talismanes y esperé en el café de enfrente leyendo periódicos. Fuimos luego a tomar una copa en el Casino de la Selva, antes de la comida.

—Las minas del rey Salomón —le dije luego del primer martini.

Le había dado ahora por tomar martinis de ginebra importada.

—Nunca perderás con las joyas —dijo sin entrar a la broma.

—Sobre todo si se embarazan, como las tuyas. Tus joyas se reproducen más rápido que los mexicanos.

Se rio ahora.

—Me estuviste reporteando, ¿verdad, Negro? ¿Crees que soy rica, verdad?

—Y con gustos de rica.

—¿Te incluyes en el gusto?

—Yo vengo con la comitiva de prensa, que está por encima de las clases. Pura objetividad.

—¿Cuánto tienes tú en el banco, Negro?

—Eres lo más cerca que he estado de tener algo en el banco.

—En serio —insistió Anabela—. ¿Cuánto?

—Puede que unos veinte mil en la cuenta de cheques. Claro que no he cobrado mi comisión por lo del trato de Chicontepec.

Se rio de nuevo, a carcajadas. Fue la primera broma que cruzamos sobre lo de Chicontepec, desde la muerte de Rojano.

A fines de julio el departamento de Artes quedó al fin disponible para mí, desalojado y doblemente vacío.

—Debe operar como tu oficina en México —explicó Anabela.

—Vives de hecho en Cuernavaca, en La Vereda, pero aquí trabajas entre semana. Cuando se te haga tarde o tengas compromisos para cenar, te quedas a dormir aquí. Cuando no tengas pendiente, te vas a La Vereda. Allá tienes también tu despacho con teléfonos y quietud.

—Si estás de acuerdo —añadió Anabela—, doña Lila puede ir y venir a Cuernavaca, según tus necesidades.

—Y según las mías —dijo doña Lila, que acudía a las deliberaciones con Mercedes sentada en sus piernas—. No puedo dejar que crezca como planta silvestre esta pirujilla. ¿Verdad, pirujilla? Y es cosa ya también de empezar a cuidarle las verijas al Tonchis. Vaya a meter el instrumento donde no debe el escuincle pendejo.

Finalmente, doña Lila no se fue, al menos no se fue permanentemente, sólo los fines de semana, y el departamento de Artes casi regresó a lo que era. Traspasé la oficina de Hamburgo y reinstalé archivos y escritorio en lo que Anabela había vuelto comedor en Artes. Coloqué una foto de René Arteaga donde Anabela había puesto un fotomural de San Juan de Ulúa. El 19 de agosto de 1979 durmió en Artes una reportera de culturales que empezaba en *El Sol de México*. La segunda semana de septiembre de 1979, nos sorprendió debidamente separados por la mudanza, la rutina y el mutuo abandono. Anabela llamó de Cuernavaca un domingo por la noche:

—Te recuerdo que aquí tienes una casa —dijo—. Llevas tres semanas sin pararte.

—Mucho trabajo, señora.

—No me vengas con esas mamadas, Negro. En todo caso de las otras. Y no te llamo para recriminarte, no soy tu sufrida esposa, si te acuerdas.

—Me acuerdo.

—Precisamente de eso es de lo que quiero que te acuerdes. Hasta los coches necesitan servicio. ¿Cuántas viejas has llevado a Artes?

—Sólo noticias.

—Puras reporteritas, ¿verdad, cabrón?

—Puras noticias —dije.

—Ay, Negro, que estuvieras aquí.

—Control, señora. El teléfono está intervenido.

—Intervenido tienes el pito, Negro. Te manda saludos Tonchis. Está aprendiendo salto ecuestre. ¿Cuándo vas a venir?

—La semana entrante.

—La semana entrante no, Negro. Porque la semana entrante yo voy a México. Te advierto desde ahora que me apartes cinco días. Tengo planes turísticos y cosas que contarte.

Vino efectivamente la semana siguiente, entró el viernes como a las ocho de la noche al departamento en un traje negro de seda, apantalonado, abierto sobre la espalda bronceada hasta el inicio de las nalgas. Se había cortado el pelo otra vez al ras, y su cara parejamente asoleada, como su espalda, hacía brillar intensamente sus ojos, como si estuviera pasada. Traía también un juego de aretes y collar de oro que imitaban joyas prehispánicas, los labios pintados de rojo, y un lunar postizo en el pómulo izquierdo.

—Me debes esta noche y cinco días, como quedamos —dijo.

Siguió de frente al cuarto. Abrió la regadera del baño, escogió y puso sobre la cama traje y corbata, camisa, calcetines y zapatos.

Media hora después subíamos a su camioneta Chrysler y a las nueve de la noche entrábamos en el Champs Elysées. Nos instalamos en la terraza, sobre Reforma, en una noche fresca y despejada. Elegimos pescado y camarones y en la carta de vinos el Chablis seco de otro tiempo. Bebimos la primera botella rápido, también como en otro tiempo, y pedimos la segunda.

—Te voy a invitar esta cena —dijo Anabela—. ¿Sabes por qué?

—Porque eres la viuda rica.

—No es requisito ser viuda ni ser rica. Tú me invitaste a cenar una vez aquí y sigues siendo un paria soltero.

—Pero tú eres ahora la reina de Saba.

—Y tú vienes siendo un líder nacional de opinión que no entiende nada. ¿Sabes por qué te invito a cenar?

—Ya te dije.

—Y ya te dije que no. Te invito porque me has resuelto la vida. Quiero decir, la parte que alguien le puede resolver a otro. Lo demás, ya se sabe que es puro trago y Chicontepec, ¿de acuerdo?

Le había empezado a pegar el vino, locuaz y desbordadamente, como siempre le pegaba.

—De acuerdo.

—No tiene solución, ¿de acuerdo?

—De acuerdo.

—Y no hay conmemoración que valga. En todo caso, venganza, pero eso tampoco devuelve nada, ¿de acuerdo?

—De acuerdo.

Trajeron las truchas que habíamos elegido, almendradas, y Anabela pidió la tercera de Chablis.

—Tú me acostumbraste a estas marranillas europeas, Negro. Yo era la caperucita roja de Veracruz. Qué iba a saber de vinos europeos y restaurantes de primera. Quiero preguntarte una cosa.

—Pregúntame una cosa.

—Y quiero que me contestes como si fueras de verdad un líder nacional de opinión. No como si fueras el puñal cualquiera que eres. Ya me entiendes.

—¿Cuál pregunta?

—Una, Negro, acá entre tú y yo, mirándonos a los ojos.

Nos miramos a los ojos.

—Quiero saber si te gusto como estoy —dijo mirándome fijamente.

Estaba muy morena del sol, los ojos brillantes y limpios, el óvalo alargado de la cara como radiante por el efecto del vino que había enrojecido sus pómulos y dilatado sus ojos, el bilé borrado por la comida y los labios engrasados por ella.

—Has tenido mejores épocas —dije.

—No, no, no —dijo Anabela empezando a desbordarse con su misma broma—. Quiero decir si estás dispuesto a que te corten el pito porque yo te sonría un rato. Si empeñarías el pinche periódico donde te has hecho líder de opinión si yo te pidiera una lana. Quiero decir, ¿te traigo muerto o nada más andas cogiendo conmigo? Eso es lo que quiero saber.

—Daría la columna —dije.

—Eso mero —dijo Anabela—. ¿Qué más?

—No hay más.

—No, no, no, si apenas vas empezando —dijo Anabela—. Aquí tienes que empezar a soltar: tu periódico por el lóbulo de mi oreja, tu departamento por mis calzones viejos, tu acta de nacimiento por mi puente móvil. Esas cosas románticas, Negro. Porque yo daría cualquier cosa. ¿Me lo crees? No me lo crees, pero lo daría. Eso es lo que vine a decirte esta noche. Y ya te lo dije.

Tomamos lo que quedaba de vino; relajada y suelta, Anabela se adentró en los postres y los licores con una gula que rompía, dijo, cuatro meses de dietas y ejercicio, los que precedían esta versión rejuvenecida y bronceada, esbelta y robusta como una muchacha en la playa.

Fuimos a oír a Manzanero al Villa Florencia y alquilamos una suite en el Fiesta Palace a las tres de la mañana. A las siete sorbimos el último trago de la botella de coñac que habíamos metido y sentí a Anabela irse por el sueño con la cabeza sobre mis piernas.

A la doce me despertó, recién bañada, gritando:

—Nos vamos, Negro.

Tenía dos boletos a Cancún para la tarde. En la sala de la suite, nos esperaba un desayuno con cerveza fría y huevos rancheros, lujosamente servido bajo una cubierta de plata.

No quiso pasar por ropa al departamento de Artes, sino que compramos en el hotel huipiles, playeras, guaraches, y un par de bolsas de viaje. Estuvimos en la sala de espera suficiente para dos tragos cada uno, y tomamos otros dos con la comida en el avión. Aterrizamos anocheciendo en Cancún. Nos registramos en el hotel Presidente y salimos a nadar por la noche a su tranquilísima playa, hasta que empezaron a helársenos las piernas. Cenamos con velas en el Casablanca del hotel Krystal, un antro recargado de alusiones a la película de Bogart y a la fastuosidad convencional de Hollywood. Anabela pidió una botella de champaña.

—Quiéreme, Negro. No me olvides —dijo al brindar—. Porque conmigo se rompió el molde.

Brindé por el molde.

—Vas a conocer mi refugio, Negro. Y con el refugio, vas a acabar de conocerme a mí.

Al día siguiente, muy temprano, salimos rumbo al refugio en una vagoneta automática que manejaba un hombre de bigotillo llamado Julio Pot, que actuaba con Anabela con una curiosa y diligente familiaridad de chofer y secretario.

—¿Avisó usted que íbamos? —preguntó Anabela cuando nos instalamos en la vagoneta.

—Yo mismo fui ayer a checar que todo estuviera en orden —dijo Julio Pot—. Sólo hacía falta gas para la planta y la dotación de insecticida que se gastó y no la repusieron. ¿Cuánto tiempo tenía de no venir?

—Año y cinco meses, Julio.

—Enero del año pasado se quitó usted la última vez.

—Enero del año pasado —admitió Anabela.

Salimos hacia Tulum por la carretera que va también a Carrillo Puerto, la antigua Chan Santa Cruz, centro de la rebelión maya durante la Guerra de Castas del siglo pasado. Durante una hora recorrimos una pareja extensión de selva que deja escapar continuamente sobre la carretera zorras, iguanas y armadillos. En el crucero de Tulum Pueblo, adelante de Akumal y Playa del Carmen, Julio Pot tomó una brecha que corría por el centro de una larga lengüeta de tierra separada de la península por una laguna llamada Boca Paila y del mar abierto por el arrecife que detenía las violencias de El Caribe. A ambos lados de la playa corrían extensos cocales, palmeras altas y delgadas inclinadas por el viento fuerte que llegaba del mar, interrumpidas sólo en el paisaje por las zonas de manglares que rodeaban la laguna y una abundante flora de almendros silvestres. Era una lengüeta de ranchos copreros y pueblos ribereños de pescadores lentamente invadidos por *fishing resorts,* búngalos sin luz eléctrica y otras rusticidades del turismo naturista.

En una de esas entradas metió Julio Pot la vagoneta y bajamos a un terreno desmalezado en el que las palmeras, perfectamente alineadas, iban construyendo suntuosos andadores hacia un conjunto de palapas disparejamente construidas. Una mujer esperaba en el centro de una de las veredas, blanca y delgada, secándose las manos con un delantal. Su amplia sonrisa exhibía el perfil de oro de los dos incisivos.

Anabela la besó.

—¿Vas a venir a la Punta? —le dijo la mujer.

—Sí, Güera —dijo Anabela.

—Mándame decir con Julio para hacerte de comer.

—Queremos ir a Punta Pájaros —dijo Anabela—. Y a Cayo Culebras. ¿Cómo está tu hermano?

—Ya sabes, crudo o briago. No tiene punto medio. Pero si se dice a pescar, no hay quien le gane al vividor. Mañana le digo que les traiga caracol y langosta, que vaya a sacar, y sirve que nos toca algo.

Julio Pot se metió atrás de la palapa mayor y echó a andar una planta eléctrica. Bajó el equipaje y varias cajas de víveres de la vagoneta.

Atrás de la palapa mayor corría la larga playa, escoltada por caracoles y extendida sin interrupción como dos kilómetros de arena blanca, hasta perderse hacia el sur en una curva y una punta de piedra donde restallaban las olas. Unos trescientos metros mar adentro, donde el agua era ya color morado, turquesa y esmeralda cerca de la playa, se rizaba también la línea tumultuosa de los arrecifes.

Las palapas eran tres, tenían muros de piedra y mampostería, y techos de palma sostenidos adentro con troncos ensamblados en forma de cucurucho invertido. Las dos palapas pequeñas eran cuartos con baño; la tercera, más grande, un comedor con bar, un librero descascarado, sillones de mimbre y un pez vela disecado en la pared. Junto al bar estaban la cocina, el cuarto de máquinas para la luz eléctrica y un tendejón donde se descascaraba la pintura de una lancha de acrílico llamada Mercedes. Un letrero ensalitrado escrito con pintura verde nombraba el lugar en un punto de la playa: Paraíso.

Julio Pot puso una fuente de abulón con chile habanero y un par de tom collins en nuestra mesa, donde se mecían las sombras de las palmeras movidas por el viento.

—Es mi refugio, Negro —explicó Anabela—. Compramos aquí hace cinco años.

—¿Recursos de la CNOP veracruzana? —pregunté.

Rojano era entonces líder estatal de la CNOP.

—Recursos de la familia Guillaumín. Vendieron aquí diecisiete hectáreas de copra en tres millones de pesos. Yo compré cinco en cuatrocientos mil, las menos rentables, todo lo que ves de playa que a nadie le interesaba en el trato. Luego construimos las palapas. Primero, esta grande. Aquí dormíamos, encimados todos. Luego las otras dos.

No habían dado las doce del día, estaba un poco nublado pero el sol pegaba con fuerza. Caminamos un kilómetro hacia la punta de los arrecifes, había pelícanos y garzas, una gruesa cuerda de ancla aventada por el mar, la arena blanquísima y resplandeciente hasta donde se perdía la vista. Anabela recogió el muslo de plástico de una muñeca, lo limpió de yerbas y lo guardó en su huipil. La playa hizo una curva inesperada y se metió tierra adentro en un semicírculo.

—Este es el refugio de mi refugio —dijo Anabela señalando la pequeña dársena verde que ahí se formaba, como una alberca natural—. Ven.

Dejó el huipil en la arena y entró desnuda al agua.

Cuando volvimos a la palapa, Julio Pot había preparado ceviche de caracol y unas lisetas. También una botella fría de Chablis.

—Tú me acostumbraste —dijo Anabela brindando.

Hicimos el amor otra vez en la palapa antes de la siesta y nuevamente al despertar cuando empezaba a meterse el sol, con intensidad que ya no era la nuestra sino la del sitio, una necesidad, casi una desesperación adolescente.

Nos quedamos ahí tres días. El último fuimos a la Punta con la Güera para hacer la excursión a Cayo Culebras en medio de la Bahía de Ascensión. Era una aglomeración irregular de islotes que se iban comiendo el mangle, un enorme vivero natural de serpientes sobre el que volaba siempre una nube de pájaros con golletes rojos inflamables como globos, que llaman ahí rabihorcados. Los que volaban era una proporción ínfima de los miles que se movían nerviosamente en las capas y las ramas de los manglares, hasta cubrir en trechos el color verde de las ramas con su propia combinación de pechos blancos y lomos negros.

—Son pájaros suicidas —dijo Anabela—. Cuando no encuentran alimento, toman velocidad y se tiran sobre los árboles, se incrustan en una horqueta de ramas para quebrarse el cuello.

—Como políticos desempleados —dije yo.

La Güera se rio.

—Como las viudas abandonadas por los líderes nacionales de opinión —dijo Anabela.

La Güera guisó en su casa una cosa beliceña llamada *cerec* de pescado (caldo de pescado con leche de coco) y tomamos unos tragos con su hermano, que a esas horas llevaba ya media botella de Viejo Vergel. Al atardecer regresamos a las palapas en la vagoneta, iban corriendo las sombras hacia el mar, porque el sol se ponía atrás, sobre la laguna. Nos sentamos con una botella de wiski y una hielera a ver el mar. La brisa era fuerte, había un pequeño oleaje y un viento en las palmas. Anabela se había puesto un turbante azul y crema en el rostro donde brillaban, más grandes y vivos que nunca, sus ojos verdes.

Bebimos sin hablar.

—¿Aquí venías con Rojano?

—¿Es la mejor pregunta que se te ocurre en este sitio?

Caímos otra vez en el silencio plácida, frescamente.

—Con quién iba a venir sino con Rojano —dijo Anabela al cabo de esos minutos—. Con los niños y con Rojano. Veníamos a pescar. Esta es zona de pesca de alta mar y de laguna. Rojano prefería la laguna. Se volvió loco de la palometa. ¿Sabes qué es la palometa?

—No.

—Es un pescado plano con cara de piraña. Más difícil de pescar que un pez vela. Hay que sacarlo con cordel delgado, porque si lo ve grueso se espanta. Tienes que irlo siguiendo de cerca y tirándole el anzuelo adelante. Pero no puedes ir muy cerca, porque se va; tampoco puedes ir muy lejos, porque lo pierdes. Todo eso es nomás para que piquen. Cuando pican, se pierden nueve de cada diez, porque es un pescado muy fuerte que tardas en sacar hasta una hora. No puedes jalarlo rápido, porque se rompe el cordel. El anzuelo con que se pesca es muy pequeño, de modo que tampoco lo hiere mucho. Por eso también tarda tanto en agotarse. Ese es el pescado que le gustaba sacar a Rojano.

El tipo de pescado que le había costado la vida en Chicontepec.

—¿Y a ti? —pregunté.

—A mí, el pez vela en alta mar. El que está disecado en la palapa lo saqué yo en el 75, en enero, dos meses antes de que te aparecieras en el puerto con la gira de López Portillo.

Cerró los ojos como si fuera a dormirse, pero empezó a hablar sin abrirlos un poco después:

—Hay una cosa que quiero que sepas —dijo, con la misma voz reposada y tersa de toda la conversación—. Debes saberla, y te la voy a decir.

—¿Cuál cosa?

—Sólo quiero que lo sepas, nada más. Por si pasa algo. No pido nada, pero quiero que lo sepas.

Hizo una larga pausa, siempre con los ojos cerrados, y empezó a repararse el perfil de la nariz con un dedo.

—Voy a mandar a matarlo —dijo con una voz apagada, como si se le hubiera secado la garganta.

—¿Matar a quién? —dije torpemente, sin entrar en la simplicidad de su anuncio.

—Matar a Pizarro —contestó Anabela en el mismo tono de voz.

—¿De qué hablas? —le dije—. Estamos en Quintana Roo, en el sureste de México. Eso que está ahí enfrente es el mar Caribe. ¿Qué te pasa?

—Llevo un año buscando a la gente —dijo Anabela.

—¿En "El Aviso Oportuno" de *El Universal*?

—Voy en serio, Negro —dijo Anabela, abriendo ahora los ojos para voltear a mirarme.

—Voy en serio también —dije yo—. Quien te diga que puede matar a Lázaro Pizarro es un aventurero de quinta.

—Este es un profesional —dijo Anabela.

—¿Quién es un profesional? —dije. Me enderecé jalonado por la noticia de que ya hubiera un candidato.

—El nombre no importa —dijo Anabela—. Vino a verme a la casa de Cuernavaca para que le contara lo de Chicontepec.

—¿Cómo llegó a Cuernavaca?

—Por un amigo del gobierno de Veracruz.

—Un idiota.

—Un amigo.

—Un idiota —repetí exaltadamente—. ¿De dónde sacan tú y ese pendejo que van a poder con Pizarro?

—Hay que empezar por querer —dijo Anabela con un tono de reproche.

—Querer, mis güevos —dije poniéndome de pie—. Deja eso, Ana, olvídate de eso, olvídate, carajo. Deja que los muertos entierren a los muertos.

—Mis muertos están vivos, Negro —dijo Anabela—. Me dejan bromear sobre ellos, pero no me dejan vivir.

—No, no es así, es una locura. No puedes matar a Lázaro Pizarro, ¿cuántas veces quieres que te gane?

—Todas o ninguna —dijo Anabela, nuevamente concentrada en sí misma—. Ninguna más.

Dormí mal, inquieto, despertando varias veces. A las cinco de la mañana llevaba ya veinte minutos de fumar un cigarrillo tras otro y de mirar al techo. Anabela dormía sin sobresaltos, bronceada y húmeda sobre la sábana, pulida por el sudor. Sus perfectas orejas, el óvalo de su rostro, sus suaves y rectas mandíbulas envueltas en la capa brillante de su transpiración. Me sacudió imaginar las furias desatadas, las memorias sangrientas que seguían vivas tras ese rostro y ese cuerpo relajados, hermosos como nunca en su recompuesta madurez.

Desayunamos sin hablar.

—Quiero pedirte que reconsideres esa locura —dije al final.

—El emisario está en marcha —respondió Anabela—. Ya no es posible detenerlo.

TERCERA PARTE

Capítulo 9
En la corriente

Regresamos al Distrito Federal dos días antes del 20 de noviembre de 1979. Habíamos pensado pasar juntos esa fecha en Quintana Roo, para celebrar nuestro reencuentro hacía tres años, precisamente el día en que un golpe de Estado resolvería la crisis de fin de gobierno echeverrista, clausurando la era civil de la Revolución mexicana. Tres años después, habían matado a Rojano, la crisis se había vuelto auge, Anabela y yo nos habíamos unido y separado y volvíamos ahora a un juego en los sótanos, más irreal en tanto más vertiginoso. A semejanza del país, nos quemábamos en el aire, incendiados como fósforos por la velocidad de los hechos. Apenas asomaban al rostro y los gestos de Anabela los jalones internos y la fiebre perpetua, la ardiente desmesura que había aprendido a gobernar. Visto en perspectiva, de pronto, todo Rojano parecía la emanación trágica y correspondiente de esta voluntad, a la vez incesante y plácida, comparable sólo a la que bullía en el otro cuerpo también impasible de Pizarro.

No pude obtener el nombre del emisario, pero sí la historia resumida de su supuesto triunfo sobre Pizarro ocho años atrás. Empezaba en marzo de 1971 con la celebración de unas elecciones sindicales en la refinería de Azcapotzalco de la ciudad de México, donde Lázaro Pizarro había cedido por primera vez a la tentación de hacerse sentir fuera del ámbito natural de su poder, en Poza Rica. Comprometió en el apoyo de una planilla de veracruzanos emigrados dinero, organización y su influencia —ya notoria entones— en el comité ejecutivo nacional del sindicato. Difundió información confidencial sobre las corruptelas de la planilla rival, ofreció a la empresa facilidades de negociación laboral en Poza Rica a cambio de apoyo a las candidaturas que impulsaba en la refinería y puso en acción a un llamado "cuerpo de seguridad", que cumplió eficazmente su papel preelectoral: fueron amenazados los trabajadores claves (delegados departamentales cuya influencia y prestigio podía inclinar la elección); distintos miembros de la planilla rival recibieron golpizas en riñas de cantina o por rivalidades amorosas; en el curso de un mitin de la planilla contraria hubo disparos y luego una lucha campal que dejó varios heridos de bala y un muerto, apuñalado: precisamente el hermano del candidato a secretario general.

Ese zafarrancho del 15 de mayo de 1971 determinó el cambio radical de tono y estrategias en las elecciones de la sección. La familia del muerto resultó lo suficientemente extensa como para incluir en ella a un grupo de agentes del servicio secreto que entonces, por el cambio del jefe de la policía y el efecto de una campaña moralizadora, habían sido expulsados de la corporación. Atraídos a la revancha familiar y a las canonjías de la sección en caso de triunfo, los desempleados incorporaron sus servicios a la planilla hostigada por Pizarro. Antes de una semana, se conocía en Poza Rica de la muerte en riña de cantina del jefe del escuadrón de seguridad comisionado por Pizarro a las elecciones de la refinería y la desaparición de sus dos segundos, luego de una parranda. La versión era creíble, salvo por el hecho de que los custodios eran abstemios, como debían serlo todos y cada uno de los elementos de seguridad de Lázaro Pizarro.

Pizarro juró vengar esas muertes con otras y devolver a la refinería su autonomía sindical, erradicando la violencia extrasindical que la azotaba. Los comandos familiares de la planilla opositora no esperaron en México la ofensiva de Pizarro. Calculando, correctamente, que las pérdidas recientes y el envío de nuevos elementos desprotegerían al propio Pizarro en Poza Rica, se echaron a la carretera una noche y al amanecer, con la ayuda de otra cuarteta de expulsados del servicio, iniciaron la ocupación de la Quinta Bermúdez. Sorprendieron y maniataron a los custodios en los andenes de descarga del almacén y a los que dormían en una camioneta frente a la puerta central de la quinta; escalaron los muros y sometieron a los custodios de adentro, que también dormían. A las seis de la mañana irrumpieron en el despacho mismo de Pizarro, donde Pizarro y Roibal iniciaban ya el día, conversando sus pendientes. Golpearon, atacaron y vendaron a Roibal y sentaron a Pizarro en su silla, atrás de su escritorio. El jefe de los asaltantes se sentó frente a él, puso una metralleta sobre el escritorio al alcance de la mano de Pizarro y otra al alcance de la suya propia. Luego bajó lentamente las manos hasta ponerlas sobre sus piernas.

—Sé que me mandaste matar —le dijo a Pizarro—. Aquí estoy para que me mates.

No hubo movimiento de Pizarro.

—Es entre tú y yo —dijo el jefe del comando—. Nadie más se va a meter.

Pizarro permaneció inmóvil. Durante media hora se sostuvo la escena, la metralleta al alcance de la mano en el escritorio, el rival esperándolo. Finalmente, dijo Pizarro: "¿Qué quieren a cambio?". Llegó luego a un arreglo en el que cedió todo, la planilla opositora ganó en elecciones pacíficas la titularidad de la sección de la refinería y hubo alivio hasta en la dirección nacional del sindicato, que veía en ese pleito riesgos de escisión y violencia inconvenientes. El jefe del comando que había desafiado y sometido a Pizarro era el emisario de Anabela.

—¿Es la versión del emisario? —pregunté, todavía en el avión, poco antes de aterrizar en la ciudad de México.

—Del amigo de Xalapa —asintió Anabela.

—No es tu amigo —dije—, es un imbécil. Es tu enemigo.

—Me atengo a los hechos —dijo Anabela—. No tengo miedo de lo que pueda pasar, lo peor ya pasó.

—Quedan tus hijos y tú —dije, evitando incluirme en la nómina.

—Mis hijos no están en este pleito —dijo Anabela—. Quedo yo. Y le va a costar todo que así sea.

Quiso ir directo del aeropuerto a Cuernavaca cuando llegamos, pero no la dejé. Mandé traer a los niños de La Vereda al departamento de Artes y luego llamé a Gobernación. Mi contacto estaba fuera de México, así que pasé toda la tarde localizándolo hasta que pude tenerlo en el teléfono desde Ciudad Victoria, Tamaulipas, donde empezaba a incubarse entonces una sonada división política del priismo local, que más tarde provocaría motines y triunfos electorales del muy difunto Partido Auténtico de la Revolución Mexicana.

—Celebro oírlo —dijo mi contacto—. ¿Es urgente lo que tiene o puede esperar a que regrese y hablemos mañana?

—Es urgente para mí —dije.

—¿De qué se trata?

—De lo mismo.

—¿Nuestro amigo de Poza Rica?

—Está violando el acuerdo de la viuda —dije.

—¿Violando, en qué sentido? ¿Hay situaciones de hecho?

—Las hay.

—No quisiera usar el teléfono para esto —dijo mi contacto.

—Contésteme estrictamente sí o no a lo que voy a preguntarle. ¿Hay lesiones que lamentar?

—No todavía.

—Sólo dígame sí o no —insistió—. ¿Se encuentran ustedes juntos en la ciudad de México?

—Sí.

—¿En la casa habitación de usted?

—Sí.

—¿Alguna presión o vigilancia sobre la casa habitación donde ustedes se encuentran?

—No.

—Voy a mandarle unos elementos de protección hasta mañana, en que me pueda contar las cosas personalmente.

Vino un comandante José Luis Cuevas con dos hombres, revisó el departamento y los accesos a la azotea, explicó que vigilarían la entrada en forma permanente y dejó un *walkie-talkie* para que nos comunicáramos con ellos en cualquier momento.

—¿De qué se trata? —dijo Anabela, cuando se fueron el comandante y su gente.

—Vigilancia de Gobernación —respondí.

—¿Llamaste a Gobernación?

—Llamé.

—¿Para qué llamaste?

—Precauciones elementales —dije.

—¿Qué precauciones, Negro? ¿Qué les dijiste?

—Nada, todavía.

—¿Qué les va a decir, entonces?

—Eso es lo que tenemos que hablar.

—No hay nada que hablar. Las cosas están hechas, déjalas correr. Además, tienes que saber una cosa. Yo no mandé al emisario. Él vino solo a ofrecerse y a decirme lo que iba a hacer. Lo iba a hacer de cualquier modo.

Le indiqué con la cabeza la mesa de mi despacho donde el Tonchis escuchaba atentamente nuestro diálogo, aunque fingía revisar un ejemplar de *National Geographic*. Anabela lo llevó a la recámara, donde había improvisado con doña Lila catres para él y Mercedes, le puso su piyama y la televisión, y regresó quejándose:

—No podemos estar mucho tiempo en este departamento. Parecemos gitanos. Nuestra casa está en Cuernavaca, no tenemos nada qué hacer aquí.

—De aquí no se van hasta que quede arreglada tu seguridad y la de los niños —dije, volviendo al asunto.

—¿De qué hablas, Negro? Lo peor que puedo hacer en esta situación es darme por aludida.

—Lo peor que puedes hacer es pasarte de lista. ¿Con quién crees que estás tratando?

—No tengo miedo, Negro. Ya te lo dije: yo no hice nada.

—No quiero ese pleito, quiero pararlo.

—¿Quieres pararlo? ¿Para eso hablaste con Gobernación?

—No.

—¿Qué les dijiste, entonces?

—Que Pizarro estaba violando el acuerdo de no tocarte.

—¿Les dijiste lo del emisario?

—Les dije que estaba en peligro, pero mañana vamos a hablar personalmente.

—¿Y vas a decirles lo del emisario?

—Quizá.

—Eso no, Negro. Esto te lo conté porque te quiero.

—No sé por qué me lo contaste.

—¿Qué quieres decir?

—Exactamente eso: no sé cuáles fueron tus razones para contármelo. ¿Qué esperabas de mí?

—Esperaba tu complicidad —dijo Anabela, cruzando los brazos—. Tu apoyo.

Se sentó en el sofá a mi lado y sumió la cabeza en el cuello, como si se defendiera del frío.

—Es justamente lo que estás obteniendo —dije.

—¿De qué hablas? Me estás poniendo nerviosa. Tengo las manos heladas, siente.

Me puso una mano fría en el cuello, recordé haber vivido ya esa escena y no me gustó el recuerdo.

—Vas a tener protección mientras el emisario cumple su tarea —dije.

—No me hables así —se paró del sofá, siempre con los brazos cruzados, como si se abrazara a sí misma—. No me inventes. Yo no hice nada.

—Dime el nombre del emisario, entonces.

—Eso no.

—Será fácil saberlo por sus antecedentes.

—Sólo si tú cuentas lo que yo te conté. ¿Vas a contárselo a Gobernación? —vino nuevamente al sofá.

—¿Está en tu cálculo que lo sepa Gobernación?

—¿Cuál cálculo, Negro? —dijo, recostándose.

—El cálculo de lo que está pasando: que yo te gestione protección mientras el emisario cumple su propósito —repetí—. Si el emisario falla, nuestra defensa no empieza a partir de cero. Si acierta, asunto arreglado.

—Estás loco ¿de qué hablas? No me inventes —se inclinó sobre mí y me abrazó convincentemente.

—El asunto está en si digo o no lo del emisario —dije.

—No lo digas —dijo Anabela, ya pegada a mí, respirando acompasadamente.

—Si lo digo podrían detenerlo.

—Al emisario, sí —dijo Anabela, metiendo la nariz, también fría, sobre mi cuello—. Pero ¿quién va a detener a Pizarro?

—Ese no es el punto.

—Ese es el punto, mi amor —dijo Anabela—. Ese ha sido siempre el punto: ¿quién detiene a Pizarro?

A las dos de la tarde del día siguiente, entró mi contacto al restaurante Sep's en Insurgentes Centro, a cuadra y media de mi departamento y a tres de las oficinas de la Federal de Seguridad, en la Plaza de la República, frente al monumento a la Revolución. El lugar tenía entonces mesas que daban a la calle, pero busqué un rincón adentro, protegido del sol. Atrás de mí entró mi contacto, como si hubiera vigilado mi llegada desde un punto cercano.

—No puedo comer con usted —dijo al sentarse, quitándose los lentes. Los usaba levemente oscuros para protegerse de una fotofobia. Simbolizaban bien la índole de su trabajo en la sombra—. Pero tampoco quise dejar de atender su llamado. Me preocupó mucho su telefonazo de ayer, porque dimos por cerrado ese asunto. Cuénteme qué pasó.

Había llegado al Sep's sin una idea clara de lo que iba a plantearle, urgido de un vínculo, más que convencido de un camino a seguir. Llegado al momento, me oí diciendo, como si oyera a otro:

—Se recibieron dos llamadas telefónicas con amenazas para Anabela.

—¿Se refiere usted a la viuda del presidente municipal de Chicontepec? —dijo mi contacto, rehusando la intimidad del nombre.

—La viuda, sí.

—¿Qué decían las llamadas?

—Amenazas de muerte para ella y para sus hijos. En los dos casos dijeron que iba a pasarles lo que al presidente municipal. Y que no los habían olvidado.

—¿Cuándo fueron esas llamadas?

—Noviembre 2 y noviembre 3 —me oí decir.

—Hoy es noviembre 19 —reparó mi contacto—. Dejó pasar dos semanas antes de notificarme. ¿Por qué la urgencia ayer?

—Porque hasta ayer me lo contó la viuda. Tuvo un ataque nervioso.

—No es mujer de ataques nerviosos. Debe estar muy preocupada.

—No lo estaba, incluso salimos de vacaciones —dije, previendo que lo averiguaría con facilidad—. Pero ayer hubo un incidente con el hijo en Cuernavaca.

—¿Qué incidente?

—Desapareció tres horas. Se fue sin avisar a casa de un amigo y regresó tres horas después. Normal, pero la viuda pensó otra cosa.

—¿Qué pensó?

—Que empezaban a cumplirse las amenazas. Acabábamos de llegar de viaje y estábamos aquí en la ciudad —seguí elaborando.

—Cuando le dijeron en Cuernavaca que el muchacho no había regresado, me contó lo de las amenazas. Por eso lo llamé hasta ayer.

—¿Hay algún indicio de que las llamadas vinieran del amigo de Poza Rica? —dijo mi contacto.

—Repitieron por el teléfono los lemas de Pizarro.

—¿Cuáles lemas?

—"Romper para crear." "El que sabe sumar sabe dividir."

—Esos lemas los sabe cualquiera que haya leído su columna —dijo mi contacto.

—Si va a empezar a convencerme de que no hay problema, le recuerdo cómo empezó todo esto y a dónde llegó —dije.

—Recuerdo muy bien —dijo. Sacó un cigarrillo de su pitillera y lo prendió con su habitual parsimonia. Vi sus ojillos entre el humo, irritados por el poco sueño o por el propio humo, desconfiadamente fijos en mí—. ¿Qué podemos hacer para evitar riesgos?

—Conservar la vigilancia un tiempo —pedí.

—De acuerdo. Pero es un remedio temporal.

—Es suficiente por lo pronto. La viuda planea irse de México. Probablemente a residir en Los Ángeles.

—¿Cuándo piensa irse?

—Dos meses o tres.

—Es mucho tiempo para cosas como estas, paisano —dijo mi contacto, echando a andar entre el humo su máquina interna de cálculo—. Debemos también negociar con Pizarro.

—Ya negociamos una vez con Pizarro.

—Otra vez, entonces —dijo con ligera irritación—. Me sorprende que siga por su cuenta este pleito.

—Le estoy refiriendo hechos —dije, alzando la voz—. Usted puede creerlos o no, pero no se olvide cómo empezó y se desarrolló todo esto.

—¿Me autoriza usted a sondear a Pizarro? —preguntó mi contacto, dejando pasar la andanada.

—Va a negar todo —anticipé, descalificando desde ahora la versión que descalificaría la mía.

—Lo sé. ¿Pero me autoriza usted?

Iba a sondearlo de cualquier modo, así que sólo repetí que no tenía sentido y acepté.

—Dígale a la viuda que va a tener protección todo el tiempo que necesite mientras arregla su viaje —dijo mi contacto en tono de estar cerrando la entrevista—. Aquí o en Cuernavaca, como quiera. Hasta más fácil será en Cuernavaca. Y yo veo lo otro para comprobar si se trata en realidad de lo que ustedes piensan.

Apagó su cigarrillo sin aplastarlo, quitándole nada más la corona de brasa:

—Tengo que irme —me miró otra vez fijamente—. ¿No tiene nada más que decirme?

Negué.

—Estamos en contacto entonces. Y no se preocupe por la vigilancia.

—Infórmeme lo que encuentre —le dije.

—Y usted cuénteme todo lo que sepa —respondió intencionadamente—. No quisiera trabajar sobre bases falsas.

Nada pasó en Artes los siguientes días, salvo el amontonamiento de catres y el tedio de los niños. Pasamos nuestro imposible aniversario, el 20 de noviembre, malhumorados y desmovilizados, evitando discutir, hojeando periódicos y revistas, viendo la televisión, con el comandante Cuevas entrando periódicamente para checar la normalidad del lugar, hasta hacer evidente para los niños la silenciosa anomalía de su encierro. Mercedes hizo en esos días interminables figurillas de papel maché hasta constituir el pesebre navideño más nutrido de vacas, mulas y chivos de que se hubiera tenido noticia. El Tonchis memorizó hasta la última fotografía de la colección del *National Geographic* que había en mi despacho. Anabela jugó a estar aislada contra su voluntad y durmió todo ese tiempo con los niños.

En los primeros días de diciembre de 1979, fui convocado a una gira presidencial de un día al puerto de Salina Cruz, en Oaxaca, donde empezaba a trazarse el desarrollo de un puerto industrial de gran calado que abriría la nueva época de México al siglo XXI y a la cuenca del Pacífico. Recorrimos la base naval, visitamos un acorazado de juguete y fuimos a una comida en las bodegas, servida por los trabajadores del muelle. Hasta allá fue a buscarme un ayudante de la sala de prensa que habían instalado en la garita fiscal, a unos ochocientos metros del lugar donde era la comida. Tenía una llamada urgente de Anabela, pero cuando llegué se había cortado. Marqué el número de Artes y contestó de inmediato. (Del lugar donde estuviera el presidente, Salina Cruz o Moscú, los reporteros tenían línea abierta y directa a cualquier teléfono de la ciudad de México, con sólo marcar algunos números adicionales.) Preguntó si había visto las páginas centrales del periódico *La Prensa*. No lo había visto. Me pidió que lo viera y le llamara de nuevo.

Busqué en la sala un juego de los periódicos del día y rescaté un ejemplar de *La Prensa* de manos de uno de los marinos que custodiaban la entrada al muelle. Era el periódico de corte popular más leído de la ciudad de México, un tabloide que dedicaba generalmente algunas de sus cubiertas a algún asunto policiaco, una catástrofe natural, un accidente aparatoso o un crimen bárbaro. Y las planas centrales al desarrollo del asunto. Marqué nuevamente el teléfono de Artes.

—En la contraportada —dijo Anabela—. ¿Ya lo leíste?

Leí en la contraportada la noticia de un coche LTD, color perla, que había chocado primero y explotado después en la carretera Tulancingo-Poza Rica. Sus cuatro ocupantes, dos de ellos exmiembros del servicio secreto, habían muerto carbonizados.

—Ya lo vi —dije a Anabela—. ¿Qué tiene?

—Todo —dijo Anabela—. El segundo de la lista era el emisario.

Busqué el resto de la información en las páginas centrales. El segundo de la lista: Edilberto Chanes Corona, exmiembro del servicio secreto, 45 años, toda su vida en delincuente menor, una ilusión pistoleril. Ahora, un aviso de muerte.

—Pudo ser un accidente —dije.

—No tenía nada qué hacer en Tulancingo —respondió Anabela.

—Dijo que viajaría a Veracruz por avión.

—Podía estar regresando por tierra, vía Tulancingo.

—No —dijo Anabela—. Si así fuera, ya tendríamos la otra noticia. ¿Cuándo regresas?

—Hoy por la noche, quizá mañana.

—Te pido una cosa —dijo Anabela. Sonaba decaída por el teléfono, no alterada sino exhausta—. Quiero que no hagas nada. No preguntes nada, no busques a nadie. Nada, hasta que hablemos.

—De acuerdo.

—Soy muy infeliz, Negro.

Regresamos ese mismo día, por la noche, muy tarde; entré al departamento de Artes casi de madrugada. Anabela estaba despierta, sentada en el sillón de la sala con los ojos inyectados luego de una larga sesión de llanto. Iba vaciando una botella de vodka en un vaso; estaba loca de frustración y rabia, encendida como una ventana en la noche, los ojos rojos, saltados los tendones de la garganta y las venas de los brazos, salidos los pómulos, los labios hinchados.

Quise acercarme pero no me dejó, tomó el vodka y tiró el vaso sobre el sillón:

—No puede ser. Sólo si veo vivo a Pizarro voy a creerlo —dijo con una voz ronca y entrecortada, tan deforme como su rostro.

—Fue una locura —dije.

—Está bien —siguió, sin registrar mis palabras—. Supongamos que está vivo. Sólo cuando lo vea voy a creerlo, pero supongamos que está vivo. Entonces la pregunta es qué hacer, dónde buscar. Era mi única carta, pero debe haber más. ¿Dónde están? —caminaba a zancadas de un lado a otro de la sala—. ¿En qué cueva hay que buscar? Porque tiene que haber. En los sótanos, en los pudrideros tiene que haber alguien capaz de meter a Pizarro en su nómina de muertos. ¿Dónde está ese? El imbécil falló, lo dice *La Prensa*. ¿Pero quién hace caso de *La Prensa*? Bien, está bien. Supongamos por un momento que Pizarro está vivo.

—Pizarro está vivo —dije con irritación.

—No, Negro —contestó Anabela desencajándose un grado más.

—Aparentemente, está vivo. Pero está muerto desde hace tiempo —empezó a frotarse los brazos y a temblar—. Muerto bien muerto, aunque no lo sepa él ni lo sepas tú. Perfectamente muerto, desde aquella noche en Chicontepec.

—Te ganó otra vez —dije con sequedad—. Tienes que irte de México.

—No me voy, no voy a correr.

—No eres sólo tú, están también el Tonchis y Mercedes.

Volteó a mirarme, sacudida de nuevo, y vino hacia mí desorbitada, flaca, de pronto un ser extraño, una mujer desconocida. Se habían enriscado y enervado sus cabellos, sus manos se habían arrugado, su cuello era una sola amarra de tendones y venas saltadas:

—No tengo miedo, Negro. No lo tuve antes, ni lo tengo ahora. El Tonchis y Mercedes no son parte del pleito. Pero están a disposición del pleito. Como lo está Cielito y todo lo que pueda querer Pizarro. Se quedaron huérfanos en el pleito y a la mejor me quedo sin ellos en el pleito. Pero así está trenzado, y ay del que piense que puede escabullirse. Óyelo bien: al que se agacha, lo chingan doble. Me van a matar a mis hijos, me van a destazar a mí, pero no van a tener nunca el menor indicio de que tengo miedo de algo. Porque en cuanto sepan que me muero de horror por lo que pueda pasarles a mis hijos, a inmediata continuación me los destazan. ¿Me entendiste? Y el asunto no es si el Tonchis o Mercedes, Negro. El asunto es dónde está el hombre que va a matar a Pizarro. Esa es la única cuestión. Porque Pizarro está muerto. Muerto y bien muerto, desde esa noche en Chicontepec.

Sirvió otro fajo de vodka y lo bebió de un sorbo. Fue a mi escritorio y se sentó ahí, con las manos en el pelo y los codos sobre mi máquina de escribir. Empezó a sollozar y convulsionarse y a gemir rabiosamente:

—Imbécil. Imbécil. Imbécil.

Durmió con sus hijos en un cuarto y yo solo en el mío. A la mañana siguiente, muy temprano, me despertó el trajín de la casa, la voz de Anabela dando instrucciones al Tonchis y la algarabía de Mercedes, yendo y viniendo por el pasillo. Cuando me asomé pasó Anabela jalando una maleta hacia la sala. Vestía una especie de overol ajustado y se había ceñido el pelo con una mascada.

Pasó, se regresó, me besó en la mejilla y siguió dejando tras ella una estela fragante. La rescaté del cuarto donde liaba un bulto y la traje al mío.

—¿Qué pasa?

—Regresamos a Cuernavaca —dijo, con una sonrisa tan fresca como su lavanda.

—No puedes regresar a Cuernavaca —dije.

—Sí puedo.

—Tienes atrás a la gente de Pizarro —recordé.

—Atrás, bien a bien, sólo te he tenido a ti —se burló.

—Estoy hablando en serio.

—Y con terrible mal aliento.

—Tú no puedes regresar a Cuernavaca. Apenas puedes quedarte en México.

—Me voy a Cuernavaca con mis hijos y sin tus guaruras. No tengo nada que temer y no temo nada. ¿Por qué habría de estar encerrada aquí en tu departamento rodeada de guaruras?

—No es un problema de apariencias. Pizarro no es una apariencia.

—Yo de Pizarro ni me acuerdo. ¿Ya se te olvidó que soy la viuda alegre?

—Anoche eras la viuda a secas.

—Anoche no era yo. Bórrame de tu memoria como fui anoche.

—No te puedes ir, Ana.

—Me voy, Negro. Es lo mejor, lo más seguro. ¿Crees que estos tres pendejos afuera con su *walkie-talkie* paran a Pizarro?

—Se hace más difícil.

—No es un problema de dificultad. Es un problema de que quiera hacerlo o no. Cuando se decida, le da igual si le pones aquí afuera a toda la dirección federal de seguridad. Él encuentra la forma.

—La diferencia es que tiene que encontrarla.

—La diferencia es que no tengo miedo. Eso es todo lo que tienes que entender. Y quererme.

Se puso de pie, me tomó la cara con sus manos frías y me miró largamente, sin huella en los ojos, muy limpios, de la fiebre y el estrago de la noche anterior:

—Y quererme —repitió.

No pude detenerla. Pedí al comandante Cuevas que mantuviera la custodia en Cuernavaca y dos horas más tarde, como a las diez de la mañana, entraba a las oficinas de mi contacto en Plaza de la República.

—Quiero ofrecerle una disculpa por lo que le voy a decir —dije. Le conté a continuación, sin omitir ningún detalle, la historia del emisario. No se inmutó. Extrajo suavemente de la bolsa del saco una tarjeta blanca y su pluma dorada, escribió unas líneas en la tarjeta y pulsó el timbre oculto bajo la gaveta de su escritorio. Su gigantesco ayudante apareció con diligencia de bailarina—: Para Raúl —dijo mi contacto extendiéndole la tarjeta—. Que se traslade un grupo hoy mismo.

Sacó y escribió otra tarjeta:

—Lo que haya de esto en el archivo —dijo extendiéndola también—. Y me comunican a la oficina de Veracruz. Para ayer.

Puso el sillón de perfil, mirando hacia los ventanales que daban a la Plaza de la República.

—No me gustan los hechos cumplidos —dijo, meneando la pluma entre sus dedos—. No me gusta su actitud, ni lo avanzado del asunto. ¿Qué espera de nosotros?

—Amistad y comprensión, paisano.

Era la primera vez desde lo de Rojano que usaba el paisanaje. Lo registró mi contacto con una mueca que quiso ser una sonrisa.

—Espero que comprenda la gravedad de la situación —dijo—. Los fierros tienen imán, paisano. El que los usa, los atrae. Si ese es el caso, la respuesta de Poza Rica debe venir en camino.

—Puede ser.

—Apenas tenemos tiempo y no sé si tengamos éxito —dijo, volteando ahora el sillón hacia mí—. Eso es lo que quiero que comprenda. Salieron usted y la viuda del campo de mi eficiencia. Por supuesto, mantenemos la custodia, y la ampliamos incluso. Lo que quiero decir es que, si la máquina ya está echada a andar, la custodia no será suficiente.

—Lo sé.

—Espero que lo sepa bien. Vamos a investigar exactamente lo sucedido y a intentar una negociación con Pizarro.

Pero la decisión ahora está en aquel campo, no en el nuestro. Todo depende de ellos ahora. Manténgase en contacto durante el día con los elementos de la custodia. Que sepan todo el tiempo dónde localizarlo, para que sepa yo. Y repórtese conmigo por la tarde, a ver lo que tenemos.

Me acompañó a la puerta y me sacó de su despacho, sin despedirse. Había salido en efecto del campo de su eficiencia, para entrar en el de su autoridad.

Me fui de ahí al periódico, en urgente búsqueda del corresponsal de Veracruz. Lo ubicaron, luego de tres telefonazos, en la presidencia municipal de Xalapa.

—Quiero que cheque usted a Lázaro Pizarro en Poza Rica —le dije.

—A sus órdenes, ¿alguna cosa en especial?

—Cheque si está en Poza Rica, si no hubo recientemente algún incidente, si está todo en regla, si no ha habido rumores de algo irregular. Nada más chéquelo usted.

—De acuerdo —dijo el corresponsal—. Si me da el teléfono donde va a estar, me reporto en una hora.

Le di el teléfono del bar del restaurante Ambassadeurs, en Reforma, y recabé el suyo. Eran las once y media de la mañana, pero efectivamente fui a meterme al bar del Amba, que estaba vacío a esas horas, recién barrido y odorizado. Pedí un wiski en las rocas y empecé a reconocer la sensación de estar metido en una cuenta regresiva. Imaginé por enésima vez la confesión del emisario ante Pizarro, luego de su captura, los preparativos de Pizarro para enviar su mensaje de regreso. ¿En qué número de la cuenta iban los emisarios de ese regreso? Avanzaba ya hacia ellos la investigación disparada esa mañana en Gobernación, pero no podía evitar la certidumbre de haberla hecho zarpar con retraso.

Tampoco podía renunciar a la idea de que el emisario simplemente hubiera sido aniquilado en su intento, mucho tiempo antes de poder hablar, y todo el asunto se resumiera para Pizarro en el finiquito de una vieja rivalidad pendiente, en cuyo caso, lo único que había hecho esa mañana era atar definitivamente a Anabela y a mí mismo a la noria sombría de los expedientes confidenciales de Gobernación. Dos wiskis después, la imaginación de esas vertientes seguía inmóvil, repitiendo sus mínimas variantes, en un circuito loco que interrumpió la llamada del corresponsal desde Xalapa.

—Todo en orden, al parecer —dijo—. Pero Lacho no está en Poza Rica.

—¿Dónde está?

—No se sabe. Busqué a su ayudante Roibal y tampoco pudieron ubicármelo.

—Averigüe dónde está.

—Desde acá de Xalapa, es difícil, señor.

—Trasládese a Poza Rica, entonces.

—Es lo que iba a decirle. La sección del sindicato ofrece hoy una comida al gobierno del estado en Poza Rica. Va a acudir el secretario de gobierno de aquí de Xalapa y se traslada en helicóptero en una media hora. Si usted lo dispone, me pego y estoy en Poza Rica al mediodía.

—Váyase en el helicóptero. Yo le aviso a su jefe de información.

—Eso es también lo que iba a pedirle.

—Yo le aviso.

—¿Y a dónde le reporto desde Poza Rica?

—Aquí mismo, no me voy a mover.

Llamé al periódico y le expliqué al jefe de información mis requerimientos de su corresponsal; tampoco le gustaron los hechos consumados, pero estuvo de acuerdo. Llegó el cuarto wiski y chequé a Anabela en Cuernavaca. Era casi la una, había llegado con los niños dos horas antes, sin novedad:

—Tus guaruras se apoderaron ya del jardín y la entrada —dijo, fingiendo mayor molestia de la real—. Y hace un momento les llegaron refuerzos. ¿Contaste algo en el otro lado?

—Nada —dije—. Estoy checando a Pizarro en Poza Rica.

—Eso está muy bien —dijo Anabela—. Porque si está en Poza Rica, podemos mandarle flores. ¿Me vas a tener informada de tus investigaciones o me atengo a la intuición femenina?

Le di el teléfono del bar para que lo diera a los vigilantes.

—No te preocupes —dijo Anabela—. Si me matan, de cualquier modo vas a enterarte.

—No es para eso.

—Claro que no. ¿Pero ya te diste cuenta hace cuánto tiempo que no cogemos? Estuve pensando que si nos va a agarrar la furia de Pizarro, más vale que sea sin pendientes sexuales.

—Sí.

—Pues entonces qué andas de misterioso, investigando. Mándale unas flores a Pizarro y vente para acá. Hay calor propicio.

Más propicio parecía ahora el bar del Amba, con su promesa iniciada de fuga y su disfraz protector de centro de operaciones.

Como a las dos de la tarde llegaron al bar dos colegas radiofónicos y Miguel Reyes Razo, que trabajaba entonces en uno de los llamados diarios grandes de la capital. Iban a comer juntos, pero se sentaron a tomar el aperitivo conmigo, que ingresé naturalmente en el quinto wiski. Media hora después, entró la siguiente llamada de Poza Rica.

La comida se había hecho sin Lázaro Pizarro, dijo el corresponsal. En su representación había acudido el presidente municipal, Loya, con las disculpas del caso y un silencio total sobre las razones de la ausencia. El silencio había estimulado rumores y especulaciones, pero ni el sindicato ni la gente de Pizarro sabían nada.

—El rumor es que salió de emergencia a Houston para hacerse un chequeo —dijo el corresponsal.

—¿Un chequeo de emergencia? —dije—. ¿Qué hay de Roibal?

—Tampoco está, señor. Se fueron juntos.

—¿Hay forma de checar lo de Houston?

—No, porque como le dije nadie habla. A mí me lo dijo de refilón uno de los custodios.

—Ofrézcale dinero a ese custodio y que le cuente lo que sepa —dije.

—Sí, señor.

—Y me llama en cuanto tenga algo aquí mismo, no me voy a mover.

Me invitaron Reyes Razo y sus amigos a comer, y pasamos a una mesa del fondo, junto al piano donde un pianista cubano tocaba por las noches el repertorio mezclado de Agustín Lara y Cole Porter. Pidieron carnes y vino tinto, yo un coctel de camarones y la siguiente dosis de wiski.

—Está bebiendo fuerte, querido maestro —dijo Reyes Razo.

—Se admiten solidarios, reverencia —dije.

—Lleva usted mucha ventaja, querido maestro. Pero me voy a permitir acompañarlo un trecho.

Llamó al capitán:

—Don Lorenzo, aquí el maestro lleva varias medias horas tomando solo. ¿Le parece justo ese aislamiento, esa falta de solidaridad elemental?

—De ningún modo, don Miguel. Es absolutamente injusto.

—¿Qué sugiere usted entonces para remediar esta situación? Porque es una situación intolerable.

—Le sugiero que lo acompañe usted, don Miguel.

—¿Está usted de acuerdo en que este tipo de situaciones no deben tolerarse?

—Absolutamente de acuerdo, señor.

—Tráigame entonces un wiski doble con muchas rocas.

Tomamos solidariamente durante la comida, dos wiskis más cada uno, Reyes Razo dobles y los míos sencillos. En los postres, llegó la nueva llamada.

—El hospital es el Methodist de Houston —dijo el corresponsal.

—Al parecer tuvo un malestar y desmayos.

—¿Cuándo?

—A principios de la semana.

Era viernes. El carreterazo de Chanes y sus compinches había sido la madrugada del miércoles; el intento debió ser lunes o martes. ¿Habían logrado tocarlo?

—¿Qué más dijo el custodio? —pregunté.

—Nada más. No hizo falta el dinero, pero era todo lo que sabía.

Creí recordar la existencia en Houston de un corresponsal que ocasionalmente remitía cosas al periódico, y lo busqué, pero dos meses atrás se había mudado a Los Ángeles. Volví a la mesa con un nuevo wiski, surtido directamente en la barra del bar, donde estaba el teléfono. Su efecto letárgico y apaciguador iba cediendo paso a una fase de euforia activa, cuyo estadio siguiente era la sed, la sed insaciable, sin llenadero.

—¿Su periódico tiene corresponsal en Houston, reverencia? —le pregunté a Reyes Razo.

—Nada más en Falfurrias, Texas, reverencia.

—Estoy en serio, ¿tiene corresponsal?

Se rio Reyes Razo:

—Con trabajo me tienen a mí. ¿Necesita un conecte en Houston?

—De emergencia.

—Pues así pregúntelo, maestro: "Necesito un conecte en Houston". ¿Qué tiene que ver el corresponsal de mi periódico en Houston? Si con trabajo saben dónde está Toluca. ¿Tú sabes cómo fechó nuestro corresponsal en Durango su primera nota cuando empezó? En serio, ¿sabes cómo fechó? Fechó: "Durango, Dur. a tantos de tantos". ¡Durango, Dur.! Imagínate que el periódico va a tener un corresponsal en Houston: ¿para que feche Houston, Hous.?

—Estoy en serio, excelencia.

—Hablo en serio, reverencia. Imagínate que el otro día voy a preguntar a la Dirección, por razones publicitarias y de información personal, cuál es el tiraje del periódico. Y me contesta el mismísimo director, como ofendido, irritado, como si le hubiera dicho de la madre: "¿Y a usted qué le importa el tiraje, Reyes Razo? ¿Es usted nuestro anunciante, va a poner sus dineros aquí en nuestro periódico para anunciar que quiere usted vender su perro de aguas venido a menos, o que quiere usted vender a su mujer usada, su Packard descontinuado? El tiraje es secreto de Estado en este periódico, Reyes Razo. Con el tiraje no se juega, el tiraje es sagrado". Sale pues, el tiraje es sagrado. Vale, me regreso a la redacción y paso por el taller y me encuentro ahí a El Ulalume, el jefe de máquinas, don Pedro Flores Díaz; El Ulalume, un prieto fuertísimo, exalcohólico, todo el tiempo predicando: "Cumplo hoy diez años, ocho meses y veinticinco días sin probar alcohol, Miguelito. Otra vida, se lo juro, otra vida" y al día siguiente: "¿Sabe cuánto cumplo hoy sin gota de veneno, Miguelito?" "Pues sí", le contesto. "Lleva usted diez años, once meses y veintiséis días, don Pedro." "Así es, Miguelito. Usted sí me lleva la cuenta." Le regalé un cronómetro para que empezara a llevar también las horas. Te lo juro. Bueno, pues vengo de la Dirección a la redacción por los talleres y me topo con El Ulalume y le digo: "¿De cuánto fue el tiro de anoche, don Pedro?". Me dice: "Pues anoche salieron de aquí de las planchas treinta mil periódicos completos, Miguelito, treinta mil sesenta y tres para ser exactos, y trescientos doce que se llevan los muchachos de vigilancia como bolo, para mercarlos ellos. O sea que son efectivos treinta mil trescientos setenta y cinco ejemplares de su periódico, Miguelito. Ora, si la información es para anunciantes y público en general, aquí tengo el último oficio de la Dirección de mayo 31 de 1979". Mire usted, dice: "Tiraje del periódico entre semana: ciento cincuenta y dos mil trescientos; domingos: doscientos veinticuatro mil ciento cincuenta". Imagínate —siguió Reyes Razo— y ese era el secreto de Estado del periódico. Capaz que, si le pido a El Ulalume una fotocopia del oficio, se queda con la copia y me da el original. Entonces, reverencia, cómo se le ocurre a usted que ese periódico pueda tener un corresponsal en Houston, Hous. Si lo que necesita es un conecte, lo pide usted y ya, como estas, salen papas. ¿Quiere usted un conecte?

—En cuanto termine usted de increpar a su periódico, reverencia.

—Terminado y olvidado, querido maestro. Pero increpar no, describir. ¿Quiere usted su conecte en Houston, Hous., o no lo quiere? ¿Sí lo quiere? ¡Ah, bueno! Pues aquí lo tiene —sacó su libreta de direcciones y hurgó en ella—: Pronto ocho y pronto nueve, como decía mi mamá. Vamos a ver. Mendoza, Mexueiro, Miller. Margerie Miller, reverencia.

—¿Margerie qué?

—Su conecte, reverencia. Margerie Miller, reportera de *Los Ángeles Times,* radica en Houston, Hous., o basada en Houston Hous., como dicen ellos. La autora del mejor reportaje sobre el auge petrolero mexicano que se haya publicado en Estados Unidos.

Contó luego, con lujo de digresiones, que a principios de ese año había guiado a Margerie Miller durante un mes en México y en Tabasco precisamente para su cobertura del petróleo:

—Una reportera de lujo, reverencia. Se fue a meter a la selva y a las plataformas marinas donde no van reporteros mexicanos hombres. Agarró una disentería que por poco la entrego flejada con el informe del forense.

—¿Quieres teléfono y dirección?

Volvió a sacar su libreta de direcciones, se quitó los anteojos y hurgó de nuevo en ella pegándosela a la nariz, como si la oliera:

—Falla logística —dijo, sin dejar de pasar hojas—. No la tengo aquí. Pido a su reverencia un wiski de plazo para enmendar el dislate.

—Trajo el diccionario a comer —dijo uno de los compañeros de mesa.

—Digo dislate por decir error, yerro, tontería, necedad, equivocación, disparate —dijo Reyes Razo y luego a mí:

—Suplico disculpe la explicación para ignaros, su reverencia. Pero acláreles usted que ignaros no son los que hacen la ignición, ni los custodios de lo ígneo.

Consiguió el teléfono de la Miller en su casa, luego de severos altercados con su empleada doméstica, y regresó efectivamente un wiski después, con el nuevo de repuesto en la mano. Margerie Miller estaba en el teléfono.

Cambié dos bromas con ella sobre su contacto en México y luego le pedí que checara la lista de mexicanos ingresados durante los últimos cinco días en el Methodist Hospital, en particular los apellidos Pizarro y Roibal, y las causas de internación, si era posible.

Estuvo de acuerdo y pidió que volviéramos a llamar a las siete.

—Para nosotros las ocho, querido maestro —dijo Reyes Razo—. Porque hay una hora de diferencia. Quedamos, como se dice, secuestrados por los imponderables de la profesión.

Agradecí su disposición a la compañía. Acababa de terminar una larga y exitosa serie de reportajes sobre los misterios de Garibaldi, y estaba de asueto, preparando la siguiente, de modo que cuando nuestros comensales radiofónicos se fueron, absorbimos la cuenta y pasamos al bar a humedecer nuestro secuestro. Eran las siete de la tarde. Cuando volvimos sobre Margerie Miller en el teléfono, a las ocho de la noche, todo estaba ya bastante húmedo.

—Ningún Pizarro —dijo la Miller desde Houston—. Pero un Roibal sí hay.

—¿Cuándo ingresaron? —pregunté.

—El paciente seis. Roibal entró martes 2 a la noche —dijo la Miller en su español contraído.

—¿Cuál es su enfermedad?

—No viene enfermedad en la lista. Esa es confidencial del Methodist.

—¿Puedes averiguarlo, miss Miller?

—Puedo intentarlo.

—¿Y no hay un Pizarro en la lista?

—Ningún Pizarro. Hay un Pintado, un Pérez-Rosbach, un Pereyra y ahí se acaba P.

—Sí.

—Siguen un Rodríguez, luego un Tejeda y así.

—¿Un Tejeda?

—L. P. Tejeda.

—Lázaro Pizarro Tejeda. Es él.

—Discreción, reverencia —sugirió Reyes Razo a mi lado—. Se le escucha a usted hasta la calle.

Mis gritos concentraban en efecto la atención del bar. Me volví hacia la pared, enconchado sobre el teléfono:

—¿Cuándo entró Tejeda?

—Martes 2 a la noche.

—¿Con qué enfermedad?

—La enfermedad no trae la lista. Es confidencial del Methodist —repitió la Miller.

—¿Pero puedes averiguar con qué enfermedad ingresaron?

—Puedo intentarlo —reiteró la Miller—. ¿Es urgente?

—Muy urgente.

—¿Puede aguardar a mañana?

—Debemos saberlo hoy, miss Miller.

—Difícil, hoy.

—Hoy.

—Puedo tratar. Llámeme nueve a este mismo número.

—Nueve en punto.

Colgué y Reyes Razo:

—¿Pizarro en Houston, Hous.?

—Borre el asunto de su cabeza, reverencia. Este es un negocio entre la señora Miller y yo. ¿Qué edad tiene la Miller?

—Veintisiete.

—Buena reportera.

—De lujo.

—Hay que llamar a las diez. ¿Otro wiski?

—Solo hasta ver pigmeos, su reverencia.

Trajeron la enésima ronda de wiskis, doble en las rocas para Reyes Razo, sencillo con soda para mí.

—¿Buen asunto Pizarro en Houston, reverencia? —preguntó Reyes Razo.

—No lo podrías creer.

—¿Asunto pesado?

—Pesado como una lápida, reverencia. Y silencioso como un cementerio.

—Sacó usted a pasear sus metáforas de lujo, reverencia. La del cementerio excluye el siseo de los árboles, supongo.

—Y el aullido de las tumbas. Pero este wiski salió demasiado pálido.

Cuando volví a marcarle a Margerie Miller, hablaba con dificultad.

—Sus buscados salieron del Methodist Hospital este mediodía —dijo la Miller—. Dejaron como dirección en la ciudad el Hyatt Regency, pero chequé el Regency y no hay ahí esa gente. De la enfermedad, no capturé nada específico. El paciente Tejeda entró a internación general. El paciente Roibal a cirugía.

—¿Roibal a cirugía? ¿Lo hirieron también?

—Heridas, no sé. Es el informe que me encontré en Methodist Hospital. Más información necesita más tiempo.

—¿Mañana?

—Puedo intentarlo mañana, sí.

—Te llamo mañana, miss Miller. Me estás salvando la vida.

—Mi placer. *But get some sleep. I can smell your booze through the line.*

—Watsamara, miss Miller, nou spic inglish.

—Que duerma usted un poco. Puedo oler su alcohol por la línea del teléfono.

—Cuando vaya a Houston te invito boca a boca, miss Miller.

—Usted diga la fecha.

Cenamos y seguimos bebiendo hasta casi la una, cada vez más enfáticos y reiterativos. Salimos a un viento helado en Reforma e insistí hasta el chantaje con Reyes Razo en seguir en otro sitio. No quiso. Estaba bastante menos ebrio que yo y no solía pasar de cierto punto. Abordé un taxi rehusando su ayuda. Igual lo pagó y comprometió al chofer en mi cuidado. Apenas podía mantener el equilibrio, aunque sabía exacta y urgentemente a dónde ir.

A la una y media de la mañana, el fichadero de Palma donde había estado la última vez con Rojano se veía aún un tanto vacío y sin movimiento. Pedí Anís de la Cadena como aquella vez y busqué a la mujer de entonces, cara por cara, atuendo por atuendo, hasta dar con ella en la hilera que esperaba junto al baño. Pagué su salida y la llevé trastabillando al Hotel del León, donde habíamos dormido con Rojano la última vez. Entramos y empezó a desvestirse. Antes de que acabara traté de cargarla para penetrarla como la había penetrado Rojano aquella vez, montándosela sobre las caderas. Pero no era la mujer delgada de los dientes chuecos y los pelos oxigenados de la otra vez, sino una morena regordeta que no se dejó hacer. Me empujó y salió a tropezones del cuarto, dejando la puerta abierta.

No pude detenerla ni salir tras ella. En realidad ni siquiera pude moverme. Se hizo una corriente de aire frío entre la puerta y una ventana que tampoco habían cerrado y me quedé tirado en el piso junto a la cama, la boca abierta, babeando hacia el lado izquierdo del cuerpo donde estaba recargado, sin fuerza. Con el frío llegó la certidumbre de que no estaba tirado ahí, en la corriente de un cuarto de hotel de las calles de Brasil en la ciudad de México, sino sobre el empedrado de la plaza de Chicontepec, como Rojano, bajo el oscuro flamboyán en la noche, como Rojano, vaciado de toda fuerza, a la espera, como Rojano, de las pedradas y los golpes, las antorchas, las sogas, las desolladuras, la asfixia, el disparo de Roibal en la sien.

Capítulo 10
EL ARRASTRE

Amanecí con el mundo encima, tirado donde quedé, el 9 de diciembre de 1979. Estuve en el vapor media hora y dos blodimeris y luego en la farmacia durante una inyección y dos valiums de alta graduación. A las once de la mañana, tambaleante pero revivido, conecté a Margerie Miller en Houston. Pizarro y Roibal se habían esfumado sin dejar indicios en los primeros diez hoteles de Houston. Tampoco había avanzado mucho en la indagación de las lesiones, porque era información confidencial del Methodist y sus contactos no habían funcionado. Busqué entonces al corresponsal en Veracruz para que investigara la llegada de Pizarro a Poza Rica.

—Probablemente van operados él y Roibal —le dije.

—¿Operados de qué? —dijo el corresponsal.

Por su sorpresa medí mi imprudencia.

—No sé de qué —dije—. Eso es precisamente lo que quiero que averigüe.

—Sí, señor.

—Si es necesario alquile un helicóptero y trasládese hoy mismo.

Le di los teléfonos de mi casa y de La Vereda en Cuernavaca.

Luego me recosté un momento en la cama —once y media de la mañana—, inundado por el recuerdo de mi propia imagen alucinante de la noche anterior, la deserción de mi cuerpo en la corriente de aire del hotel y el regreso de Rojano al último lugar de nuestro encuentro. Desperté ahogándome, bañado en sudor frío, con arritmia cardiaca y el miedo, el miedo como una plancha de hormigas en la espalda, el brazo entumecido, las gotas de sudor en el cuello. Iba a cumplir cuarenta y dos años el siguiente mes de agosto, pero iba a morirme ese mediodía, solitario en mi departamento de Artes, antes de cumplir los cuarenta y dos años, de un infarto y la cruda y el miedo.

Fui a la cocina por un vaso, puse hielos, serví cuatro dedos de vodka y los tomé en dos jalones; se cerró la garganta, subieron el ardor y la inflamación del pecho, el sudor en las manos, la contracción estomacal, el sillón, el pañuelo sobre la frente, la tos, el rechazo del líquido, el picor en la nariz como una alergia. Luego, poco a poco la suavidad en las sienes, la quietud en el pecho, la pequeña euforia, Anabela entrando a la playa de su refugio en punta Allen, desnuda y bronceada contra las aguas color amatista y la hiriente arena blanca de la orilla.

Antes de las dos de la tarde entraba por el sendero de buganvilias de La Vereda en Cuernavaca con una nueva urgencia de Anabela y una imperiosa alegría. No habían llegado el Tonchis y Mercedes de la escuela —los soltaban a las seis— y Anabela podaba un bambú, en shorts, con guantes rojos de jardinería. Divertida, aunque sin convicción, se dejó guiar a la recámara y estuvimos ahí con la ventana abierta, lentos primero y desbordados después. Tenía la regla.

—¿La comisión por el servicio se la pago al señor Wyborowa? —dijo al terminar, relajada y juguetona, mientras trataba de apartar de debajo de su cuerpo la sábana manchada.

—Antes al señor Johnny Walker y a los increíbles productores del Anís de la Cadena.

—Pues gracias a todos —no podía sacar la sábana—. Con este asunto del emisario fallido habían perdido su compostura hasta las hormonas.

Optó por ponerse de pie y quitar completo el juego de sábanas, la de resorte que servía de base también había sido alcanzada.

—Fallido no tanto —busqué una bata y el camino hacia el señor Wyborowa.

—¿Supiste algo? —preguntó ansiosamente, las sábanas entre los brazos.

—Algo alcanzó a tocarle a Pizarro.

—¿Lo ves? ¿Lo ves, Negro? Era la carta correcta.

—Era un infeliz. Y habíamos quedado en que tú no lo mandaste.

—Cuéntame, Negro. No prediques.

—Se fueron a un hospital de Houston, al parecer heridos.

—¿Lo ves?

—Pero ya salieron del hospital —le dije.

—¿Qué quieres decir?

Puso las sábanas en una canasta de mimbre.

—Quiero decir que te tienes que ir de México.

—Eso no.

—Un tiempo.

—No voy a correr.

—Tienes que correr.

—Ya hablamos eso suficiente. No quiero discutirlo de nuevo —metió las manos en la tabla del clóset donde estaba la ropa blanca y jaló irritadamente un nuevo juego de sábanas. Salieron del estante las sábanas que jaló y otros dos juegos y junto con todo, volando hasta donde yo estaba, uno de los cueros originales de Pizarro. Lo recogí del suelo y lo revisé, como antes otros tomados de la mano de Rojano. Era el mismo cuero terso, que ellos me habían enseñado, las mismas grecas aztecoides, el mensaje de muerte.

—Dame eso —dijo Anabela, arrebatando el cuero.

Fui a cerrar la ventana para aislar nuestras voces de los vigilantes del patio.

—¿Cuándo llegó?

—No te importa, qué te importa.

—¿Cuándo llegó?

—No te metas conmigo. Vete de aquí. Viniste a coger, ya cogiste. No me jodas más, déjame hacer mi vida en paz, como me da la gana.

La tomé del brazo y pregunté de nuevo cuándo había llegado.

—Ayer —dijo Anabela—. Me estás lastimando.

—¿Cómo llegó? —insistí, sin soltarla.

—Tus guaruras lo encontraron en el jardín.

—Me hubieran avisado. ¿Cómo llegó?

—Me lastimas, Negro, me estás haciendo mucho daño.

—¿Cómo llegó? ¿Quién trajo ese cuero?

Empezó a llorar y se dejó caer sobre la cama sin sábanas.

—El Tonchis —dijo con un sollozo, frotándose el brazo.

—¿Se lo entregaron en la escuela?

Asintió entre los ahogos. Ayer se lo habían entregado. Tuve un vértigo, otra vez la falta de aire, la taquicardia, la confirmación de que hoy como antes, vivos o muertos, estaba junto a la pareja de Rojano, su cómplice y su víctima. Lo demás podía ser circunstancial, Mercedes o el Tonchis, yo mismo que, como siempre, había medido mal la profundidad de Rojano en Anabela, hasta qué punto desde lo de Chicontepec el único impulso verdadero que quedaba en Anabela era recuperar lo que esa noche le había sido arrebatado. Sus mismos hijos eran una extensión y yo un engrane más de esa revancha. O algo más específico y real que una revancha: la búsqueda de la derrota final como una nueva y escalofriante equiparación amorosa de sus destinos.

Llamé a la ciudad de México en busca de mi contacto; según dijo, llevaba todo el día localizándome.

—Estoy bajo su custodia en Cuernavaca —le dije.

—Nadie ve sus propios ojos —respondió—. ¿Lo espero por la noche en mi despacho?

—Le suplico que no me haga moverme de aquí —contesté—. Hay un desenlace en camino.

—¿Tiene nuevos datos para sus acusaciones?

—Datos sí —dije—. Acusación, ninguna.

—Eso es más realista, paisano. Estoy por la noche con ustedes.

Saqué pan y queso, jamón y paté del refrigerador, repuse el vodka y llevé el cargamento a la recámara. Marqué a Margerie Miller en Houston, pero nadie contestó. Chequé mis llamadas en el periódico, en México. Estaban pendientes las de mi paisano y dos del corresponsal, a quien llamé de inmediato.

—No están en Poza Rica —dijo agitadamente—. No hay señal de ellos. El informante anterior no tiene nada que agregar. Estuve en la Quinta Bermúdez, llegué hasta el despacho de Pizarro y no está aquí. Traté de hablar con su querida, pero tampoco está. El presidente municipal no quiso recibirme y mandó decir nada más que fue a hacerse un chequeo de rutina a Houston.

—¿Entonces dónde está? —dije con impaciencia.

—En Poza Rica no —dijo el corresponsal—. Puede haber ido a México.

—¿Por qué a México?

—En Valle de Bravo tiene la Sección una casa de descanso, con helipuerto.

—¿Puede checar eso?

—Puedo preguntar por aquí a ver qué sale.

Volví a llamar al periódico buscando esta vez al reportero del aeropuerto. Le pedí que revisara la lista de pasajeros procedentes de Houston desde la noche anterior y también si los hangares de la aviación no comercial, particularmente el hangar de Pemex, registraban vuelos a Houston en las últimas cuarenta y ocho horas.

Pasadas las seis de la tarde llegaron el Tonchis y Mercedes. Anabela se había puesto un caftán blanco con bordes dorados. Había metido al horno una pieza de jamón virginia aderezado con piña, clavos y canela para la cena.

—¿Por qué no habías venido, Negro? —dijo el Tonchis. Las pestañas de aguacero de Rojano, el torso de Rojano.

—Porque les estaba preparando un viaje.

—Ah, chingá, chingá —dijo el Tonchis.

—El Tonchis está diciendo groserías, mamá —acusó Mercedes a su hermano.

—Un tremendo viaje a Los Ángeles con su tía Alma —dije.

La hermana única de Anabela, Alma Rosa Guillaumín, había comprado un condominio en Los Ángeles, dos meses después de la muerte de Rojano y había emigrado con su marido, un tamaulipeco de Brownsville, vendedor de bienes raíces.

—¿Ahí está Disneylandia, tío? —preguntó Mercedes, con su perfecta dicción.

—Y el hijoeputa ejmog —dijo el Tonchis con sobreacento veracruzano. Tenía once años en el calendario, pero varios más en los ojos brillantes y en los músculos definidos del cuerpo.

—Ahí está Disneylandia —le dije a Mercedes.

—¿Y cuándo nos vamos a ir? —dijo Mercedes.

—Voy a comprarles boletos para el lunes entrante —dije yo, mirando a Anabela, que empezaba a poner la mesa para la cena. No hubo reacción, ni el más leve respingo.

—Pero este lunes todavía hay escuela, tío —dijo Mercedes compungidamente.

—Vamos a avisar en la escuela.

Comimos el jamón virginia a las ocho y media; al terminar, el Tonchis fue a ver la tele. Nos quedamos en la sala Anabela y yo, con Mercedes, que vino a acurrucarse junto a mí. Su cara era un óvalo perfecto, las extrañas facciones infantiles de una mujer adulta, la frente muy amplia, los pómulos bien marcados, como el mentón y la boca. Y los ojos resguardados por unas pestañas enormes, tan negras que parecían pintadas.

Empecé a juguetear con ella mordiéndole los brazos y los cachetes.

—¿No vas a ser de grande como tu mamá? —le dije.

—¿Cómo es mi mamá? —dijo con su vocecita claramente articulada.

—Tu mamá es una loca que dice mentiras —le dije.

—Mi mamá no dice mentiras —dijo Mercedes—. Y tú hueles a alcohol. Borracho.

—De grande vas a ser como el Negro —le dije.

—¿Cómo tú?

—Como yo. Borracha y sin recámaras mentales.

—¿Qué son recámaras mentales?

—Decir una cosa y esconder otra en la recámara.

Le mordí un cachete y luego una nalga.

—No me muerdas.

—Te muerdo para que seas como el Negro cuando crezcas. En todo, menos en una cosa.

—¿Cuál cosa?

—En esa cosa vas a ser como tu mamá.

—¿Cuál cosa?

—Vas a querer sólo a un güey.

—¿A ti?

—A mí no. Al que sea, pero sólo a ese güey.

—A ti, Negro.

—A mí no.

A las nueve de la noche los niños se habían dormido y Anabela empezó a apagar las luces de la casa.

—Todavía no —le dije—. Esperamos visita.

—¿Más guaruras?

—Uno más.

—¿El autor del plan de viaje?

—El seguro de vida de tus hijos.

—No necesitan seguro de vida.

La tomé de la mano y la llevé a uno de los sillones de mimbre cuyo alto respaldo formaba una especie de corona. Me senté en un taburete frente a ella, tomando sus manos frías entre las mías. Estaba insoportablemente bella y lejana, tocando como nunca la tecla que había tocado siempre en mí.

—No lo he entendido —dije—, pero digamos que lo acepté. Quieres seguir hasta el final y el final para ti es que Rojano te arrastre por última vez. Antes te arrastró a las madrizas, luego a la cárcel doméstica, luego a Chicontepec. Ahora te va a arrastrar a la carretera, como tu emisario. ¿Será la carretera? Carretera o lo que elija Pizarro, para ti será Rojano.

Se llenaron sus ojos de lágrimas, pero no escurrió una gota.

—No lo entiendo, aunque lo acepté hace unas horas —seguí—. También acepté esto: no quiero que sea así, voy a tratar de impedir que siga. Y desde luego, que no incluya a los niños.

—Son mis hijos —dijo Anabela.

—Es tu pleito —dije yo—. Pero ahora también es el mío. Lo ha sido todo este tiempo sin que entendiera sus reglas. Ya las sé y no me gustan; voy a tratar de cambiarlas. Pero los niños no van a ser apostados en esto.

—Te quiero, Negro —dijo Anabela.

—No como yo pretendo.

—Sí.

—No. Pero voy a sacar a los niños de esto. El lunes próximo se van a Los Ángeles.

—Sí.

—Y luego vamos a litigar lo del arrastre de Rojano, pero sin los niños de por medio.

Chequé con el reportero de aeropuerto la averiguación sobre los aviones. Faltaba por verificar únicamente un vuelo no comercial de Banrural a Estados Unidos, aunque al parecer había sido a Iowa, no a Texas. No había indicio de Pizarro. Le pedí al reportero boletos para los niños en Western con recomendación de la aerolínea y entrega personal de los viajeros a la señora Alma Rosa Guillaumín en el aeropuerto de Los Ángeles. Luego puse a Anabela a hablar con Alma sobre la situación y le prometí yo mismo acudir en dos semanas más a explicarle todo, durante la celebración navideña. Luego, llegó mi contacto. Eran las once de la noche de ese día viernes 9 de diciembre de 1979.

Anabela lo recibió sentada en su enorme trono de mimbre, impasible y serena en su caftán blanco, como una reina de baraja. La saludó solemnemente mi contacto e instalamos sin hablar un cónclave tenso que yo subrayé poniendo en la mesa de centro de la sala una caja de puros y una bandeja con coñac y copas delgadas que sonaban al chocar como diapasón.

Tomó mi contacto un puro y admitió un coñac. Vestía chaleco y traje de lana delgada en el calor ligero, aunque constante de Cuernavaca. Pero no había en su rostro el menor atisbo de sudor, ni brillo en su frente ni grasa en sus pómulos. Apenas el estrago del día de trabajo, el bigote exacto algo crecido, los ojos irritados, levemente acentuadas las ojeras y las arrugas en la comisura de los labios. Todo lo demás era impecable: camisa, cuello, corbata, fresco aroma mixto, inconfundible, de loción y tabaco. Me pareció evidente esa noche, por primera vez, que bajo tanta pulcritud se escudaba un actor, un ser cuidadosamente exterior decidido a sostener disciplinadamente esa imagen, a bañarse y cambiarse dos o tres veces cada día e incluir en su logística privada una pequeña parafernalia de vestuarios portátiles, como si la clave de credibilidad y eficacia de su trabajo fuera el aseo y todo él, en su macabra combinación de sordas catacumbas y buenos modales, fuera la simple encarnación adulta de una lección de civismo.

("En este negocio se mancha uno las manos todo el tiempo —me había dicho una vez—. No importa, se las lava después en la oficina con agua sucia. Y al llegar a su casa, con agua de rosas. Y quedan limpias.")

Fumó y bebió coñac, sus labios rosados:

—Es un placer conocerla en persona —le dijo a Anabela—. ¿En qué puedo servirles?

—Tenía usted información urgente —dije—. ¿Nos puede decir de qué se trata?

—Investigamos según su petición el accidente de Edilberto Chanes —dijo mi contacto. Pasó una sombra de rabia por el rostro de Anabela, una mirada al piso, que luego pasó a mí, a la pared y de regreso al informante—. Su rastro conduce en efecto a la Quinta Bermúdez en Poza Rica.

Bebió Anabela un largo trago de coñac.

—Edilberto Chanes trató de tomar por asalto la Quinta Bermúdez el lunes pasado —siguió mi contacto—. Llevaba nueve acompañantes. Cinco murieron en el intento, los otros fueron capturados y murieron en la carretera, incluido el propio Chanes.

—Ejecutados —dijo Anabela.

—Del otro lado cayeron también —anotó mi contacto—. Pizarro y su lugarteniente salieron de México el martes a curarse las heridas.

—¿Cuáles heridas? —preguntó Anabela.

—El asalto estuvo cerca de lograrse, señora —dijo mi contacto—. Penetraron hasta el despacho de Pizarro y lo tuvieron bajo su control más de media hora.

Bebió otra vez, largamente, Anabela.

—Eso es lo que yo tengo que informarles —dijo mi contacto—. ¿Qué tienen ustedes?

No me miraba a mí, sino a Anabela, que a su vez escrutaba su copa de coñac.

—Llegó ayer el cuero de advertencia de Pizarro —dije—. Lo hicieron llegar con el hijo mayor del presidente municipal.

La noticia pareció descomponerlo. Pidió ver el cuero y fui a la recámara por él, lo puse en sus manos al derecho del letrero: "El que sabe sumar...". Abrió y cerró las faldas de la carpeta. Palpó el cuero con sus yemas manicuradas, limpias de tanta agua de rosas.

—¿Quiere decir lo de siempre? —preguntó con cierta molestia, como desbordado ampliamente en sus cálculos—. ¿Está dirigido específicamente a usted, señora?

—La trajo mi hijo mayor de la escuela —contestó secamente Anabela.

—No me refiero a eso —dijo mi contacto—. Me refiero al destinatario del mensaje.

—Nosotros —dijo Anabela.

—¿Había algún escrito adentro?

—No —dijo Anabela—. Pero usted conoce perfectamente el mensaje.

—No lo conozco —dijo mi contacto—. Necesito saber con exactitud lo que llegó.

Estaba en verdad rebasado por el hecho, incomodado al máximo por la aparición de esa pieza en el tablero.

—La única exactitud que usted necesita es la del número de muertos —dijo Anabela, empezando a golpear donde podía.

—Quiero explicarle esto —dijo conteniéndose mi contacto—. Edilberto Chanes y sus hombres casi mataron a Pizarro.

—Pizarro salió del hospital ayer —dijo Anabela.

—Rumbo a otro hospital —contestó mi contacto.

—¿Y en el camino nos envió el cuero? —dijo con sorna Anabela.

Mi contacto se puso de pie y caminó con prisa hasta la barra del bar, unos metros al fondo de la sala.

—Quiero decirles esto. Sin ofenderlos —dijo—. Es como se ven las cosas, objetivamente, desde fuera de este lío. Para que normen su criterio y comprendan de qué se trata. Miren ustedes: la madrugada del lunes 4 de diciembre sufrió un atentado de muerte el mayor líder intermedio del sindicato más poderoso del país. El autor del atentado fue un pistolero a sueldo, Edilberto Chanes, que pereció en su huida en un accidente automovilístico camino a Tulancingo. Por indiscreción de uno de sus cómplices —me miró como quien pide venia—, el gobierno mexicano está hoy en posibilidad de saber que Chanes fue pagado por la viuda de un expresidente municipal de Chicontepec —miró a Anabela con el mismo gesto de avenencia—. De tiempo atrás, la viuda atribuía a intriga y maniobra del líder petrolero el linchamiento de su marido por el pueblo de Chicontepec, acontecido el 17 de junio de 1978. El propalador principal de esta versión es un reconocido periodista, que resultó ser amante de la viuda desde un año antes de la muerte del alcalde, de quien el propio columnista era amigo desde la más temprana adolescencia.

—Yo no aguanto esto, Negro —dijo Anabela.

—Ese es el estado político de la cuestión —dijo mi contacto, imponiéndose a la protesta y desabrochándose el saco—. Durante año y medio, la viuda y su entonces marido, Francisco Rojano, habían vuelto a cultivar esa amistad, para hacerle creer al periodista que el líder petrolero había construido su poder mediante una sucesión de crímenes políticos. Esos crímenes, disfrazados de accidentes, estaban destinados a allanar la apropiación del sindicato de algunas buenas tierras de los municipios de Tuxpan y Chicontepec, en el estado de Veracruz. Para persuadir de ello al periodista, la pareja fabricó falsos expedientes con fotos y actas del forense. El dirigente petrolero, sin embargo, apoyó la carrera política de su acusador, Francisco Rojano, y lo proyectó hasta la presidencia municipal de un pobre pero codiciado municipio veracruzano, Chicontepec, donde Petróleos Mexicanos habría de hacer en los siguientes años una de sus más cuantiosas inversiones. La ambición de poder y el descuido político, su propia vida disipada, llevaron al presidente municipal a entrar en crecientes fricciones con su comunidad de por sí difícil, arisca, ignorante. La comunidad terminó cobrando a su modo, primitivamente, con un linchamiento público, la diaria y la mala fama pública de su autoridad. Y por su ambición desmedida. En sólo un año de gobierno, el presidente municipal extendió su propiedad original de trescientas hectáreas en la región a casi dos mil y la de su mujer de menos de cuatrocientas a casi tres mil, sobre las mejores tierras húmedas del municipio.

—Toda esa información la diste tú —dijo suavemente Anabela, dominándose de nuevo con el recurso de mirar a trasluz su copa de coñac. Se había acabado, de modo que se puso de pie y fue hasta la barra donde estaba apoyado mi contacto. Extendió la copa y le dijo:

—Sírvame doble. Se me pusieron las manos frías con su versión.

Sirvió mi contacto, sonrió Anabela y regresó a su sillón real. Siguió Gobernación desde la barra:

—El sindicato petrolero accedió a adquirir de la viuda propiedades sobrevaluadas por la cantidad de treinta y dos millones de pesos, algo así como millón y medio de dólares, que fueron pagados íntegramente en una sola exhibición en el mes de noviembre de 1978. Un año después, la viuda contrató los servicios de Edilberto Chanes para atentar contra la vida del dirigente petrolero, a quien seguía culpando de la muerte de su marido. ¿De qué más lo culpaba? ¿De haber impedido un enriquecimiento aún mayor de la pareja en su dominio de Chicontepec? Probablemente. ¿El columnista nacional era parte de ese proyecto de enriquecimiento? Quizá lo era.

—¿Y Pizarro era el héroe vivo de la Revolución mexicana? —dijo Anabela, plenamente controlada otra vez, desde su silla de respaldo de pavorreal.

—Pizarro es el líder real de sus representados —dijo mi contacto.

—Ha dado más a los petroleros de lo que les ha quitado. Estas son las cuentas políticas netas de su cacicazgo.

—¿Muertos y despojos incluidos? —dije yo.

—Ustedes incluidos —dijo mi contacto.

—¿Esa es su versión de los hechos? —dije—. ¿Eso es lo que sucedió hasta ahora, según usted?

—No —dijo mi contacto—. Si esa fuera mi versión de lo que ha sucedido, no estaría con ustedes aquí. Les he ofrecido la versión política de esos hechos, la versión objetiva. No es la verdad, pero es la realidad que ustedes tienen que encarar como si lo fuera: objetivamente, sin hacerse ilusiones.

—Las cosas que dice usted me dejan fría, licenciado —dijo Anabela con sorna—. Tengo las manos heladas. Sólo faltan en su acusación las pruebas del día en que Edilberto Chanes durmió con la viuda de Chicontepec y la grabación de ella diciéndole: "Mátalo, chato".

—Nada de lo que he dicho es una acusación —dijo mi contacto sacando su cuidada pitillera dorada. Había dejado el puro sobre el cenicero, en la mesa de centro—. Es una simple reconstrucción del caso. No me interesa llevarla a usted al juzgado, no es mi tarea.

—¿Su tarea no es la justicia? —dijo Anabela.

—No, señora. Mi tarea es la tranquilidad pública —dijo mi contacto.

—¿A dónde quiere llegar entonces con todo esto?

—Quiero que lleguemos a una negociación.

—Ya hicimos una negociación —dijo Anabela.

—Y fue absolutamente violada en sus términos —dijo mi contacto—. Entre otras cosas porque usted ha desafiado un poder que la rebasa. Ha atentado contra la vida misma de ese poder y ahora su propia vida está amenazada.

—Yo no atenté contra nada —dijo Anabela, rehusando la confesión implícita que había en la formulación de mi contacto—. Llevo tres años defendiéndome de la pesadilla llamada Lázaro Pizarro, su héroe revivido de la Revolución mexicana, su líder nato, su cacique bueno. He perdido a manos de Pizarro a mi marido, he perdido la tranquilidad, el desarrollo normal de mi vida y mi patrimonio, y la seguridad de mis hijos. Ahora, encima, mi vida está marcada por la locura de ese señor. ¿Qué quiere usted que negocie? ¿Cómo suicidarme a satisfacción de Pizarro?

—No digo que le falten razones —dijo mi contacto—. Lo que digo es que le falta a usted poder para enfrentar a Pizarro.

—Si a ustedes les interesara la justicia y no la tranquilidad —dijo Anabela poniéndose de pie—, nosotros hubiéramos tenido poder para contener a Pizarro.

Fumó mi contacto y echó el humo parejo y azul por las narices, con cierta impaciencia y alguna melancolía.

—Si ustedes hubieran optado por la legalidad y la justicia —dijo mirando al suelo—, no se hubieran acercado nunca a Lázaro Pizarro. Pizarro no los habría apadrinado, ustedes no lo hubieran traicionado, no hubieran competido con él por los terrenos de Chicontepec, no habrían necesitado apoyo de la prensa nacional, no habrían traicionado su arreglo inicial con Pizarro, ni se habrían hecho ricos, ni habría sido linchado el presidente municipal de Chicontepec ni Pizarro estaría herido ni nosotros estaríamos hablando aquí.

Era diáfano e impersonal, una máquina de historias salvajes regulada por un sistema de pesas y medidas ajeno a la lógica de los eslabones débiles; una moral de la eficacia al servicio de la estabilidad y la superficie pulida de las instituciones.

—¿Cuál es su propuesta? —dije.

—Que la señora y sus hijos salgan inmediatamente del país, mañana mismo si es posible —dijo mi contacto—. Y que busquemos una nueva negociación con Pizarro, un finiquito del conflicto. Usted quizá deba escribir algo, nosotros compensarlo de alguna manera.

—¿Más concesiones? —dijo Anabela.

—Probablemente más concesiones, señora.

—Yo no me voy —dijo airadamente Anabela.

—Quiero explicarle esto —dijo mi contacto—. Usted parece haber ganado la última batalla de esta guerra, porque Pizarro no se recuperará totalmente de sus heridas. Perdió tres cuartas partes del estómago y una bala lo dejó paralítico y medio ciego. Será una parálisis progresiva: le dan un año de vida.

—¿En Houston? —preguntó Anabela.

—Se trasladó al Centro Médico de la ciudad de México, luego de una primera intervención de urgencia en la ciudad de Houston. Les estoy dando el parte médico de hace dos horas en la ciudad de México.

—¿Y cómo sé que no me está engañando? —dijo Anabela sonriente, como si la hubiera mejorado la noticia.

—No lo sabe —dijo mi contacto mirándola, midiéndola—. Tiene que creerme. Pero le estoy diciendo la verdad. Su opción es salir de México y esperar en la puerta de su casa que pase el cadáver de su enemigo. Lo otro es quedarse aquí como blanco fácil al coletazo final de Pizarro, que quizá incluya a sus hijos.

—¿Y si de cualquier modo no me voy? —dijo Anabela. Las mejillas rojas, la mirada encendida.

—Se queda usted sin nuestro apoyo, sin custodia ni protección —dijo mi contacto.

—¿Nos deja usted a solas con el lobo? —dijo Anabela mirando su copa al trasluz.

—La custodia no evitará la acción de Pizarro —dijo mi contacto.

—Mi trabajo consiste ahora en obligarla a salir. Es la única manera de garantizar su seguridad y, por tanto, la eficacia de nuestra tarea.

—¿Cómo sabe usted que Pizarro no me buscará donde esté?

—Faltan nuestras negociaciones con Pizarro —dijo mi contacto.

—Pasado el momento de la crisis, preferirá las concesiones. Contra lo que podría demostrar la experiencia de ustedes, Pizarro es sobre todo un político no un matón.

—Héroe revivido de la Revolución mexicana —dijo Anabela sacudiendo la cabeza, los ojos brillantes, el pelo flotando juvenilmente sobre sus hombros—. Necesito una semana para salir —dijo finalmente.

—Una semana puede ser demasiado tiempo —respondió mi contacto—. Puedo ofrecerle adquirir sus boletos en la ciudad de México y allanar los detalles de su viaje. Visas, etcétera. Si necesita un poco de dinero mientras arregla sus cuentas aquí, también podemos facilitárselo.

—Si es así, podríamos salir el lunes —dijo Anabela.

—Agradezco su comprensión —dijo mi contacto—. Es una medida de emergencia estrictamente temporal, créame usted.

—Le creo, licenciado, pero a cambio de que me crea usted otra cosa.

—La que usted mande, señora.

—Parece usted estar muy seguro de que yo envié al señor Chanes en busca de nuestro benefactor de Poza Rica.

—Es la información directa que tengo, sí —dijo mi contacto.

—La información de nuestro periodista —dijo Anabela, juguetona y sardónicamente señalándome.

—Así es —dijo el contacto.

—Lo que quiero decirle a usted y a él es esto: yo no mandé a Edilberto Chanes a ninguna parte. Chanes me abordó un día en el centro de Cuernavaca, después de haber dejado a los niños en la escuela, y me contó sus planes contra Pizarro. No le dije ni sí ni no, sólo lo escuché y luego guardé silencio. No fue mi iniciativa, era de él. Tampoco intenté disuadirlo, pero yo no lo envié.

—Chanes tenía una cuenta pendiente con Pizarro —dijo mi contacto—. Entiendo lo que usted me quiere decir.

—No le pido que lo entienda, licenciado —dijo Anabela. Le había ido mejorando el ánimo y para este momento, ayudada quizá por el coñac, estaba radiante—. Lo que le pido a usted es que me crea.

—Le creo, señora —dijo mi contacto.

—Y le pido también que lo haga creer a nuestro periodista —dijo, mirándome, la copa dando vueltas en su mano, risueña y como iluminada, feliz.

Salieron para Los Ángeles el lunes 15 de diciembre de 1979, en un vuelo vespertino de Eastern Airlines que permitió durante la mañana hacer traslados de dinero al First National City Bank de California. Quedó a mi cargo la tarea de rentar La Vereda, vender la camioneta, pagar las mensualidades de las tarjetas de crédito. Nos presentamos en el aeropuerto a las tres de la tarde en dos grandes automóviles con antena y vidrios polarizados, el equipo de vigilancia, el gran baúl de Anabela y seis maletas adicionales. Doña Lila llevaba de la mano a Mercedes con gorro, bufanda y un conjunto de cuadros escoceses, el Tonchis, casi tan alto como Anabela, bromeaba con el comandante Cuevas. Silenciosos, atrás de la hilera caminábamos por el pasillo del aeropuerto Anabela y yo, y atrás los demás hombres de la escolta.

Pasamos migración y la aduana. En la tienda *duty-free* Anabela compró un reloj de mil dólares para su hermana Alma, que iba a alojarla en Los Ángeles. Hasta la atestada sala de espera nos llevó la vigilancia. Me despedí de Mercedes:

—Cuando te den ganas, me llamas por teléfono diciendo que me quieres ver, y yo voy a visitarte la siguiente semana.

Al Tonchis:

—Vas a cuidar a tu mamá. Cualquier locura que intente, como ligarse a un gringo, me avisas de inmediato. Tengo unos pistoleros en Los Ángeles para persuadirla.

—¿Si se liga a un mexicano?

—Lo agarras tú y lo corres a patadas. Te encargo. Y me avisas de todo.

Luego llevé a Anabela a la sala de espera contigua, que estaba vacía. Traía un atuendo de invierno con gorro negro de piel, botas altas, una falda de lana y una mascada verde esmeralda. Parecía confortable y mullida en esa facha, apacible la expresión de sus ojos bajo el gorro, refulgentes los labios y los dientes sobre la mascada, las hermosas orejas subrayadas por los brillantes solitarios de los aretes.

—Será poco tiempo —dijo, tocándome una mejilla. La mano menos fría que de costumbre.

Nos miramos un rato, sus grandes ojos transparentes ahora en la intensa luz del ventanal de la sala.

—Nadie sabe a dónde vas —dije, o repetí, las instrucciones de mi contacto—. Y nadie sabe tu dirección en el lugar donde vas. No escribas, no telefonees. Por un tiempo no salgas.

—Ya sé —dijo Anabela.

—Lo repito para que no se olvide —dije en voz baja.

—Lo repites para no decirme adiós —dijo Anabela.

—También para eso.

—Pues de mí no te libras así como así, Negro —dijo Anabela empezando a bromear.

—Ni de ningún otro modo.

—Consíguete una galana de rompe y rasga. Ahora vas a estar solo otra vez en Artes, como cuando te busqué en el 76, ¿te acuerdas?

Me acordaba.

—Digo una galana, porque si te agarro una reporterita, vengo de Los Ángeles a cortarte el pito.

—Están abordando, señor —dijo el comandante Cuevas asomándose a la sala donde estábamos.

—Es la hora, señora —le dije.

—Adiós, Negro —volvió a acariciarme la mejilla. Sus manos estaban ahora cálidas. Me miró un momento y añadió—: Voy a regresar, como otras veces.

Le di un beso leve, pero suficiente para inundarme la boca de sabor a bilé.

—Me dan no sé qué los niños —dijo doña Lila en el camino de regreso—. Escalofríos o no sé qué.

—Van a estar bien —le dije.

—Bien va a estar usted de chino libre, rodeado de pirujas. Pero esos niños, Dios los guarde.

—Con que los guarde su mamá —le dije.

—Doña Ana tiene la cabeza en todas partes menos en sus hijos. Mire la clase de garantía que puede ser, para haberse metido con usted.

—¿Usted va para Artes o la dejo en el mercado?

—Me cambia la conversación, pero igual vale lo que le digo —dijo doña Lila mirando por la ventanita del coche—. Habrían de dejarme a esos escuincles que yo los criara sanos y veracruzanos en Tuxpan, lejos de estos enredos. ¿Va a tener visita esta noche?

—No.

—¿Siquiera va a dejar pasar un día?

—Siquiera.

—Igual el cuerpo pide pa' su gasto. No lo voy a criticar. Déjeme mejor en el mercado.

Dejé pasar no un día sino varios meses antes de que la reportera de *El Sol* volviera a pisar el departamento de Artes. No fui a Los Ángeles en la Navidad, como había prometido, ni tuve otra comunicación con Anabela que dos cartas de Mercedes. Todo se fue en una especie de reposado furor profesional. Me concentré en la columna, actualicé y amplié el archivo y contraté a un ayudante. Tomé un ritmo de trabajo impersonal, con agenda llena, citas de trabajo al desayuno, comida y cena y los fines de semana salidas a distintos lugares del interior donde había detectado algún asunto que requería investigación directa. Dio resultados. Durante el mes de febrero de 1980 pude ofrecer todos los días un asunto exclusivo y bien documentado. Abordé en esa racha, sucesivamente, antes que ningún otro medio, el acuerdo unilateral de Pemex para subir la exportación de barriles sin consulta con el gabinete económico, la integración de un nuevo grupo de ultraderecha establecido en Guadalajara con el nombre de Fuerza Nueva, la relación de negocios y sueldos millonarios del director del Banrural, la identificación del jefe de la CIA en México, la glosa de un memorándum confidencial del Departamento de Estado contra la política centroamericana de México, el testimonio de su jefe policiaco destituido sobre la corrupción y la inmersión en el narcotráfico de las autoridades policiacas capitalinas.

La última información del mes fue una serie de tres columnas sobre las enormes cantidades que la administración de Pemex estaba trasladando al sindicato por el increíble hecho de haber pactado, como parte del convenio colectivo de trabajo, la exclusividad del sindicato para la subcontratación de obras de exploración y construcción de la empresa. El sindicato, a su vez, transfería esos derechos a terceros, cobrando por la intermediación cantidades que, según mis cuentas de entonces, oscilaban entre los mil millones y los mil quinientos millones de dólares anuales (entre veintinueve mil millones y treinta y tres mil millones de pesos). Las columnas describían también con lujo de detalle la transferencia paralela de la empresa al sindicato de unos ochocientos millones de pesos por concepto de comisionados y licencias con goces de sueldo. La mayor parte de esos fondos se iban en el pago de trabajadores petroleros que, en lugar de hacer su trabajo en Pemex, lo hacían en las empresas y comercios del sindicato, particularmente en los circuitos conocidos como los "huertos sindicales", de los que La Mesopotamia y los complejos agropecuarios de Pizarro eran las muestras mayores. Ese traslado neto de recursos explicaba en buena medida los bajos costos y los bajísimos precios que el sindicato ostentaba ante la nación como resultado de su eficiencia: no le costaba la mano de obra calificada ni la otra, la nómina de ese circuito era pagada por otros. Nunca me sentí como en esos días tan sumergido en la simple tarea de investigar y comunicar. Nunca tan neutral, ajeno a las implicaciones políticas y personales de mis columnas, despojado de segundas y terceras intenciones, objetivo y desapasionado, en absoluta paz conmigo mismo.

A principios de marzo, me buscó mi contacto. No había tenido en esos meses otra información de él que una tarjeta echada bajo mi puerta unos días después de la partida de Anabela. Decía: "Negociado según acuerdo, pero vacaciones deben seguir hasta nuevo aviso". ¿Era el nuevo aviso?

Nos encontramos el 8 de marzo de 1980 en un pequeño restaurante de la colonia Condesa, el Tío Luis, que había sido en otro tiempo el centro de la peña taurina de México, en las calles de Montes de Oca y Cuautla.

—¿Mucho trabajo? —dijo luego de saludarnos bajo el aire tutelar de una vitrina que guardaba la chaquetilla de Manuel Benítez, El Cordobés.

—Mucho y bueno —dije, luego de pedirle al mesero, como mi contacto, sólo un tehuacán.

Me acordé de Rojano tres años atrás y su fachada de abstemio doméstico, su parsimonia prefabricada.

—Se nota día con día en su columna —dijo mi contacto—. Es la mejor que puede leerse en estos días.

—Gracias.

—Tengo algunos asuntos para que considere usted, si me permite.

—Con mucho gusto.

—Pero quisiera hablarle ahora de otra cosa.

Asentí y explicó. Pizarro había sido desahuciado, se consumía aceleradamente. Al paso que llevaba, según los médicos no duraría más de dos meses.

—¿Es el tiempo que durarán las vacaciones? —dije yo, creyendo encontrar ahí el nuevo aviso.

—Las vacaciones no tienen fecha de terminación todavía —dijo mi contacto.

—¿Para qué me dice entonces lo de Pizarro?

—Quiero que lo vea —dijo mi contacto.

—No me interesa verlo.

—Le interesará —dijo mi contacto—. Es parte de la negociación de la vacacionista y de su tranquilidad futura. El propio Pizarro me pidió convocarlo.

—Está loco.

—¿Pizarro o yo?

—Usted y Pizarro. ¿Para qué mover ese avispero?

—Es un expediente abierto, paisano. No quiero ver salir más sapos de ahí. Ayúdeme a cerrarlo, porque así también se ayuda usted. La vacacionista no es la más apacible mujer que ha llegado a su vida, paisano.

—Ese es un asunto estrictamente privado. No se meta en mi vida privada.

—Es lo único que he tratado de hacer —dijo mi contacto—. Evitar que su vida privada se vuelva cosa pública.

—¿Me está pasando una cuenta, paisano?

—Le estoy pidiendo que me ayude a cerrar un expediente que por un azar le concierne. Se lo he pedido otras veces y usted me ha ayudado a través de su columna. Para mí no hay ninguna diferencia, salvo que este caso lo afecta a usted, a quien estimo y respeto. Además, la entrevista le va a interesar a la vacacionista.

—Deje a la vacacionista fuera.

—Una notable mujer, paisano —dijo mi contacto—. No quisiera nunca ser su enemigo.

—No lo será nunca.

—Hay otra cosa. Le preocupó mucho al sindicato su información de estos días sobre los contratos y las transferencias —dijo mi contacto—. También eso está en la negociación. Por eso convoca Pizarro. Es una gestión política, si me entiende usted.

—Lo entiendo, pero eso no es negociable.

—Todo es negociable, paisano —dijo mi contacto, con una suave sonrisa.

Fui al baño y volví.

—¿Cuándo quiere que veamos a Pizarro? —dije.

Volvió a sonreír.

Capítulo 11
UNA TROMPETA PARA LACHO

El festejo anual de la expropiación petrolera del 18 de marzo de 1980 fue en Salamanca, Guanajuato, con asistencia del presidente, todo el gabinete, y un abundante despliegue de viajeros, discursos y confeti. Se discutía entonces ardorosamente la posible entrada de México al GATT y su régimen de fronteras nacionales abiertas al comercio mundial, una decisión que pondría fin a las largas décadas de proteccionismo industrial sobre el que había sido construido el "milagro" económico mexicano. Había madurado también la guerra burocrática y de opinión pública en torno a la expansión desorbitada de Pemex y la necesidad de poner un tope a su crecimiento y sus exportaciones.

En el discurso central de la ceremonia de ese día, el presidente López Portillo anunció que México no entraría al GATT y que pondría en marcha un Sistema Alimentario Mexicano (SAM), destinado a enfrentar globalmente la crisis productiva y social del campo. En concordancia con esas medidas, anunció también topes a la producción de petróleo —2.5 millones de barriles— y, por lo tanto, la clausura oficial del espejismo según el cual el petróleo alcanzaría, en su abundancia, a pagarlo todo: las importaciones que fueran necesarias, sin restricción alguna, y los alimentos que pudieran consumirse en adelante. A la imposibilidad de lo primero, se debía la decisión de no ingresar al GATT; a la imposibilidad de lo segundo, la creación del SAM. Hubo vítores, emociones y (más) confeti. Años más tarde, sabríamos que la progresiva liberalización de las importaciones alcanzada para entonces hacía trivial en la práctica el dilema de entrar o no al GATT, porque México ya vivía en esos días un régimen de fronteras abiertas equivalente al de haber entrado al organismo, aunque sin las ventajas que hubiera podido negociar entrando a él. Con el cambio de sexenio, el SAM habría de extraviarse en un laberinto de críticas y adversidades burocráticas. La ilusión de poner un freno al sobreingreso petrolero para que no congestionara la economía mexicana seguiría siendo negada en la realidad por esa misma expansión, que entre 1978 y 1981 hizo pasar por México cerca de cincuenta y cinco mil millones de dólares, para enfrentarlo al terminar 1982 con la vigencia de una deuda externa de ochenta mil millones. Pero el discurso de Salamanca fue el primer anuncio público de un freno a la desbocada proliferación de Pemex. Intelectuales y periodistas anotaron ese día como parteaguas del sexenio, el principio del fin del auge loco de Pemex, cuyo efecto sobre el conjunto de la economía y sobre las relaciones de México con el exterior inquietaba a la opinión pública y a parte del mismo gobierno. Para otros observadores, el discurso y las decisiones presidenciales de ese día interrumpían historias más particulares y también más tangibles: la carrera de Jorge Díaz Serrano, director de Pemex, a la Presidencia, en primer lugar, y la de los secretarios que dentro del gabinete económico habían votado por el ingreso al GATT. Luego, más particularmente aún, las decisiones de ese 18 de marzo querían decir que entraban en receso los grandes proyectos de inversión de Pemex, el más ambicioso de los cuales era el del paleocanal de Chicontepec, la inminente ciudad de oro que había jalado por igual la ambición de Rojano y el espíritu fundador de Pizarro.

Era el día acordado para la entrevista con Pizarro, pero no lo vi en el acto, sino en un bungaló del Club Campestre, a un costado de la carretera panamericana, en las afueras de la ciudad, hasta donde me condujo mi contacto. Dejamos atrás una hilera de custodios, y entramos a una pequeña sala en penumbras, con las pesadas cortinas corridas y sólo una lámpara prendida, débil la luz amarilla, en el fondo del lugar. Pizarro estaba sentado en una silla de ruedas junto a esa lámpara, con un par de lentes de ciego, totalmente negros, una franela echada sobre las piernas. De pie, a sus espaldas, levemente embarnecido y en rápido proceso de calvicie, Roibal ostentaba un parche negro sobre el ojo izquierdo; la cinta del parche cortaba su frente, se anudaba atrás en su nuca y subrayaba el aspecto extraordinariamente envejecido de su rostro. Sentada junto a Pizarro, Cielito le acariciaba mecánicamente el brazo.

Nos acercamos al patético conjunto. Noté que Pizarro había encanecido totalmente, pero el blanco de sus canas era amarillento, como de ceniza sucia. La piel de su cara se había aflojado y colgaba visiblemente en su papada; los huesos se habían afilado, como si la nariz, el pómulo y las mandíbulas hubieran crecido y la frente se hubiera ampliado. Lo mismo había pasado con el esternón que asomaba, protuberante y descarnado, bajo su camisa. Lo más notable de todo, sin embargo, era que Pizarro se había encogido. Era mucho más pequeño de lo que había sido y estaba sentado en la silla de ruedas como un muñeco de ventrílocuo, deshilachado y frágil, apuntalado sólo por la mano automática de Cielito que acariciaba su brazo. Lo observé minuciosamente cuando nos sentamos enfrente, y después, mientras mi contacto justificaba el nuevo encuentro.

Pizarro lo escuchó pasándose la lengua por los labios, como si no tuviera control sobre su saliva. Acabé de verlo y lo vi de nuevo: los lentes, las canas sucias, el esternón, los bracitos de muñeco en la silla, la salivación sin control, la calavera avanzando hacia nosotros debajo de la piel de su rostro. Esto es lo que quedaba de la furia dirigida de Anabela, el estrago dejado por la estúpida aventura homicida de Edilberto Chanes, antes de perderse él mismo en la oscuridad de la noche. Era el resumen perfecto de una venganza: no muerto, inerte, puro festín de la tierra, los gusanos y el olvido; sino este cuerpo menguado pero aún vivo, sabedor ya de su emergente y triunfal condición de cadáver mucho tiempo antes de rozar el filo de la tumba, su nada pura e indiferente. Esta era la venganza cabal, la muerte lenta sin regreso, multiplicada en el espejo de la conciencia por el diario conocimiento de su proximidad. Cada segundo de esa conciencia, cada minuto, cada hora y cada día de esa conciencia querían decir en Pizarro una tortura extra, la insoportable certidumbre del fin prematuro de su propia misión histórica: Napoleón antes de Austerlitz, Hernán Cortés antes de la conquista de México, Lázaro Cárdenas antes de la expropiación petrolera.

—No tengo tiempo, amigo periodista —dijo Pizarro, cuando acabó de explicar mi contacto, dejando claro que iba a hablarme sólo a mí—. Mi tiempo se ha reducido, lo mismo que mi cuerpo. Cada día de mi vida equivale ahora a un año de la suya —la voz estaba intacta, incluso se había profundizado y engrosado y era más potente, vigorosa y firme, justamente lo contrario de la ruina que lo habitaba.

—Quiero decirle esto, porque me importa que lo oiga, vaya a creerlo o no. Yo no tocaré a su mujer. Sé que ha tenido dudas de eso y la ha sacado del país. No tema por ella, puedo garantizarle eso.

—Recibimos su mensaje en diciembre con la advertencia contraria —dije.

—Lo sé, amigo periodista. Pero el mensaje no era mío. Esos cueros tienen otra historia, nunca la que ustedes les atribuyeron, lo que usted publicó. Esas fueron fantasías, amigo periodista, fantasías que han hecho mucho daño.

—El amor puede cosas terribles —dijo Cielito, melancólicamente.

—Murió el presidente municipal de Chicontepec —dije.

—Eso no importa ya —dijo Pizarro. Le temblaba la boca salivada, pero su voz era firme y su dicción perfecta—. Como le dije una vez: muertos siempre habrá, pero los nuestros no han sido estériles. Ni lo serán. A nuestros muertos se los ha llevado la necesidad, la historia, no la venganza, amigo periodista. No tema nuestra venganza, entonces. No somos gente de venganza, sino de obra. Como le dije, construimos un río. Quitamos lo que estorba, ponemos lo que ayuda. Nada más. Que su mujer viva o muera, en este momento, da igual para nuestra obra. Viva o muerta no será fértil para nuestra obra.

Tenía el tono de un oráculo, como si alguien hablara a través de él. En verdad un solemne y gutural muñeco de ventrílocuo.

—Le pido en cambio que no ataque al sindicato —siguió Pizarro—. No se interponga. Habrá aprendido usted por lo menos lo poco que sabe de esta maquinaria. No meta los codos en ella. No toque nuestra obra, no nos juzgue sin conocernos. Y no nos conozca provocándonos.

Puso la cabeza sobre el respaldo de la silla y pareció desvanecerse en una gigantesca fatiga. Vi los potreros impecables de La Mesopotamia en El Álamo, los manglares y los establos, la refaccionaria y el complejo central. Y volví a admirar a Lázaro Pizarro, cacique de Poza Rica, conductor de pueblos, fundador de civilizaciones, los labios temblorosos, derrumbado por el enorme esfuerzo físico apostado en esos pocos minutos de voz resonante y poderosa, a la altura histórica que se otorgaba su dueño.

—Si quiere preguntarle, puede usted hacerlo —dijo Cielito, con su dulce voz—. Nosotros sabemos lo que es amar sin esperanza.

Pregunté:

—¿Las decisiones presidenciales de hoy detienen todo lo de Chicontepec?

—Con nula visión, se ha dado carpetazo al proyecto —dijo Pizarro, reanudando su esfuerzo.

—Dios nos lo dio, Dios nos lo está quitando —dijo Cielito.

—¿Todo para nada, entonces? —dije yo.

—Nada es para nada, amigo periodista —dijo Pizarro, con nuevo ímpetu. Sentí su esfuerzo supremo en la cresta de la rabia que le quedaba, la última pasión indomable de ese cuerpo vencido—. Todo viene en la misma crecida: el aluvión que moja las tierras y la inundación que devora pueblos, vidas y animales. La historia también se equivoca, tira para el monte, como se dice. Nuestro negocio es corregirla, ponerle brida. Y es negocio de riesgo, mi amigo, como el petróleo lo es. Bienvenidas las pérdidas entonces. Ya ve usted, aquí, que son parte del juego.

Echó la cabeza hacia atrás y se quedó así mirando al techo, las mandíbulas rígidas y los labios secos, las manos ligeramente temblorosas, agotado por el esfuerzo.

—Dios nos lo está quitando —dijo Cielito, antes de besar el brazo de Pizarro que acariciaba.

Al recostarse después ahí sobre ese mismo brazo, la luz de la lámpara pegó sobre el lado izquierdo de su cara haciendo patente la humedad que había dejado el llanto.

Regresamos sin hablar rumbo al hotel, pero hizo mi contacto una escala sorpresiva en el camino, en una pequeña plazoleta de bancas rojas y truenos saturados de pájaros. Me invitó a bajar y nos paramos junto a la fuente seca, en medio de parejas adolescentes, ancianos tomando el sol, paleteros y vendedores ambulantes que ofrecían morelianas en la santa paz mexicana del aniversario petrolero.

—Ya lo vio —dijo mi contacto, limpiando la tierra del orificio por donde una de las cuatro ranas de la fuente debía echar agua—. Espero que le conste su inminente desaparición.

—Me consta —respondí.

Subió un impecable zapato ocre sobre el pretil de la fuente y se dio el tiempo necesario, su lento tiempo de modales calculados, para sacar y prender un cigarrillo.

—Ahora soy yo el que le va pedir una disculpa anticipada por lo que voy a contarle —dijo, echando al hablar el humo de la primera bocanada.

Empecé a escarbar mi propia rana.

—Lo que vio usted de Pizarro en esa silla de ruedas no es lo que queda de la acción de Edilberto Chanes —siguió mi contacto tratando de enfrentar, con el ceño fruncido, la luminosidad abierta del cielo—. Lo que vio usted en ese motel es un hombre devorado por el cáncer, no por las heridas que le haya causado alguien. Mucho menos Edilberto Chanes

—¿Me quiere usted decir que Chanes no tocó a Pizarro?

—Le quiero decir que Chanes ni siquiera hizo el asalto —volvió a fumar y a tratar de ver el cielo despejado—. No hubo asalto.

—Las lesiones de Pizarro las chequé directamente en Houston —dije con sequedad.

—No sé lo que usted checó en Houston —dijo mi contacto—. Pizarro estuvo efectivamente en Houston en las fechas de la muerte de Chanes. Pero fue a tratarse el cáncer, que lo está consumiendo. A ninguna otra cosa.

Recordé y traté de recordar. No había tenido nunca información precisa de la Miller sobre las razones del internamiento de Pizarro en el Methodist Hospital; me había mencionado su ingreso al pabellón de traumatología.

—Roibal también fue internado herido —apunté.

—Roibal lleva año y medio perdiendo el ojo izquierdo por un traumatismo en un choque y una infección. Se internó para eso, aprovechando el viaje de Pizarro.

Según la Miller, Roibal se había internado en cirugía. ¿A operarse el ojo? Podía ser. ¿Pero las heridas mortales o casi mortales de Pizarro, heridas de bala causadas por Chanes, podían haberse atendido en traumatología? No. Aunque tampoco el cáncer definido por mi contacto. Cáncer o bala, no hubiera podido ser en traumatología.

—En diciembre pasado tenía usted una versión de los hechos completamente distinta —dije, limpiando con el dedo los pliegues del anca de la rana.

—Tenía exactamente la misma versión —dijo mi contacto—. Pero también tenía una información perturbadora, que usted me dio.

—¿A saber?

—Que la viuda de Rojano había mandado a un pistolero profesional a matar a Pizarro.

—La viuda de Rojano no mandó a nadie a matar a Pizarro —recordé, irritado por la forma aséptica, que yo sentía policiaca, de referirse a Anabela como "la viuda de Rojano"—. Nada más escuchó los planes de Edilberto Chanes.

—Así es —dijo mi contacto—, pero esa no fue la primera información que yo recibí. Lo que usted me dijo al principio fue que ella había alquilado a Chanes para matar a Pizarro.

—Fue un error mío —sugerí.

—Chanes resultó en efecto lo que dijo la viuda: un hombre desquiciado, un delincuente en busca de "trabajos": un contrabando aquí, un asalto allá. Es perfectamente posible que haya llegado a Cuernavaca a ver si podía sacar algún dinero de la viuda, a cuenta de su decisión de "eliminar" a Pizarro. ¿Sabe usted si recibió algún dinero?

—Ninguno, que yo sepa —dije, sin saber.

—El hecho es que no se hizo el asalto.

—¿Cómo murió, entonces? —pregunté.

—Es otro asunto. Se lo cuento si promete no publicarlo.

—No puedo prometer eso.

—Se lo cuento de todos modos. Basta con que no lo publique en los siguientes diez días, porque entorpecería mi investigación.

—De acuerdo en diez días.

—Lo de Chanes conecta con la oficina de nuestro amigo el jefe de la policía metropolitana —dijo. Instintiva y caricaturescamente echó mano a sus anteojos oscuros y los acomodó sobre su fino puente nasal.

—Será una conexión relacionada con el bien público —dije.

Agradeció la ironía con una sonrisa. Una parte central de sus dificultades profesionales tenía origen en la impunidad, los negocios y la inseguridad pública que fluían, como ríos, de las oficinas del jefe de la policía metropolitana.

—Lo de Chanes parece tratarse de un ajuste de cuentas de la policía —dijo mi contacto, dando las últimas fumadas urgentes, sucesivas, a su cigarrillo: una brizna de ansiedad en ese pajar de autocontrol y parsimonia—. Se trataría del pleito por un botín recobrado de cincuenta millones de pesos. Chanes y sus acompañantes habrían acumulado en bodegas esa cantidad de mercancías, fruto de varios asaltos. Habrían sido descubiertos por colaboradores de nuestro amigo. Habrían sido torturados, confesados, despojados del botín y luego, para borrar las huellas, eliminados en la carretera.

—¿Justamente los días en que Pizarro recayó del cáncer y tuvo que irse a Houston con Roibal? —pregunté con renuencia.

—Justamente en esos días, paisano.

—¿No le parece demasiada coincidencia? —dije, dejando la rana para mirarlo.

—Demasiada coincidencia, puede ser —contestó calándose los lentes y pasándose luego el pulgar y el índice por la comisura de los labios.

—Fueron los días en que Pizarro tuvo que dejar de emergencia, sin avisar, actos programados con el secretario de gobierno de Poza Rica —seguí, acumulando objeciones.

—Así es, paisano.

—Los días en que Chanes dijo que atacaría la Quinta Bermúdez —recordé.

—Eso descártelo —dijo, sin pausa, mi contacto—. No hubo asalto, lo tenemos perfectamente investigado. Descuente a Chanes y el asalto —reiteró, volviendo a tratar de mirar el cielo azul a través de los truenos tupidos.

—¿Y debo creerle lo que dice ahora o lo que nos dijo en diciembre? —dije, resumiendo mi incomodidad.

—Hay dos posibilidades de creer, en efecto —dijo mi contacto, sonriendo—. Pero la única verdad es la que le digo ahora, paisano. Piense usted en esto: el cáncer de Pizarro era ya un hecho en diciembre. Pero en diciembre también parecía un hecho que la viuda de Rojano apostaba a mandar matar ese cadáver.

—Nunca lo mandó matar —dije, sosteniendo la versión de Anabela.

—Dije que parecía, paisano. Y no teníamos más guía que esas apariencias. La viuda parecía haber mandado matar a Pizarro, Pizarro parecía haber liquidado al enviado de la viuda y parecía haber amenazado a la viuda enviándole los cueros. Puras apariencias, paisano.

—Pero los cueros llegaron de a deveras. ¿Quién mandó los cueros si no fue Pizarro? ¿Y por qué los mandó Pizarro precisamente en los días que siguieron al asalto anunciado por Chanes? No habíamos vuelto a tener noticias de él. Demasiadas coincidencias otra vez.

—Coincidencias, otra vez —dijo mi contacto con suavidad—. Pero yo estoy hablando de los hechos y sus causas, no de las coincidencias.

—¿Quién mandó los cueros, entonces?

—No lo sé, el mismo Chanes pudo ser, para agilizar la decisión de la viuda de Rojano de darle dinero.

—¿Qué iba a saber Chanes de los cueros?

—Le dije una vez, paisano: tiene usted la enorme ventaja de ser un columnista muy leído. Cualquiera que haya leído sus columnas sobre el caso de Chicontepec, supo y sabe lo de los cueros. Y lo que significan, según usted.

—Lo que significan según Pizarro —dije.

—Según usted, paisano. Y según sus amigos.

Lo sentí endurecerse como aquella vez en diciembre en la casa de Cuernavaca y luego contraerse y contenerse de nuevo.

—¿Sabe usted lo que eran originalmente esos cueros? —dijo—. Regalos de Pizarro durante su campaña de 1975 para reelegirse en la sección 35. Un obsequio. Como quien regala plumas fuentes, él regalaba esas carpetas de cuero. Su amigo Rojano las convirtió en avisos mortales, para atraerlo a usted. Ya hemos conversado ese asunto, no creo que haga falta repetirlo.

—¿Y de dónde sacó Chanes esos cueros para mandarlos, como dice usted?

—Yo no digo que los haya mandado Chanes. Le dije que no sé quién los mandó. Una hipótesis es que lo haya hecho Chanes para asustar a la viuda, para presionarla y sacarle algún dinero.

—Esa no fue la impresión que tuvo usted en diciembre, cuando le mostramos los cueros en Cuernavaca.

—Parecían otra cosa en diciembre, efectivamente.

—¿Le creo entonces lo que me dice ahora o lo que me dijo en diciembre?

—Créame usted lo que quiera —dijo mi contacto.

Sacó un segundo cigarrillo y el encendedor para prenderlo. Comprendí la utilidad retórica de ese pequeño ceremonial apaciguante, una forma también de establecerle tiempos y ritmos demorados al interlocutor para inducir recíprocamente su contención y su frialdad, musas sin ángel de la negociación y el acuerdo. Prendió y exhaló, complacida, apaciblemente:

—Aténgase usted a estos hechos: Pizarro tiene cáncer y, según acaba usted de verlo, morirá en cosa de semanas. La viuda está fuera del país, libre de toda vinculación o responsabilidad en esa muerte. Muerto Pizarro, el aviso supuesto o real de los cueros pierde toda sustancia. Chanes es un loco, murió en el circuito de un problema completamente distinto, que dentro de algunos días estará circulando, espero, por toda la prensa nacional.

—¿Con cargo a nuestro amigo de la policía? —dije, buscando información lateral.

—Con cargo a nuestro común amigo.

—¿Una renuncia?

—Debiera haber por lo menos una renuncia. Pero lo que quiero ahora es que me entienda. En diciembre mi único interés era sacar de la jugada a la viuda de Rojano.

—Sería más fácil llamarla Anabela.

—La llamo así por estrictas razones de precisión, no me malinterprete.

—No me haga caso, tampoco —dije, concediendo el sinsentido de mi irritabilidad.

—Si la viuda había incurrido en la equivocación de mandar matar a Pizarro, como usted me dijo, mi interés era evitar que insistiera en hacerlo. Desahuciado Pizarro por el cáncer, el propósito era más hueco todavía. Ya era bastante complicado el caso de ustedes, políticamente quiero decir. Demasiado escándalo y jaloneo, y extraordinariamente peligroso, entiéndame. Era peligroso para ustedes y para las relaciones del gobierno con el sindicato petrolero. Y para mí, que negociaba en medio. Si le hubiera dicho a la viuda de Rojano que Pizarro tenía cáncer, hubiera creído simplemente que quería sacarla de la jugada. Le dije entonces que su ataque había tenido éxito.

—La viuda no ordenó ningún ataque —dije, sosteniendo la versión hasta el final.

—El supuesto ataque de Chanes —rectificó mi contacto—. Y eso fue lo que la persuadió de que debía salir un tiempo de México. Le mentí con la verdad. Lo que era mentira entonces es la verdad ahora y viceversa. Eso fue todo. Por lo demás —dijo, quitándose los lentes y volviendo a mirar al cielo, con una expresión triste y como añorante, que se deshizo en una sonrisa melancólica—, déjeme decirle esto. Lo entiendo muy bien a usted. Es una mujer impresionante la viuda. No creo haberle visto el fondo todavía. Y creo que usted tampoco. Digo "la viuda" no con intención, sino con respeto. Y también, se lo digo a usted, por qué no, con un poco de envidia de no haberla encontrado en situación más propicia. Envidia de usted, del presidente municipal, de los hombres que han hecho ahí su huella.

—Entiendo lo que quiere decir —dije.

—Sé que lo entiende, paisano.

Apagó su cigarrillo en el lomo de una de las ranas, descabezando limpiamente la brasa.

—Hay en la noche una reunión privada de los amigos —dijo quitándose los lentes—. ¿Quiere venir?

Escribí una detallada relación de la entrevista y la mandé a Los Ángeles para Anabela con un piloto de Eastern. El 28 de abril de ese año supe por el corresponsal de Veracruz, y confirmé en Bucareli, que Pizarro había entrado en estado de coma. Una semana después, por la tarde, llegó al periódico la noticia de su muerte.

Estaba por casualidad en la dirección general, conversando sobre una larga serie de entrevistas con líderes obreros, que el periódico llevaba un mes negociando. La dirigencia petrolera me solicitaba como entrevistador y el director exponía las ventajas periodísticas del asunto. Llegó el cable a su mesa por las manos de un auxiliar.

—Murió Pizarro —dijo.

Me dio un vuelco el estómago y a inmediata continuación una especie de euforia que no pude contener:

—Dígales que acepto la entrevista —pedí al director—. En los términos que usted decida.

Eran las tres de la tarde. Salí del despacho y llamé al corresponsal para checar los detalles de la muerte; luego, desde la caseta de larga distancia del periódico, llamé a Los Ángeles. Contestó la misma Anabela.

—A las doce de hoy murió Pizarro —le dije.

Hubo un silencio largo al otro lado.

—¿Qué fecha es hoy, Negro? —dijo finalmente, como idiotizada.

—Miércoles 4 de mayo.

—Miércoles 4 de mayo de 1980 —dijo Anabela—. Tengo ganas de llorar.

—Llora.

—No sé llorar. Tenía razón Rojano.

—Tenía razón de qué.

—La venganza es un plato que se come frío —dijo Anabela, fría en efecto, como un témpano—. ¿Cuándo es el entierro?

—Mañana, en Poza Rica.

—¿Con todos los honores?

—Con todos los honores del sindicato, sí.

—¿Vas a estar en tu casa por la noche? Quisiera que hablaras un rato con los niños. Te han extrañado.

—Yo a ellos también.

—Mándame un beso. Siento un vacío en el estómago que me parece que es como tener ganas de llorar.

Fui a comer al Passy con un asesor del presidente apasionadamente volcado en el proyecto del SAM, anunciado el 18 de marzo. Lo escuché larga y placenteramente en su minuciosa explicación de posibilidades y recursos de la autosuficiencia alimentaria mexicana, la ganaderización aberrante de tierras agrícolas, la necesidad de revertir la productividad del campo hacia los cultivos estratégicos de la dieta mexicana, la posibilidad de fortalecer en unos cuantos años la alimentación básica con procesos agroindustriales de incorporación de soya a la tortilla que duplicarían de golpe el rango proteínico de la población.

Al final de la comida, por primera vez desde la salida de Anabela a Los Ángeles, tomé un coñac y fumé un puro, cancelé la cena concertada para la noche, compré revistas españolas en Sanborn's y me refugié en el cine Latino. De vuelta en Artes, informé a doña Lila, le dije que hablarían los niños, me quité los zapatos y la corbata, serví un wiski y me puse a leer los documentos del SAM que había obtenido en la comida. Era la historia de su gestación burocrática desde el primer memorándum de Cassio Luiselli, su responsable, hasta los ambiciosos proyectos de desarrollo agroindustrial y sustitución y adaptación tecnológica. Dos wiskis después, como a las once de la noche, oí el picaporte de la puerta y la llave. Entró vestida toda de cuero negro con una pañoleta roja atada al cuello, radiante, como seguida por un aura de luz cuyo influjo sobre mí había olvidado, amortiguado por la distancia. Volvía a sorprenderme ahora, como tres años y medio atrás, en la intimidad y sin recursos para responder a la intromisión.

—No pude resistirlo, Negro —dijo, jalando su maleta de rueditas hacia el interior del departamento, como quien mete un perro fino—. Tomé el avión de la seis en Los Ángeles, no pude resistirlo.

Permanecí en el sillón donde leía, deslumbrado, viéndola accionar con la maleta y barajar su coartada, explicar halagadoramente su decisión de viajar y venir hacia mí, como una modelo por la pasarela, dando una vuelta enfrente para lucir su atuendo, ágil y fresca, eufórica:

—En lugar de llorar, decidí festejar —dijo—. Pero no dormimos juntos. ¿Ni siquiera vas a darme un beso?

Me paré y la abracé y nos besamos. Luego Anabela sacó cigarros y prendió uno manchándolo como siempre con el bilé y se sentó en uno de los equipales, la pierna cruzada, meneándola nerviosamente.

—¿Y no vas a ofrecerme por lo menos un vodka en las rocas?

Le serví el vodka en las rocas.

—No es que te quisiera sorprender —dijo Anabela—. Pero falta que me digas que hay alguien en la recámara.

—No hay nadie.

—Si tienes a alguien en la recámara, aquí me puedo estar de espaldas al pasillo unos quince minutos mientras la sacas. Prometo no mirar, ni oír, ni recordar. ¿Necesitas los quince minutos?

—No.

—¿Quieres decir que se acaba de ir?

—No.

—¿Entonces por qué tienes esa cara degenerada de recién cogido? Se me hace que hasta vas a salir con que agarraste un gonococo vietnamita. No has de haber dejado admiradora ni principiante sin servicio, oye.

—Ninguna principiante —dije.

—¿Puras expertas entonces? ¿Agarraste el gonococo vietnamita?

—No.

—¿Novio, amigo, consolador, confidente?

—Tampoco.

—Me has extrañado entonces, Negro.

—Mucho.

—¿Hasta la fidelidad?

—Hasta la saturación.

—¿Qué se te caiga el pito si me estás mintiendo?

—Que te contagie el gonococo vietnamita si te estoy mintiendo.

Tomó dos tragos del vodka y fue hacia la recámara, jalando su maleta. Pidió desde la recámara otro vodka y se lo llevé, pero ya estaba metida en la cama bajo las cobijas, la ropa en el piso, los aretes, el reloj y la pulsera junto el velador.

Fue rápido y sin profundidad, pero a la media hora regresó, largo e intenso. Fui por más wiski y vodka y cuando regresé Anabela ponía el despertador.

—No más —dijo—. Mañana hay que levantarse temprano. Sabes para qué, ¿verdad?

Se detuvo, me tomó de la cara con sus manos frías, un poco menos frías ahora, y me miró un momento, tersa, relajada, deslumbrante otra vez, antes de preguntar:

—Sabes a qué vine, Negro, ¿verdad?

—Al entierro de Pizarro —dije.

—Y a verte, Negro. A verte a ti. Pero el entierro sólo es una vez. ¿Estás de acuerdo?

—De acuerdo.

—¿Vas a acompañarme?

—Tengo que mejorar mi relación con los petroleros. Voy a hacerles una larga serie de entrevistas a sus dirigentes.

—¿Entonces vienes conmigo?

—Sí.

—Compré boletos para el avión a Tampico, mañana a las siete. Ahí rentamos un coche y nos ponemos en Poza Rica a las once.

—Conozco el camino —le dije.

Lo conocía.

Me dormí pensando en los "motivos de precisión" que había argumentado mi contacto para llamar a Anabela invariablemente la "viuda de Rojano". Conocía también el accidentado camino de esa pertenencia que parecía, nuevamente, llegar a su fin.

No hubo que preguntar en Poza Rica por el lugar de los funerales, bastó seguir el sendero de calles con arcos de guirnaldas y mantas que despedían a Pizarro, prometiéndole eterno recuerdo y emulación emocionada. Empezaba la vía de las guirnaldas justamente en la desviación al cementerio, en las afueras de la ciudad, y se iba metiendo en ella, por grandes avenidas y pequeñas calles, hasta la sede del sindicato petrolero, de donde habrían de salir, en punto de las doce, los despojos mortales de Lázaro Pizarro. No era difícil seguir ese camino, porque era también el de la muchedumbre que ocupaba las aceras del trayecto en una valla interminable. Dejamos el coche en una calle lateral, diez cuadras adelante de nuestra entrada, y remontamos el sendero de las flores y la gente. Durante la campaña presidencial, había visto esas aglomeraciones ordenadas y efervescentes cientos de veces, en ciudades grandes y en remotos caseríos, y sabía leer bajo la primera impresión de una multitud espontáneamente volcada a las calles la fina correa eficiente de la vida corporativa mexicana, la ingeniería capaz de convocar masivamente a agremiados, clientes, simpatizantes y premiar o castigar asistencia o desdén. Ahí estaba intercalada efectivamente, con antigua sabiduría escenográfica, a lo largo del camino, toda la población escolar de la ciudad, niños y niñas de las escuelas primarias, adolescentes de los bachilleratos y tecnológicos, traídos por sus maestros a este día de clases sustituto para agitar banderitas tricolores y exhibir pequeños crespones de luto en las mangas de sus uniformes; ahí se alineaban en la valla los miembros de las organizaciones sindicales de la ciudad, las meseras con claveles rojos en las manos, los telegrafistas y carteros con una enorme corona de varas simulando una parábola de microondas en cuyo centro habían tejido con flores un *adiós* morado. Habían traído a campesinos y danzantes de la sierra; los quinientos taxis de Poza Rica esperaban también, montados uno tras otro sobre el camellón de una avenida, junto al despliegue gemelo de la maquinaria del sindicato, pipas y revolvedoras, tractores y trascabos, aplanadoras y grúas portátiles. Las mantas estridentes competían en las paredes de los edificios amarradas a los arbotantes del alumbrado: "No te olvidaremos, Lacho". En esquinas y bocacalles gremios de oficios y asociaciones de colonos ostentaban banderines, insignias, "Tu ejemplo será el de nuestros hijos", las patrullas cerraban calles, ordenaban grupos, los electricistas de Poza Rica, presentes en el adiós a Lázaro Pizarro, los organizadores del adiós acumulaban nardos en brazos de niñas y ancianas, "Los trabajadores de la salud, por la eterna salud inmortal de Lázaro Pizarro", porras y pelotones agitaban cencerros y silbaban pitos, "No te has ido y nunca te irás de nuestra memoria", el tenderete improvisado por las putas con los palos de las pancartas las protegía del sol ardiente, sin evitar que sollozaran agitando maltratados cempasúchiles, "Lázaro Pizarro, hasta la victoria obrera siempre", la sirena de los trabajadores ferrocarrileros surcaba el aire con el debido toque de catástrofe y emergencia, "Te perdió la Vida, Lacho, pero te ganó la Historia", y cada cien metros, escalonadas, las orquestas, las marimbas, las bandas y los conjuntos musicales del municipio que afinaban guitarras eléctricas, soplaban preventivamente flautas y clarinetes, tensaban arpas y violines, pulsaban tumbadoras, hasta el mensaje culminante en una pequeña cartulina en un balcón: "Lacho sólo hay uno: somos todos".

Conforme iba aproximándose a la sede del sindicato, en el centro de la ciudad, la fiesta iba engrosando y multiplicando sus mantas y consignas. Conocía el esqueleto interno de esa abundancia y ese desbordamiento, su orquestación administrativa, útil lo mismo para una recepción que para un desfile o para llenar de júbilo un estadio. Pero nunca dejaba de sorprenderme la vivacidad y la fuerza del efecto logrado sumando los escalones vivos de la pirámide, esa pirámide en cuya cúpula Pizarro había imperado al extremo de poder convocarla a su adiós con el vigor que nos inundaba desde las calles bullentes de Poza Rica, nunca tan hermosas como ahora, ocultadas, disfrazadas, suplidas por la gente. Podía imaginar perfectamente el tumulto impenetrable en torno a la sede del sindicato, entre otras cosas porque ya era visible en las siguientes calles, donde la valla se disolvía en una mancha viva de vehículos y personas, una gigantesca kermés cerrada al tráfico. Tras el movimiento y la maraña, un resplandor fijo de reflectores perfilaba el movimiento instintivo de la multitud, cruzada por un torrente más poderoso que ella. En la franja tiritante de la calle, como parte del espejismo facilitado por la resolana, la enorme mole de dos autobuses con las grandes luces encendidas denunciaba el lugar del inicio, las oficinas del sindicato. Caminamos hasta allá, buscando siempre el primer plano adecuado para registrar lo que nos había traído aquí. No el entierro de Pizarro, sino los detalles morbosos de su cortejo, el capítulo final de la historia de sangre sellada una noche de antorchas en Chicontepec. La cuadra inmediata anterior a la sede del sindicato estaba acordonada por custodios de la guardia de Pizarro y por personal de la sección 35. Atrás del cordón de los custodios se extendía, hasta perderse de vista, la hilera de coches que formarían el cortejo, dos camiones de redilas en la descubierta, un autobús del sindicato y la parafernalia motorizada del caso, coches de vidrios polarizados con antenas, vagonetas automáticas, camionetas picops con guardaespaldas, esperando el momento en que arrancara frente a la sede sindical la nave sagrada, la limusina blanca que habría de llevarse a Pizarro a su último viaje.

Sorteamos la valla de los custodios con mi credencial del diario y caminamos la calle que faltaba en un mar de gente que trataba, como nosotros, de penetrar a la sede del sindicato.

—¡Gobierno del estado! —empezó a gritar Anabela frente a mí, agitando en lo alto su pasaporte, para romper la densidad del tumulto—. ¡Gobierno del estado, señores! ¡Urgente, en el servicio del gobierno del estado, por favor! —agitando su pasaporte. Unos gritos después estábamos ya en la puerta de la sede del sindicato, el mismo lugar por donde había entrado yo cuatro años atrás, entre la guardia personal de Pizarro. Roibal estaba en la puerta, sin el parche de Salamanca. Tenía el ojo izquierdo estrábico y borroso, como si se hubiera ido de su control en una nube. Seguía engordando, pero de un modo insano, como por efecto del alcohol o la cortisona, hinchándose más que embarneciendo. Otro extravío sin rumbo fijo hubo en su ojo bueno, el derecho, cuando nos vio llegar a la puerta.

—Vengo también a las entrevistas —mentí.

—Los dirigentes nacionales están en la mezanine —dijo secamente Roibal, sin franquearnos el acceso.

En ese momento cruzó adentro el corresponsal del diario y le grité, por encima de la cabeza impasible de Roibal, que mantenía entornada la puerta. Le pedí que buscara a un responsable de la dirigencia nacional y trajo al encargado de prensa, a la vez asesor de relaciones públicas del máximo líder, Joaquín Hernández Galicia, La Quina. El asesor había negociado con el periódico mi serie de entrevistas a la dirigencia petrolera.

—Dice Joaquín que pase el periodista —dijo el asesor en la oreja de Roibal.

Delante de mí pasó Anabela, el asesor nos guio hacia la enorme mezanine donde habían puesto como en un catafalco el ataúd de Pizarro. Alrededor estaban prácticamente todos los líderes, en un ambiente solemne de anteojos oscuros y guayaberas tropicales. El féretro estaba abierto, y en su torno hacía la enésima guardia un grupo de hombres y mujeres, la fila de dolientes que esperaba para reemplazarlos bajaba las escaleras de la mezanine hasta la puerta que guardaba Roibal, quien los iba dejando entrar por pequeños grupos, según fueran circulando frente al féretro los de arriba. Fui llevado hasta Joaquín Hernández Galicia y presentado por segunda vez. Anabela se quedó junto a la hilera de las guardias fúnebres.

Señaló Hernández Galicia por nombre y región a los cuatro dirigentes que debían ser entrevistados y ordenó a su asesor que les comunicara ponerse a mis órdenes para el efecto.

—¿Se queda un tiempo con nosotros? —preguntó después.

—Vine sólo por las fechas —dije—. Regreso después por las entrevistas.

—Hágale como quiera —dijo, señalando imperceptible, aunque imperiosamente hacia el féretro de Pizarro—. Pero más valdría que regresara solo. Lo de Chicontepec es cosa juzgada y pagada.

Miré hacia el lugar del féretro, que trataban ya de bajar del catafalco. Anabela estaba ahí, impidiendo a los monosabios que cerraran la tapa del ataúd, toda ella vestida de blanco y de negro, fija e inconmovible en el espectáculo de Pizarro sin vida. Acepté la indicación de Hernández Galicia y me acerqué a separarla. Vi por un momento en el ataúd abierto el rostro sin vida del fundador de La Mesopotamia, aceitunado sobre el paño blanco, el cuerpo encogido, consumido por el cáncer o por los disparos de Chanes, el pelo caído, como calcinado por un incendio, su esternón como una quilla en el centro del pecho, resumido, mínimo, el despojo de un enano.

—¡No es él! —dijo Anabela con una exhalación histérica en mi oído.

—Es él luego de seis meses de agonía —dije.

—¡No es él, Negro! —susurró otra vez, enérgicamente, Anabela.

Empezó a frotarse los brazos y a temblar.

Cielito apareció del otro lado del féretro y vino hasta nosotros envuelta en una túnica blanca:

—Todos lo perdimos —dijo, abrazando a Anabela como a una doliente—. Y todos lo hemos de conservar en nuestra memoria. Allá afuera hay una fiesta, no hay luto, no hay dolor. Hay fiesta por la memoria de Lacho, que nos dio todo y ahora nos deja su recuerdo.

Sentí el temblor desvanecerse en el cuerpo de Anabela, que se aferró al brazo de Cielito como si se refugiara en la misma franja de duelo y fuera ella al mismo tiempo la consolada y el consuelo, la doliente y la solidaria. No se separaron el resto del entierro y quedamos atados al itinerario de Cielito. Los auxiliares cerraron el ataúd y lo bajaron del catafalco para llevarlo en andas ocho de los dirigentes seccionales, Hernández Galicia entre ellos.

Atrás de ese concierto, juntas, Anabela y Cielito engarzadas en el luto blanco, que un prendedor esmeralda desmentía sobre el pecho de Anabela, salimos a la muchedumbre organizada del adiós tumultuario, en el ramillete principal de cortejantes que incluía también al representante del gobierno del estado, de los secretarios de Gobernación y del Trabajo, dirigentes de los sindicatos nacionales de industria, las autoridades municipales y el servicio doméstico de Pizarro —dos cocineras y dos mozos adolescentes que Cielito había querido en la primera fila del cortejo—. Siempre con Anabela del brazo de Cielito, subimos a la vagoneta que iría atrás de la limusina blanca con el féretro. Roibal, nuevamente con el parche de Salamanca sobre el ojo izquierdo, silencioso y endurecido, subió al asiento delantero, junto al chofer.

Empezó el cortejo, lento, bajo el cielo ardiente de Poza Rica. Enfrentamos la valla ancha de los primeros tramos y el confeti que caía de las azoteas de los edificios. Una única melodía, "Las golondrinas", era tocada simultáneamente por las bandas y conjuntos de la valla fúnebre y sobre la carroza iban cayendo, en su desplazamiento milimétrico, como el paso de un torero triunfante, nardos y claveles, gorras de cartón, pañuelos, los zapatos usados más tristes del mundo, prendas de vestir, en un último paseíllo triunfal de Lázaro Pizarro. Cielito sollozaba incontenible, con una naturalidad sencilla y lapidaria, sin tragarse una sola efusión, entonando a media gárgara de llanto "La Magnífica", seguida de jaculatorias y sorbidos de mocos y padres nuestros donde se metían de pronto el *Credo* y el *Yo Pecador*. En las cuadras siguientes se pegó a la carroza una escuadra de estudiantes con tambores tocando redobles marciales; señoras y hombres rompían la valla para acercarse a la limusina a ver a Pizarro; al paso de los distintos contingentes, las leyendas de las mantas eran voceadas a coro reiterando en gritos unánimes la decisión escrita de gratitud y recuerdo, mientras "Las golondrinas" se mantenían al fondo, pasando del arpa jarocha a la guitarra eléctrica, a la flauta y al piano y la marimba, según los grupos alineados en nuestra procesión. Anabela seguía sosteniendo del brazo a Cielito, como a su hermana de duelo, sin mover la vista de la limusina que iba adelante, en medio del bullicio y el ajetreo de carnaval que iba y venía a los lados, en las vallas y las voces. Al pasar por la avenida de los taxis, la música fue acallada por el sonido de los cláxones y la conjunción de sirenas de ambulancia, cuyo estruendo hizo a Cielito clavarse en el pecho de Anabela, en una nueva oleada de sollozos:

—Se está yendo, nos está dejando.

—Para siempre —dijo Anabela firmemente, Roibal volteó a mirarla, con su único ojo, y luego a mí; el ojo frío y colérico empezaba a ser desbordado por el llanto, las comisuras rojas y el agravio helado, detenido ahí.

—Se nos ha ido para siempre —repitió Anabela, desafiando ahora claramente esa rabia, mientras abrazaba la cabeza de Cielito.

Otra multitud aguardaba en el cementerio, bajo el candente sol de la una de la tarde. Era un cementerio llano, sin árboles ni andadores enjardinados, sin mausoleos marmóreos ni criptas familiares; un cementerio al ras, con los lujos únicos de sus cruces, sus flores y sus modestas lápidas. Bajamos entre la multitud y seguimos el féretro, que cargaron nuevamente los dirigentes petroleros unos doscientos metros adentro. Cielito estaba cada vez más convulsa y desamparada y Anabela inconmovible junto a ella como si a través de esa conexión con los sollozos y el cuerpo sacudido de Cielito, viviera justamente el entierro que buscaba y saciara por esa transfusión de dolor directo las cuentas diferidas de Chicontepec.

La tumba estaba recién cavada en medio de un semicírculo acordonado por los custodios y unas cuatro mil gentes apiñadas y sudorosas, silenciosas, estremecidas por el restante sonido de "Las golondrinas" que tocaba por último, frente a la tumba, la rondalla de la sección 35, con guitarras y mandolinas. Rodearon la tumba los dirigentes y los políticos, y la música cesó.

—No ha muerto, vivirá entre nosotros —gritó alguien de la multitud, ocupando nítidamente ese silencio.

Hubo un solo discurso, lacónico, del dirigente máximo, Hernández Galicia; decretó luto de tres días para la familia petrolera y dijo haber perdido a un hermano, del mismo modo que la región y el país habían perdido a un guía:

—Lázaro Pizarro no está ahí metido en esa caja —dijo después, levantando la vista sobre la multitud—. Lázaro Pizarro está aquí —se tocó el pecho—, en el corazón de todos los hombres bien nacidos, de todos los petroleros y de los amigos de los petroleros. Lázaro Pizarro está en esas calles por las que cruzamos hace un momento, en la cabeza y el cerebro de toda esa gente que vino a decirle no adiós, sino hasta luego.

Pizarro estaba en sus obras y en sus logros, siguió Hernández Galicia, en las realizaciones de la sección 35, en las escuelas y el trabajo, en las tiendas, en los cines, en los huertos sindicales:

—En la mirada triste de todos ustedes que estoy viendo ahora —remató—. Le decimos hasta luego a él, al hermano, al guía, al constructor. Pero le decimos bienvenido también a él, que queda en sus obras. Lacho Pizarro puede descansar en paz, nosotros no; tenemos que honrar su memoria haciendo más de lo que él hizo. Es lo que quiso al final, yo hablé con él. No tristeza, sino trabajo. Y nuestra lealtad a su memoria será de trabajo.

Calló Hernández Galicia y volvió a abrirse el silencio. De atrás del cordón de la muchedumbre avanzó un hombre anciano y enjuto, con una trompeta de órdenes. Se limpió los labios y empezó a pitar desastrosa pero reconociblemente "Adiós muchachos, compañeros de mi vida".

—Fue también su última voluntad —dijo Cielito a Anabela—. Que le tocaran esa.

Despatarrado, la camisola abierta sobre el pecho huesudo, el ancho pantalón arremangado hasta las pantorrillas nervudas, firme sobre sus guaraches maltratados, tocó el hombre de la trompeta sin ritmo, perdiendo notas, pero sacudiendo el aire y el silencio como un quejido, un lamento animal, metálico y electrizante, mientras bajaban el féretro y empezaban a caer las primeras paletadas de tierra.

Cuando terminó, los paleadores iban a la mitad, así que el resto de la ceremonia fue el sonido rítmico de la tierra cayendo y las palas cavándose en ella para esparcirla. Uno a uno los dirigentes petroleros pasaron frente a la tumba dejando caer un clavel rojo.

Luego acumularon ahí las coronas enviadas de todas partes hasta hacer una pira de casi dos metros. Empezó a retirarse la gente y media hora después sólo seguíamos frente a la montaña de coronas fúnebres Cielito, abrazada de Anabela, Roibal y yo.

—Ahora estará bien donde está —dijo Cielito, vacía, serena y exhausta—. No hay ahí frío ni calor. No hay poder ni hay enemigos. No hay honores ni trompetas de triunfo. Falta nada más que me le reúna.

Volvimos a la ciudad de México en el avión de las siete de la noche de Tampico.

—Lo va a tener ahí —dijo Anabela de pronto, poco antes de aterrizar.

—¿A quién?

—Cielito a Pizarro, lo va a tener ahí en el cementerio lo que le falta de vida.

—¿Te parece un consuelo?

—Consuelo, no. Simplemente, se me ocurrió que lo iba a tener a mano.

El calor y el largo día habían engrasado y afilado sus facciones, parecía fatigada y flaca, con leves ojeras y una especie de distracción, de lejanía, donde entendí que seguía navegando la transfusión de Cielito, la casilla terminal de la cuenta saldada de aquella noche de Chicontepec.

Capítulo 12
LA VIUDA DE ROJANO

Se quedó dos semanas en México, la primera de celebración y euforia, la segunda de trámites y vacío. El fin de la primera fue, por la vez última, una larga cena en Champs Elysées, inevitablemente rociada con Chablis y pullas a los meseros.

—Estamos aquí de vuelta sólo porque se nos acabaron ya los restaurantes —le dijo Anabela al capitán—. No crea que porque nos gustan sus francesadas.

Habíamos salido a comer en efecto todos los días de la semana para terminar por la noche en algún show que nos soltaba en la alta madrugada, ebrios y golfos, propicios a la invención amorosa y a la ligereza de los días por venir, sin la sombra de Pizarro. Nos levantábamos hambrientos y excitados por el residuo alcohólico y a las dos de la tarde estábamos en el restaurante del día, pidiendo mariscos y tragos reparadores y abundantes comidas que conducían a largas y aflojadas caminatas por Reforma o el centro de la ciudad, viendo escaparates y tiendas exclusivas donde Anabela escogía vestidos, pañoletas, bolsas y, al final, un abrigo de marta en un departamento escondido de la calle de Luis Moya.

Sin decirlo, dejando que su evidencia se impusiera suavemente al fondo, había en esa racha el aire de una celebración.

También, al cabo de siete días, los primeros indicios de hartazgo, un estrago estomacal, cierta saturación erótica y el cabito de la tristeza que habita en el exceso de la euforia.

Tomamos la primera botella sin hablar, en el aire fresco de la terraza del Champs, mirando la luna nublada atravesar los árboles de Reforma.

—Una cosa que no te conté de la última entrevista con Pizarro —le dije a Anabela, cuando descorcharon la segunda botella.

Puso la copa fría sobre su mejilla y empezó a pasársela, como si se acariciara.

—De regreso de la entrevista me detuvo a conversar a solas el amigo de Gobernación —dije. No le había puesto eso en la carta con la crónica de la entrevista, pero tampoco dio señal de que la omisión le importara. Entrecerró los ojos y sonrió, el primer pie ya metido en las dulces borracheras que le daba el Chablis.

—Él concertó la cita —expliqué—. Me acompañó a la cita.

—Tu ángel de la guarda —dijo Anabela—. ¿Qué te conversó?

—Conversamos de Chanes.

—¿De Chanes?

—Según el amigo de Gobernación, no hubo asalto de Chanes a la Quinta Bermúdez.

Se rio mansa, ebria, escépticamente.

—Pizarro murió de cáncer —seguí.

—¿De cáncer de pistola .38? —dijo Anabela.

—De cáncer fulminante de páncreas, descubierto el año pasado.

—¿Descubierto por Edilberto Chanes?

—En serio —bebí con rapidez—. Según el amigo de Gobernación, a Chanes lo mataron por el asunto que anda ahora en la prensa de los asaltantes asaltados por la policía.

—¿Tu columna de ayer?

—Y la información de ayer en *La Prensa,* también. Asaltantes asaltados por la policía.

—Nadie da el nombre de Chanes vinculado a eso —dijo Anabela.

—Tú no lo das en tu columna.

—Tampoco *La Prensa,* porque falta checar los nombres. Pero según el amigo de Gobernación, Chanes se quedó en esa jugada, no en la de la Quinta Bermúdez.

—¿Y tú le crees al amigo de Gobernación? —dijo Anabela, sin dejar de pasarse la copa por la mejilla antes de sorber.

—Discutí con él las coincidencias del caso.

—¿Y qué opinó de las coincidencias del caso?

—Que fueron coincidencias. Según él, Chanes es lo que parecía: un pequeño extorsionador que vio la oportunidad de sacarte dinero prometiendo asaltar la Quinta Bermúdez y liquidar a Pizarro. Como no hubo dinero, se retiró del asunto. Pero es posible, según el amigo de Gobernación, que haya sido él quien te mandó el cuero en diciembre: para asustarte y sacarte dinero en la ocasión siguiente. En ese tránsito lo agarró el Grupo Jaguar de la policía metropolitana y quedó en el carreterazo de Tulancingo.

—Sírveme —extendió perezosamente su copa. Le serví—. ¿Y qué más dice el amigo de Gobernación?

—Nada más eso. Que el cáncer se llevó a Pizarro, no la acción de Chanes. Que a Chanes se lo llevó la policía, no Pizarro. Y que nuestros cables estaban cruzados.

—Ay, Negro —suspiró Anabela—. No hay como el Chablis para ponerse terso. Yo creo que esta es la onceava botella de Chablis en los últimos cuatro días, ¿no? —se estiró levemente, las mejillas sonrosadas, los ojos entrecerrados como si se arrullara en su propio aflojamiento. Al terminar bebió y volvió:

—¿Le crees entonces su versión a tu paisano de Bucareli?

—La versión unánime en Poza Rica es que Pizarro murió de un cáncer de páncreas. Lo estuve checando en la semana.

—¿Entonces, le crees? —se pasó la copa llena por la mejilla, bajo la mirada dormitante y burlona—. ¿Ya se te olvidó lo que nos dijo en diciembre? —imitó la voz ceremoniosa del paisano:

—Usted ha ganado la pelea, señora. Pizarro morirá de las heridas infligidas por su emisario —cambió a su propia voz—: Yo no envié a ningún emisario —y luego a la del paisano—: Salga usted de México y espere a que pase el cadáver de su enemigo, señora. No me interesa llevarla a usted al juzgado, mi tarea no es la justicia. Mi tarea es la tranquilidad pública. ¿No te acuerdas de eso, Negro? ¿Pues qué clase de columnista de primera vas a resultar? Cada semestre te cuentan una de Caperucita y ahí vas para el rumbo que te telegrafían. Sírveme.

Extendió la copa, ahora cachondamente, encogiéndose de hombros. Serví, trajeron la carta y pedimos que pusieran a enfriar la tercera botella. Ordenamos luego ostiones y truchas almendradas y unas manos de cangrejo de Alaska que exhibían en el escaparate de la entrada.

—¿Te parece ridículo? —volví sobre la versión del paisano de Bucareli.

—Me parece peliculesco. ¿Para qué decirme en diciembre tantas payasadas si eran mentira? —dijo Anabela, trabajando otra vez la copa sobre su mejilla.

—Para sacarte de la jugada. Para evitar que te buscaras a otro Edilberto Chanes e insistieras en ajustarle cuentas a un cadáver.

—¿Para ayudarme, entonces? —dijo Anabela, con sorna.

—Para ayudarse él a que no se le complicaran las cosas. Supón que Pizarro muere a balazos, ¿qué explicación para la opinión pública puede haber? ¿Y cómo se limpia el agravio del gremio petrolero?

—Supón que eso sucedió de a deveras, como sucedió lo de Rojano —dijo Anabela, poniendo la copa sobre la mesa y mirándome con un cierto enervamiento—. ¿Qué hubieran hecho tu paisano de Bucareli y sus altos jefes y cómplices del gobierno? Lo mismo que hicieron con Rojano: se hubieran hecho los muertos, echan tierra y borran las huellas, porque presentar a los culpables implica hacer olas. Y no quieren hacer olas, lo que quieren es calmar el mar. Esa es su tarea: que no se mueva el mar. Supón entonces que las coincidencias no lo son y que Pizarro cayó esa noche en el asalto a la Quinta Bermúdez. ¿Qué hacen tu paisano de Bucareli y sus secuaces? Echan tierra, se inventan un cáncer de páncreas o de culo y encima vienen a convencerte a ti de que no pasó nada. ¿Sabes por qué? Porque eres un testigo de calidad. Y parte de las huellas que hay que borrar son los testigos. Entonces vienen a decirte a ti, para que te calmes, que no pasó nada, que todo fue un malentendido, una serie extrañísima de coincidencias. Y todo arreglado: ni problema ni testigos. No se te vaya a ocurrir algún día escribir tus memorias. O no vayas a entrar algún día en conflicto frontal con ellos y se te vaya a ocurrir contar, paso por paso, la historia de Chicontepec. ¿Ya me entiendes? Entonces van y negocian allá, por abajo del agua, con los petroleros y les ofrecen quién sabe qué ventajas por su silencio. Luego vienen y te sueltan acá, como cuates, quién sabe qué versión apaciguadora. Luego van a sus oficinas y cierran para siempre el expediente. Y adelante con la colección de héroes y logros del milagro mexicano. Pero nada de eso tiene que ver con la verdad, ni con la justicia, como dijo tu paisano en diciembre. Eso tiene que ver estrictamente con la seguridad y la tranquilidad pública. Él mismo nos lo dijo: no le interesaba la muerte de Pizarro, sino el escándalo que pudiera suscitar. Y si la muerte de Rojano tuvo repercusiones y atrajo la atención de tu paisano, que nos puso escoltas y nos pasó tips y nos cuidó como a la niña de sus ojos cuando se lo pedimos, y participó en la negociación con el mismo sindicato y todo eso, fue estrictamente porque tú lo exhibiste en los periódicos, exhibiste el caso en los periódicos, y los pusiste a temblar. De otro modo lo de Rojano habría sido un incidente de nota roja y para estos momentos mis hijos y yo estaríamos acompañándolo en su cueva del Panteón Francés, Pizarro sería el rey de Chicontepec y tú tendrías una remota memoria de nuestro paso por el mundo. Si no pasó así es porque evitamos que así fuera. Tú, yo y Edilberto Chanes, a quien Dios tenga en su pistolera gloria.

Trajeron los ostiones y el cangrejo y descorcharon la botella que habían puesto a enfriar. Otra vez suave y relajada, Anabela empezó a abrir el cangrejo. Su versión de los hechos quedó flotando sobre la mesa como una revelación, una más de las que había construido mi larga y casi siempre ciega cercanía con ella. Implacable y dura, su versión era la de una estricta supervivencia; había vivido y actuado todos esos años, desde la caída de Rojano en Chicontepec, con la certidumbre de estar metida en una batalla de todo o nada, un albur en el que apostaba su vida y la de sus hijos, en la tensa seguridad de que sólo la desaparición de Pizarro garantizaría la victoria. El desenlace favorable de ese albur —por cáncer de páncreas o Edilberto Chanes— era lo que la tenía sentada todavía frente a mí, con los hijos y un patrimonio a salvo en Los Ángeles, el enemigo enterrado ante sus propios ojos una semana atrás y el único estrago visible de dos leves ojeras, mal disimuladas ahora por la capa de maquillaje, pero atribuibles también a los excesos alcohólicos y sexuales de los últimos días. Esta era su epopeya, su versión, la crónica de un triunfo neto que incluía una revancha por una supervivencia y la larga ingeniería desplegada para lograrla, prensa y relaciones incluidas: yo incluido.

La versión de Bucareli de una larga serie de coincidencias, malentendidos y mitomanías de un delincuente menor parecía estar más en el orden de lo real, más próxima a la verdadera imperfección dramática de las cosas, su tejido siempre laxo y verdadero. Concedía la verdad de algunos hechos, entre ellos el hecho central de la ejecución de Rojano en Chicontepec. Pero desvanecía lo demás en el perol de las fabricaciones interesadas, las mentiras, las falsas conclusiones, las coincidencias espectaculares y el curso natural de las cosas. La versión de Anabela hablaba, por el contrario de una estricta geometría de la lucha, una batalla de trazos limpios y radicales cuyas coincidencias eran efectos claramente causados por la voluntad de los contendientes; el azar era ahí un disfraz de las decisiones y los resultados, el punto terminal de una aritmética cuya entraña nada resumía mejor que el lema del propio Pizarro: "El que sabe sumar sabe dividir".

—¿Escoges entonces la versión de la eficacia de Chanes? —dije al final de los ostiones, viéndola devorar gustosamente sus tenazas de cangrejo.

—Escojo que me lleves a bailar, Negro. Y ya sabes a dónde.

No habían dado las doce de la noche cuando entramos a La Roca, en Insurgentes Sur, lo mismo que habíamos entrado ahí cuatro años antes, la madrugada de un aniversario inolvidable de la entonces sexagenaria y ahora septuagenaria Revolución mexicana. Había como siempre una pequeña aglomeración de putas, guaruras y parroquianos en la entrada, y adentro un conjunto de rumba que alternaba tandas de baladas y boleros con música tropical. Pedimos un vodka y un wiski y empezamos a tomarlos cuando entró la tanda de los boleros y nos paramos a bailar. Anabela llevaba un vestido gris perla de tirantes que dejaba al descubierto sus brazos y una parte de su espalda y ajustaba ceñidamente sus piernas y caderas. No he dicho todavía que era sólo unos centímetros más baja que yo, de modo que le bastaban unos pequeños tacones para empatar mi estatura. Diré también ahora que tenía un modo peculiar e irresistible de cuadrarse y abrazar con la mano izquierda al bailar, y de pegarse luego en los primeros movimientos, buscando con instinto certero las hendiduras, hasta embonar toda ella, metiendo las piernas llenas y duras en medio de las mías, y apretándose centímetro a centímetro, para volver el brazo una sola cadencia de frotamiento, una sola sensación de sus muslos, su sexo, su vientre, sus pechos, su cuello, todo su cuerpo, cabeza con cabeza metida en mí, en un acoplamiento sin fisuras.

Bailamos dos piezas y salimos del lugar, ceñidos todavía, para cruzar al hotel Beverly, en las calles de Nueva York. Ahí, lentamente, las luces apagadas, junto a un ventanal que dominaba parte de la ciudad y cuya proximidad daba la sensación de estar al aire libre, nos quitamos la ropa y tuvimos sobre la alfombra una larga secuela de la fusión encontrada en La Roca, juntas las manos y las bocas, clausuradas las cabezas y las palabras, en un ejercicio estricto de los cuerpos y sus gemidos.

Cuando desperté, al amanecer, había un resplandor rojo sobre las azoteas de los edificios y el sonido lejano de los primeros autobuses en Insurgentes. Envuelta en una de las frazadas del hotel, Anabela miraba el ventanal desde uno de los sillones, el largo cuello sobresaliendo el respaldo del sofá, concentrada y apacible en un mundo remoto y autosuficiente. Me hizo un sitio en su sofá y me acomodé junto a ella bajo la frazada.

—Voy a vivir en Los Ángeles —dijo—. No voy a regresar a México.

—Ahora es cuando puedes vivir tranquila en México —dije.

—No quiero esta tranquilidad —dijo Anabela—. De todo lo que queda en México, sólo te quiero a ti.

Se recargó sobre mi pecho y empezó a rascarme mecánicamente, con regularidad reflexiva:

—¿Y si te mudaras a Los Ángeles?

—No —dije.

—Hay periódicos en español en Los Ángeles.

—Sí.

—Podrían hacerte corresponsal de tu periódico en Los Ángeles.

—No.

—Estarían los niños, que necesitan a un hombre en la casa. El Tonchis pregunta todo el tiempo por ti. Y Mercedes. Te escriben cartas todas las semanas, ¿no?

—Cada semana sin falta.

—Tenemos un buen departamento allá, Negro. Y en este otoño vamos a cambiarlo por una casa en un suburbio. No tenemos apremios económicos. Tengo un asesor de inversiones que ha hecho rendir lo que resultó de Chicontepec.

—¿Me estás proponiendo mantenerme?

Sonrió Anabela:

—Te estoy proponiendo una viuda rica un tanto maleada —dijo, a media voz.

—Sería una mancha irreparable para el estado de Veracruz —dije.

—Sí —dijo reacomodándose sobre mi pecho. Calló un momento y luego—: Ven a Los Ángeles, Negro.

—No.

—¿Me pides entonces que me quede en México?

—No te pido que te quedes en México.

—¿No me quieres en México?

—No he querido otra cosa desde el 20 de noviembre de 1976. ¿Te acuerdas?

—Me quedé dormida a la hora buena, ¿no?

—Roncando.

—Se te pasó la dosis de Chablis. Si así emborrachas a todas, debes acabar agarrando puros fardos. Al día siguiente ni se acuerdan.

—Se acuerdan todas —dije.

—Ya lo sé. Y luego te andan persiguiendo en la redacción de tu periódico, queriendo que les des una mención en tu columna. No les basta con la buena cama, no tienen llenadero.

—Y terminan todas yéndose, haciéndose las ofendidas.

—Si lo dices por mí, quiero pedirte que no te olvides de que te acabo de ofrecer mi fortuna.

—Y yo quiero pedirte que no te olvides de que te la acabo de rechazar.

—¿Quieres decir entonces que te mandan a la mierda porque eres un miserable?

—Porque soy una mierda.

—¿Fallas en el servicio a largo plazo?

—A mediano y largo plazo.

—Ni uno ni otro —dijo Anabela, cambiando el tono y volviendo a acurrucarse—. No te falla nada.

—¿Cuándo te vas?

—En cuanto termine el trámite —dijo.

—¿Cuál trámite?

—Estoy haciendo un trámite para que me autoricen a sacar de México el ataúd de Rojano. Quiero trasladarlo a Los Ángeles.

—¿Quieres sacar de México el ataúd de Rojano?

—Sí —dijo Anabela, incorporándose—. No quiero dejar aquí el cuerpo de Ro.

—¿Estás hablando en serio?

—Completamente en serio. Necesito permisos de Salubridad y de la embajada. Ya tengo el de la municipalidad de Los Ángeles.

—¿Vas a enterrar a Rojano en Los Ángeles?

—Compré ya un lote en un lugar de allá.

—¿Para tenerlo a la mano, como Cielito a Pizarro?

—Sí. ¿Pero por qué te inquietas tanto? ¿Te parece raro?

Estaba apoyada sobre el codo discutiendo conmigo, el rímel a medio caer y algunas pestañas chuecas, desvelada y natural, pero radiante y como iluminada por su idea. Sentí subir del fondo de los años la sencilla fuerza de los hechos en ese terreno conquistado y colonizado por Rojano, la historia sellada desde la adolescencia en Anabela por el rastro incandescente de Rojano, el rastro que seguía sonriendo ahora, brillante y conmovedor, en la cara de Anabela, nuevamente joven y vivaz tras la trinchera creciente de sus ojeras. La atraje hacia mí, reacomodé las frazadas para cubrir su espalda y la abracé suavemente.

—Pregunto si te parece raro —insistió Anabela.

—No —le dije—. Me parece normal en ti y Rojano.

Los trámites duraron la siguiente semana; yo mismo llamé a Salubridad y al agregado de prensa de la embajada para explicar y facilitar la maniobra. Poco antes de terminar el mes de mayo, estaban los papeles en regla. El 22 de mayo Anabela viajó a Los Ángeles para ultimar allá los detalles de la inhumación. Para evitar custodias e incomodidades intermedias, Rojano debía ser desenterrado en México, llevado al avión, trasladado a Los Ángeles y enterrado allá el mismo día.

Volví a mi rutina laboral y me trasladé una semana a Tampico para hacer las entrevistas acordadas con los dirigentes petroleros.

Una tras otra, en las cuatro entrevistas metí como al pasar la pregunta sobre las razones de la muerte de Pizarro. Sin titubear, en todas las ocasiones la respuesta fue cáncer de páncreas. Loya, el presidente municipal de Poza Rica, había heredado la dirigencia del sindicato a la muerte de Pizarro y Roibal era ahora su ayudante. La entrevista con él se hizo en el kiosco de helados de la plaza de Tampico, frente al hotel Inglaterra, a unos metros del lugar donde había sostenido con Pizarro la conversación sobre el poder como la metáfora de un río.

—¿De qué murió Lázaro Pizarro? —pregunté a Loya, a mitad de su helado de guanábana.

—Cáncer de páncreas —respondió sin pensarlo, mecánicamente.

Roibal estaba a su lado, con el parche sobre el ojo y un vaso de agua enfrente.

—A menos que tenga usted otra versión —dijo secamente Roibal, abriendo en la entrevista una rendija que pareció incomodar a Loya.

—Se habla de un ajuste de cuentas dentro del propio gremio petrolero —dije, provocando.

—¿Se habla dónde, mi amigo? —dijo airadamente Loya—. ¿Habla quién?

—Rumores de la ciudad de México —dije.

—Rumores criminales, infundados —dijo Loya.

—¿Qué más dicen los rumores? —dijo Roibal.

—Que la Quinta Bermúdez fue asaltada por pistoleros en el mes de diciembre del año pasado —dije yo—. Y que Pizarro murió a consecuencia de las graves heridas que le fueron infligidas entonces.

—Falso —dijo Loya—. Puras fantasías.

—¿Y quién pudo hacer el asalto? —dijo Roibal.

—Digo que es falso —gritó Loya—. Ya sólo hablar de esas cosas es ofensivo.

—No ha nacido el cabrón que hubiera podido tomar por asalto la Quinta Bermúdez —dijo sombría y orgullosamente Roibal.

—Un Edilberto Chanes —dije yo.

Se rio Roibal:

—Ese es un cuento viejo.

—¡Cuentos, cuentos! —resopló Loya, sobreactuadamente, volviendo a cortar con violencia la charla—. Vamos a lo que importa, periodista, a la realidad. Déjese de cuentos, vamos a los hechos.

Estaba lejos de ser el amedrentado chofer que nos había guiado por La Mesopotamia, en marzo de 1977; hablaba ahora con energía y vigor y una seguridad que terminó acallando la belicosa y burlona conversación que Roibal buscaba conmigo en la periferia de la entrevista. Habló entonces de los huertos sindicales y de los complejos agropecuarios, de los logros del sindicato, de su repudio a la proclividad de la empresa a llenar con gente sin tradición petrolera los puestos de confianza y de muchas otras cosas, incluida la censura al gobernador de Veracruz y un mensaje al presidente de la

República, cuya forma bizarra y desmesurada fue puntualmente transcrita en la serie de entrevistas publicadas quince días después.

Roibal no volvió a hablar, pero me buscó por la noche en el hotel. Nos sentamos y procedió sin preámbulo:

—No haga caso de esos rumores —dijo—. Son falsos. Nadie asaltó nunca la Quinta Bermúdez, mucho menos que nadie Edilberto Chanes. Ese nos sorprendió un día en la ciudad de México, nada más. Luego, anduvo diciendo que había tomado Poza Rica.

—Estaba muy irritado Loya por la mañana —dije—. ¿Viene usted a verme porque él se lo ordenó?

Asintió Roibal. Vi su ojo único bailar nerviosamente en la órbita.

—¿Me dice todo esto por encargo de Loya?

—Es la verdad —dijo Roibal bajando la vista.

—La verdad no necesita mensajeros —dije.

—Me están disciplinando —dijo torvamente Roibal—. Se trata de que me humille, que me agache, que me arrodille con ellos. Loya es el nuevo jefe, me quiere doblar. Es por eso.

—¿De qué murió Pizarro? —dije.

—Cáncer de páncreas —contestó Roibal sin pensar, pero bajando nuevamente la vista.

—¿Y dónde perdió usted el ojo?

Se reacomodó nerviosamente sobre su silla y se cruzó de brazos como si se enconchara.

—En una misión —dijo—. Pero eso no es asunto suyo.

—¿Defendiendo la Quinta Bermúdez?

—No —dijo Roibal retrayéndose—. Ya le dije que no ha nacido quien pudiera ocupar la Quinta Bermúdez.

—Pero sí quien pudiera asaltarla.

—No vio la luz del día siguiente —dijo Roibal.

—¿Se refiere usted a Edilberto Chanes?

—Me refiero a quien sea —dijo Roibal. Se puso de pie para marcharse pero agregó, acomodándose el parche sobre el ojo izquierdo—: Quiero decirle que fue un buen pleito. Digo, lo de Chicontepec. Aunque nadie haya ganado.

—Por última vez le voy a preguntar —dije, poniéndome de pie también y mirando directamente al ojo sano—: ¿De qué murió Pizarro?

—Por última vez le voy a contestar —dijo Roibal sonriendo, como si se burlara ahora de mí—. Murió del páncreas y esa es la verdad. Y si pregunta Loya, explíquele usted que misión cumplida.

Anabela regresó a la ciudad de México el 4 de junio, con boletos y papeles para trasladar en el vuelo del mediodía de Western a Los Ángeles el ataúd sellado de Rojano. A las nueve de la mañana del jueves 6 de junio de 1980 nos presentamos con una limusina en el Panteón Francés, Anabela, doña Lila y yo. Seguidos por una cuadrilla caminamos entre los andadores de sauces y eucaliptos hasta el terreno donde habían sumergido cuatro años atrás los despojos de Rojano. Ocupaba entonces los últimos linderos del cementerio, que ahora se habían extendido bastante más hacia su enorme barda final, de modo que la tumba de Rojano ya quedaba rebasada por varias hileras más de eternos habitantes del sitio. Como parte de los preparativos, habían removido la lápida de mármol y quedaba sólo la tierra dura, nuevamente apisonada. Empezó a trabajar la cuadrilla y Anabela se aferró a doña Lila, que venía de negro, con sombrero y velo de lunares. Los miembros de la cuadrilla llegaron pronto, sudorosos, a la base de lajas de cemento que separaba el ataúd de la tierra y empezaron a romper con una barreta la mezcla que en su tiempo había sellado las lajas. Había un sol abierto pero tenue y una brisa fresca venía de los árboles levantando pequeños remolinos de polvo.

—Quiero que cheques la lápida —me dijo Anabela, sin separarse de doña Lila—. Quiero estar segura de que es la de Rojano.

La lápida estaba tirada al lado con la leyenda hacia abajo; la volteé y la puse frente a la mirada de Anabela. Decía: "Francisco Rojano Gutiérrez, presidente de Chicontepec. Lo recuerdan sus hijos Francisco y Mercedes y su viuda, Anabela Guillaumín".

—Recuerdo la tumba en otro sitio —dijo Anabela—. Más cerca de la barda.

—Han llegado otros después —dije, señalando las nuevas hileras.

Tardaron en romper las lajas bastante más que en remover la tierra, pero finalmente echaron afuera el último pedazo. Nos asomamos entonces a ver y vimos el ataúd negro, cubierto de tierra y hierbas, trabajado por la vida vegetal que corría, autónoma, abajo de las lajas y las lápidas.

—Límpienlo primero —dijo Anabela—. Quiero ver el color.

Con sus cucharas de albañil, los mozos de la cuadrilla quitaron de sobre el ataúd la greda y las yerbas que lo cubrían como una enredadera. Poco a poco aparecieron debajo el color gris acero del féretro y el crucifijo en relieve, totalmente oxidado.

Acabaron de quitar el resto de la yerba y acomodaron arriba, en las orillas de la tumba, el cuadrángulo de barras de acero niquelado con las pequeñas correas verdes y las poleas que se utilizan para hacer descender los féretros. Hicieron ahora el camino inverso, engancharon las correas a las asas del ataúd y empezaron a izarlo.

Hubo un primer chirrido y un bamboleo que puso tensas las correas, forcejeó el mecanismo con su peso muerto y el féretro subió unos centímetros, antes de desplomarse de nuevo sobre su lecho.

—Está agarrado de abajo —dijo el mozo.

Empezó a meter la cuchara primero y la barreta después, en los bordes del ataúd para erradicarlo de las yerbas que lo detenían. Lo engancharon de nuevo a las correas y el mecanismo volvió a chirriar, pero esta vez las manivelas de las poleas siguieron su giro sin encontrar resistencia. Acompañado por el chirrido que a cada vuelta producían las manivelas, los restos de Rojano salieron por segunda vez de su morada mortal. Cuando el ataúd llegó a la superficie, Anabela caminó sin fuerza hacia él, pálida, detenida del brazo por doña Lila.

—Quiero verlo —dijo Anabela sin poder controlarse, la voz quebrada.

—Cállese, muchacha —dijo doña Lila con amorosa contundencia—. No ofenda a Dios ni profane sus obras.

Los miembros de la cuadrilla tomaron el ataúd de las asas y lo montaron sobre la camilla rodante que había quedado en el sendero cercano. Anabela puso una mano sobre el crucifijo y luego quitó unos terrones con zacate que habían quedado prendidos al zócalo del féretro. Por el sendero salimos a una de las avenidas interiores del panteón, donde esperaba la limusina. Luego de que metieron el ataúd en el transporte di propinas a la cuadrilla y nos quedamos solos con el chofer, que esperaba frente al volante.

Tomé a Anabela del brazo y caminamos hasta la salida, donde estaba nuestro coche, a un lado de las oficinas de la administración. Firmó Anabela los papeles finales, el pulso tembloroso y las manos extraordinariamente frías, incluso en ella que así las tenía de costumbre. Caminamos después con doña Lila hasta el coche y abrí la puerta delantera para que entrara Anabela. A unos metros de nosotros, cerca de la puerta del panteón, esperaba ya la limusina.

—Quiero irme con él —dijo Anabela interrumpiendo su movimiento de acceso al coche y dirigiéndose a la limusina.

—Doña Ana —dijo con aflicción doña Lila—. Ya no es él.

—Me voy con el ataúd —corrigió fríamente Anabela.

Así lo hizo. Subió junto al chofer de la limusina adelante y doña Lila y yo nos fuimos en mi coche para integrar el breve cortejo al aeropuerto.

—Lo volvió a vivir en unos minutos —dijo doña Lila—. La hubiera usted sentido temblar.

La vi temblar otra vez al firmar los papeles en el aeropuerto para que ingresara por el acceso especial la limusina. La hora que quedaba para el momento de abordar la pasamos en el bar, silenciosos, o casi, con doña Lila sentada junto a nosotros esparciendo su perfume penetrante. En un momento dado se excusó y se fue, hurgando su bolso de mano, rumbo al pasillo central del aeropuerto.

—¿Tienes todo arreglado allá? —pregunté.

—Sí.

Vestía de blanco con ribetes negros como en el entierro de Pizarro y un gorro que absorbía sus cabellos, alargaba y mejoraba su rostro.

—¿Qué vas a hacer, Negro?

—Tengo que escribir la columna de mañana —dije.

—No me refiero a eso. ¿Qué vas a hacer en general?

—Después de escribir la columna de mañana, tengo que escribir la de pasado mañana.

Me tomó de la mano, se habían ido las bolsas de abajo de sus ojos y había en su expresión como una serenidad escueta, sin poses ni adornos, en parte porque no se había pintado los labios y apenas había subrayado con el rímel la forma de sus ojos.

—Debo pedirte perdón —dijo.

—Hay un buen asunto por explorar esta semana —contesté—. Al parecer ha renacido como plaga el narcotráfico. Ayer recibí un informe.

—Gracias, Negro.

—Tengo estas cartas para los niños —dije, sacándolas del saco.

—Sí —dijo Anabela.

—Y doña Lila creo que trae otras cosas.

Traía, en efecto, un muñeco de peluche para Mercedes y un rompecabezas gigante con la minuciosa reconstrucción del Iztaccíhuatl para el Tonchis.

—Ya que le gustan las piedras y los paisajes —explicó doña Lila— acá tiene siquiera la simulación de una vieja, que es lo que debería interesarle. Y a la otra, estos peluches que la enloquecen todavía, en vez de las cosas por las que una anda penando.

Cerca de las dos de la tarde Anabela abordó, luego de abrazar largamente a doña Lila y fundirse conmigo, como al bailar, unos segundos.

—Si ha de ser un gringo, que sea periodista —dije con melancolía gremial.

—Gracias, Negro —dijo Anabela otra vez. Se fue por el pasillo común de abordaje, hacia la inspección electrónica de bolsas de mano, con una sonrisa en la boca, erguida, con la frescura atlética y como eternamente juvenil que la llenaba.

Doña Lila se limpió unas lágrimas. Nos fuimos sin hablar hasta el túnel volado del estacionamiento, donde dijo:

—Mujeres y hombres hay. Lo que faltan son amores.

Escribí las columnas del día siguiente cada día, y recibí las cartas de los niños, cada semana hasta terminar agosto, muy cerca de mi santo, el 24, en que llegó también una carta de Anabela. La noche anterior había regresado a Artes la exreportera de *El Sol*, que era ahora la jefa de la plana de espectáculos de uno de los diarios grandes de la capital. Una mujer apacible y joven, buena lectora de periódicos, amistosa y cálida, amorosa y doméstica. Esperé a que se fuera, luego del desayuno y el comentario de los periódicos, para dar curso al correo y acercarme, otra vez, a Anabela. No era una carta larga, aunque lo parecía por la extensa y clara letra de Anabela. Ocupaba dos páginas en una relación de los saludos de los niños y una descripción de la casa que había canjeado en un suburbio por el departamento.

El párrafo sobre Rojano decía así:

Está enterrado en un cementerio nuevo que tiene árboles y pasto por todas partes, en una colina desde donde se ve abajo la ciudad de Los Ángeles. Sigo sola y feliz. No faltan periodistas corruptos, pero falto yo, a diferencia del Tonchis que cobró ya su primera gringuita. Mercedes estudia danza moderna en la escuela municipal de artes. En la casa hay alberca y una calma que no te imaginas. Pienso mucho en ti, en lo que pasamos juntos. A veces lo sueño. Pero la pesadilla termina siempre al día siguiente, aquí en esta casa, con sus días soleados. No te imaginas esta tranquilidad, esta paz, como la del viento que pasa por los árboles de la colina donde ahora está Rojano. Voy todos los domingos y me siento ahí a sentir ese viento, tan suave, como te dije, que no te imaginas.

Me imaginaba, sin embargo, perfectamente ese viento, y a Anabela también, apacible y segura, sentada los domingos, en la colina junto a la nueva lápida, mirando Los Ángeles abajo, con los brazos cruzados y los años intactos, dedicada a cuidar el recuerdo de Rojano.